HEYNE<

DAS BUCH

Die Mondwelt scheint endlich sicher: Die Inquisition verfolgt die dunklen Zauberer und allmählich kehrt Frieden ein unter den Völkern. Und so ahnt der reisende Ordnungshüter Danolarian Scryverin nicht Böses, als er im benachbarten Mondreich Lupan zufällig Zeuge einer seltsamen Explosion wird. Doch bald schon wird Nord-Scalticar von merkwürdigen Eindringlingen bedroht, die mächtiger sind als alle bisher gekannten Feinde. Und nun liegt es an Danolarian, das Unheil abzuwehren – und ihm zur Seite stehen ein vorlauter Grasgnom, eine aufständische Zaubereistudentin und die eigensinnige, aber verführerische Magierin Lavenci ...

Die Mondwelten-Saga
Bd.1: Die Fahrt der Shadowmoon
Bd.2: Der Fluch der Shadowmoon
Bd.3: Die Rache der Shadowmoon
Bd.4: Die Schlacht der Shadowmoon
Bd.5: Der Geist der Shadowmoon
Bd.6: Die Legende der Shadowmoon

DER AUTOR

Sean McMullen, geboren im australischen Victoria, war lange Jahre Musiker und Sänger, bevor er mit dem Schreiben phantastischer Geschichten begann. Heute zählt er zu den interessantesten und erfolgreichsten Fantasy- und Science-Fiction-Autoren Australiens. Sein Werk wurde mehrfach ausgezeichnet. Mit seiner Frau und seiner ebenfalls schreibenden Tochter lebt er in Australien.

Sean McMullen

Der Geist der Shadowmoon

Roman

Deutsche Erstausgabe

WILHELM HEYNE VERLAG
MÜNCHEN

Titel der amerikanischen Originalausgabe
VOIDFARER (PART 1)
Deutsche Übersetzung von Christian Jentzsch

FSC
Mix
Produktgruppe aus vorbildlich
bewirtschafteten Wäldern und
anderen kontrollierten Herkünften

Zert.-Nr. SGS-COC-1940
www.fsc.org
© 1996 Forest Stewardship Council

Verlagsgruppe Random House
FSC-DEU-0100
Das für dieses Buch verwendete FSC-zertifizierte
Papier *Holmen Book Cream* liefert Holmen Paper,
Hallstavic, Schweden.

Deutsche Erstausgabe 01/2008
Redaktion: Vanessa Lamatsch
Copyright © 2006 by Sean McMullen
Copyright © 2008 der deutschsprachigen Ausgabe by
Wilhelm Heyne Verlag, München,
in der Verlagsgruppe Random House GmbH
Printed in Germany 2008
Titelillustration: Arndt Drechsler
Umschlaggestaltung: Nele Schütz Design, München
Karte: Andreas Hancock
Satz: Greiner & Reichel, Köln
Druck und Bindung: GGP Media GmbH, Pößneck

ISBN: 978-3-453-52379-1

http://www.heyne.de

Für Zoya

1
VORABEND DES KRIEGES

Niemand in Scalticar hätte geglaubt, dass sie in den letzten Monaten des Jahres 3143 aufmerksam von Intelligenzen einer anderen Welt beobachtet wurden. »Wenn sie so intelligent sind, warum geben sie sich dann damit ab, ausgerechnet *uns* zu beobachten?«, wäre wahrscheinlich die Reaktion von Kaiserin Wensomer gewesen. »Wäre gewesen« waren jedoch die zwei entscheidenden Wörter. Kaiserin Wensomer wurde vermisst, und Scalticar erlebte, was Historiker ärgerlicherweise als interessante Zeiten zu bezeichnen pflegen. Die Zeiten sollten jedoch noch beträchtlich interessanter werden, weil die Lupaner im ersten Monat des Jahres 3144 bereit waren, sehr viel mehr zu tun, als uns aus einiger Entfernung zu studieren.

Ich bin Inspektor Danolarian Scryverin von der Wanderpolizei, West-Quadrant. Danolarian Scryverin ist nicht der Name, der mir bei meiner Geburt gegeben wurde, aber mein Geburtsname hat den Nachteil, dass die zornentbrannten Überlebenden eines ziemlich tragischen Unglücksfalles nach jedem suchen, der ihn trägt. Daher habe ich mir Danol Scryverins Namen angeeignet. Dass er in Wirklichkeit tot ist, braucht niemand zu wissen. Die wirklich ärgerliche Ironie daran ist, dass ich nichts anderes getan hatte, als von den falschen Eltern geboren zu werden. Ich bin zwar erst achtzehn, gebe mein Alter aber mit dreiundzwanzig an, weil ich die Papiere eines Seemannes namens Danol Scryverin bei mir trage, der jetzt dreiundzwanzig wäre, wenn er noch lebte. Mein tatsächliches Geburtsdatum ist der Siebzehnte des Erstmonats. Ich feiere ihn jedes Jahr, aber das ist die einzige Verbindung, die ich mir zu meiner Vergangenheit bewahre.

An dem Tag, als die lupanische Invasion begann, führte ich mein Kommando durch das Drachenkammgebirge. Von den Höhenwegen dieses Hochlands hat man die schönsten Aussichten, die man sich nur wünschen kann. Auf vierzehntausend Fuß gab es wechselnde Schichten dunklen Sandsteins, cremefarbenen Marmors, grünen Granits und fleckigen Schiefers, alles mit einer Schneekappe versehen und mit rasenden Schmelzwasserbächen und spektakulären Wasserfällen geschmückt. Zu dieser Jahreszeit neigte der Himmel zur Klarheit, und sogar die starken Torea-Stürme hatten ein wenig nachgelassen. Die Luft war so klar wie eine Kristalllinse und sehr, sehr kalt. In dieser Höhe wuchs wenig mehr als zähe, trockene Flechten, und man konnte gewiss keine Dörfer oder Tavernen finden. Also schliefen wir im Freien. Sich warm zu halten war immer ein Problem und selbst wenn wir Wasser kochten, blieb es trotz heftigen Brodelns lau.

All diese Entbehrungen waren jedoch nichts im Vergleich zu dem, was ich mir von dem Trio bieten lassen musste, das den kleinen Trupp unter meinem Befehl bildete. Als Trupp ließ er einiges zu wünschen übrig, bestand er doch aus Wachtmeister Riellen, einer ehemaligen radikalen Studentin der Zauberei, Wachtmeister Roval, der ein ernstes Alkoholproblem hatte, und Wachtmeister Wallas. Wallas war früher einmal ein hochrangiger Höfling gewesen, bis er ein erfolgreiches Attentat auf einen Kaiser verübt hatte, und es ihm später noch gelungen war, einige bedeutende magische Persönlichkeiten gegen sich aufzubringen. Ich habe nie sämtliche Einzelheiten der Geschichte gehört, aber Wallas war in einen ziemlich übergewichtigen schwarzen Kater verwandelt worden.

Wir machten Mittagspause mit einem ziemlich atemberaubenden Ausblick nach Norden auf die Berggipfel. Doch während ich die beinah schmerzhaft schöne Aussicht genoss, las Riellen ein Buch über politische Theorie, Roval bedachte die Kohlezeichnung einer Frau in einem Medaillon mit einem Strom von Flüchen und Wallas schlang eine Handvoll Trockenfischbrocken hinunter. Ich entfaltete die Zeichnung eines wunderschönen Albino-Mädchens. Sehr sanft strich ich über die Wangen von Lavencis Bild, wie ich es in den zehn Wochen seit meinem Aufbruch aus Alberin jeden Tag getan hatte. Schließlich holte ich mein Tagebuch hervor, um mir ein paar Dinge in Erinnerung zu rufen, die jemand, der vorgab, ein Amateur-Astronom zu sein, wissen musste. Mir ging auf, dass wir den siebzehnten Tag des Erstmonats hatten, und nach kurzem Nachdenken beschloss ich, eine kleine Geburtstagsfeier zu veranstalten.

»Warum haben Sie eine Kerze auf dieses Ingwernussplätzchen gestellt?«, fragte Wallas, als er sich aufsetzte und anfing, sich die Schurrhaare zu putzen.

»Mir war heute nach etwas Förmlichkeit«, erwiderte ich steif. »Es ist eine improvisierte Torte.«

»Oh. Als Sie also zwei Rosinen, etwas geschmolzenen Schnee und ein Viertelquart Rum in dieser Bierflasche geschüttelt haben, sollte das dann improvisierter Wein werden?«

»Wenn du keinen willst…«

»Nein, nein, das habe ich nicht gesagt! Dann ist heute wahrscheinlich Ihr Geburtstag, oder nicht?«

»Das könnte sein. Riellen, für Sie auch Wein?«

»Wein ist ein Gift, das den unterdrückten Gemeinen die

Kraft raubt, und ich trinke nur Ale, weil es das Getränk der Unterdrückten ist«, erklärte sie automatisch. Dann blickte sie auf und fügte hinzu: »Herr Inspektor!«

»Auch nicht als Geste der Solidarität zwischen unterdrückten Wanderpolizisten?«, fragte ich.

Die Worte »Geste«, »Solidarität« und »unterdrückt« verfehlten nicht ihre übliche Wirkung auf sie.

»Äh, oh, in dem Fall ja.«

»Ich fürchte, Ihnen kann ich keinen anbieten«, sagte ich zu Roval. »Befehle und so.«

»Von einer Frau erniedrigt«, murmelte Roval, den ich gezwungen hatte, seine Trinkerei, wenn wir unterwegs waren, auf den gelegentlichen Tavernengang zu beschränken.

So kam es, dass ich mit zweien meiner Kameraden auf meinen Geburtstag trank: mit Wallas, der von seinem Zinnteller schlabberte, und mit Riellen, die so tat, als trinke sie geziert mit einem Schilfpapier-Strohhalm aus der Bierflasche – aber tatsächlich aus Solidarität mit den unterdrückten, Ale trinkenden Massen gar nichts zu sich nahm –, während ich selbst aus meinem Viertelquart-Becher trank. Mit Hilfe meiner Zunderbüchse zündete ich unter einigen Schwierigkeiten die Kerze an und blies sie dann eiligst wieder aus, bevor der Wind mir zuvorkommen konnte. Schließlich brach ich das Ingwernussplätzchen in Stücke und reichte sie herum, bevor ich mich ans Zusammenpacken machte.

»Das ist nicht so lecker wie die Katzenknusperhäppchen nach Fralland-Art«, murmelte Wallas, als ich ihn hochhob und auf die Kruppe meines Pferdes setzte.

»Das nächste Mal esse ich deinen Anteil«, sagte ich, als ich das Zeichen zum Aufbruch gab und mich an die Spitze setzte.

Mittlerweile führten wir die Pferde bereits seit neun Tagen am Zügel, da sie mit der Höhe nicht gut zurechtkamen, und mussten neben unseren Rucksäcken auch noch ihr Futter tragen. Der Weg war breit, gut angelegt und in gutem Zustand, aber selbst an einem guten Tag konnten wir von Glück sagen, wenn wir ein Dutzend Meilen zurücklegten. Im Allgemeinen war es weniger.

»Ich war mal bedeutend, ich war mal ein Höfling«, leierte Wallas hinter mir.

»Von einer Frau erniedrigt«, murmelte Roval, mit seinen Gedanken ganz weit weg.

»Eigentlich bin ich nicht durch eine, sondern durch zwei Frauen erniedrigt worden«, sagte Wallas. »Das heißt, erniedrigt wie in ›zu einem Kater gemacht worden‹. Eine war ein Glasdrache, die andere eine Zauberin. Ich bin benutzt worden wie eine Spielfigur. Ist das zu glauben? Ich, ein bedeutender Höfling. Ich habe mal in einem Palast gelebt. Und jetzt sehen Sie mich an.«

»Du bist schwer zu übersehen«, stellte ich müde fest.

»Du solltest nicht traurig sein, Bruder Wallas«, sagte Riellen, die ihr Pferd hinter meinem führte. »Das Schicksal hat dich davor gerettet, zum Establishment zu gehören und ein Ausbeuter des unterdrückten Volkes zu werden.«

»Ich habe nie darum gebeten, gerettet zu werden.«

»Aber du *wurdest* gerettet, als du in deine, äh, gegenwärtige Lage versetzt wurdest. Jetzt kannst du eine große Bestimmung erfüllen.«

»Wie kann ich eine große Bestimmung haben? Ich kann Katzen nicht mal leiden! Ich bin eher der Hunde-Typ.«

»Aber als Kater bist du befreit, Bruder Wallas. Du wurdest bei deiner Verwandlung von deinen aristokratischen Ketten befreit.«

»Ich habe viel Geld für diese Ketten bezahlt! Ich war mal reich. Jetzt verdiene ich magere zehn Gulden in der Woche als Wanderpolizist, weil ich nur ein Kater bin. Unglaubliche Diskriminierung.«

Und so ging es die nächste Stunde weiter. *Ich war auch reich*, dachte ich unterwegs, aber das vermisste ich nicht. Meine Eltern hatten mir eine gute Erziehung angedeihen lassen und ich hatte bei den besten Lehrern Fechten, Bogenschießen und Reiten gelernt. Es hatte mir nie an etwas gefehlt, bis ich im Alter von vierzehn Jahren plötzlich nur mit den Kleidern am Leib dastand. Meine Erziehung und Fähigkeiten hatten sich jedoch als wertvoller erwiesen als eine Wagenladung Gold, und jetzt war ich achtzehn, sehr viel lebenserfahrener und gab vor, dreiundzwanzig zu sein.

Wir erreichten einen Meilenstein mit einer eingemeißelten Siebenunddreißig darauf, und an dieser Stelle verlor ich schließlich die Geduld mit jenen unter meinem Kommando.

»Wachtmeister Riellen, Roval und Wallas, Sie bleiben hier bei den Pferden, während ich vorausgehe«, sagte ich und drückte Riellen die Zügel meines Pferdes in die Hand. »Ich vergewissere mich, dass der Weg frei ist.«

»Zu Befehl, Herr Inspektor!«, sagte das magere, angestrengte Mädchen und salutierte.

»Sind wir in Gefahr?«, rief Wallas ängstlich aus einer Satteltasche.

»Wenn ich das glaubte, würde ich dich schicken«, antwortete ich.

»Bruder Wallas, habe ich dir schon mal meine Theorie der inneren Befreiung erzählt?«, fragte Riellen.

»Aye, und ich habe dir erzählt, was du damit machen kannst!«, fauchte Wallas.

Roval holte sein Medaillon heraus, öffnete es und fing an, das Bild darin zu beleidigen.

Ich überließ sie ihren Streitereien und Flüchen, da der soeben von uns passierte Meilenstein bedeutete, dass wir beinah am Ende unserer Reise angelangt waren. Die schmale Straße schmiegte sich dicht an den Berghang, aber zur Rechten war nur klare Luft bis weit, weit in die Tiefe. Die Stimmen von Riellen, Wallas und Roval verloren sich hinter einer Biegung, dann lag Alpindrak vor mir.

Es war, als sei der Berggipfel, der höchste auf dem Kontinent Scalticar, mit kolossalen weißen, in silbernen Kuppeln auslaufenden Kristallen verkrustet. Das Gebäude war früher einmal der Sommerpalast eines sehr reichen Königs gewesen. Senderial IX. war dem recht ungewöhnlichen Laster verfallen, mit Begeisterung den Nachthimmel anzustarren. Das klang schlicht und harmlos, erwies sich aber dann als das teuerste individuelle Laster in der Geschichte des Kontinents. In ganz Scalticar gab es keinen Ort, wo die Luft klarer war als auf Alpindrak, also hatte er dort mit der Hälfte seines Staatsschatzes einen Palast errichten lassen. Nach seinem Tod war der Palast von seinem Sohn vollkommen ausgeräumt worden. Die Gebäude ließen sich jedoch nicht bewegen, und keiner der bequemlichen Nachfolger des Königs wollte an einem kalten, abgelegenen Ort wohnen, der so hoch lag, dass das Atmen schwerfiel und das Wasser kochte, wenn es noch lauwarm war. Dem Ort wurde eine kleine Garnison strafversetzter Soldaten zugewiesen, er blieb aber ansonsten unbewohnt.

Palast Alpindrak war sechzig Jahre vernachlässigt worden, als einem Gelehrten aufging, dass die gerade erfundenen Fernrohre an hoch gelegenen Standorten, wo die Luft klarer war, sehr viel wirkungsvoller zur Beobachtung anderer Welten eingesetzt werden konnten. Der zu dieser Zeit herrschende Monarch vermachte den ansonsten unbenutzbaren Palast der Skeptischen Akademie, und zehn Jahre später hatte er sich zu einem der größten Forschungszentren für kalte Wissenschaften in der bekannten Welt entwickelt.

Der Palast war tatsächlich wunderschön. Ich hatte prächtige Gemälde gesehen, die praktisch an der Stelle gemalt worden waren, wo ich jetzt stand, ich hatte wunderbare Poesie gelesen, die von der Aussicht inspiriert war, und ich kannte sogar eindringliche, bewegende Lieder, die versuchten, dem Zuhörer einen Eindruck zu vermitteln. So hatte ich in der Tat Schönheit erwartet, die keine Kunst wahrhaftig beschreiben konnte, und die Vorstellung, dass ich meinen ersten Blick auf Alpindrak werfen würde, während Riellen und Wallas neben mir über Politik und Klassenunterschiede stritten, war deprimierend gewesen. Also war ich allein, als ich zum ersten Mal den Palast erblickte. Ich wurde nicht enttäuscht. Tatsächlich war ich sogar ziemlich überwältigt. Viele Minuten stand ich einfach da und ließ den Berg, den Palast, den tiefblauen Himmel, das Geräusch des Windes und sogar die Kälte der Luft auf mich einwirken und sich in mein Gedächtnis brennen. Nachdem ich Lavencis Bild entfaltet und meinem Mädchen symbolisch die Szene gezeigt hatte, ging ich zurück und bedeutete Riellen und Roval, die Pferde mitzubringen.

»Obszöne Exzesse des herrschenden Establishments«, verkündete Riellen, als sie Palast Alpindrak erblickte.

»Und jetzt ein fantastisches Observatorium und eine Kathedrale der Gelehrtenschaft für die kalten Wissenschaften«, erwiderte ich.

Das drängte Riellen moralisch in die Defensive. Zwar war sie früher eine Studentin der Zauberei gewesen, aber sie empfand Solidarität mit allen Gelehrten – außer denjenigen natürlich, die Geschichtsbücher und Chroniken schrieben, in denen Monarchien verherrlicht wurden.

»Kein Vergleich zum Kaiserpalast in Palion«, sagte Wallas, der den Kopf aus der Satteltasche reckte. »Habe ich je erzählt, dass ich vor meiner Verwandlung dort einmal Seneschall war?«

»Ich habe die Geschichte so verstanden, dass deine Karriere nur zehn Minuten gedauert hat«, erwiderte ich in der Hoffnung, ihn damit ebenfalls zum Schweigen zu bringen.

»Äh, ja, nun, wäre nicht der bedauerliche Tod des Kaisers dazwischengekommen, hätte sie länger Bestand gehabt.«

»Bruder Danol hat mir erzählt, du hättest ein Attentat auf ihn verübt«, sagte Riellen in einem sehr beifälligen Tonfall.

»Das ist nicht wahr!«, rief Wallas. »Ich war argloses Opfer irgendeiner königlichen Intrige.«

»O ja, du bist vom *herrschenden Establishment ausgebeutet* worden«, sagte Riellen, deren Worte vor Bewunderung troffen.

»Hört auf damit, ihr zwei!«, schnauzte ich gereizt. »Wir erreichen in Kürze Palast Alpindrak, und ich will nichts von Magie, toten Kaisern und der Befreiung des Pöbels vom Joch der kaiserlichen Herrschaft hören. Riellen, Sie und ich, wir sollen Wanderpolizisten sein.«

»Aber wir *sind* Wanderpolizisten, Herr Inspektor. Meine Dienstnummer ist zwo-null-drei, meine Gildennummer…«

»Ich meine, ich will, dass wir drei unauffällige, gewöhnliche, *männliche* Wanderpolizisten sind, die kein Aufsehen erregen. Binden Sie sich die Haare zurück und ziehen Sie den Umhang über die Brüste.«

»Es ist ein trauriges Zeugnis des Zustands unserer Gesellschaft, dass ich mich als Junge verkleiden muss, wenn ich die Freiheit haben will…«

»Verkleiden Sie sich als Junge, Riellen, und das ist ein Befehl.«

»Jawohl, Herr Inspektor.«

»Und, Wallas, vergiss nicht, dass du eine Katze bist.«

»Ich dachte, das wäre deprimierend offensichtlich – Herr Inspektor.«

»Ich meine, du sollst dich wie eine echte Katze benehmen, weil die Person, die wir verfolgen, von dir weiß. Solange wir uns innerhalb der Mauern von Alpindrak befinden, sagst du zu allen außer mir nur ›miau‹, sonst nehme ich eine einfache, aber extrem peinliche Operation an dir vor.«

»Kein Grund, geschmacklos zu werden, Herr Inspektor. Ich sehe vielleicht aus wie eine Katze, aber ich *kann* Befehle befolgen und *tue* es auch.«

»Roval, das letzte Stück zum Palast ist eine Kletterpartie von fünftausend Treppenstufen«, sagte ich und zeigte schräg nach oben. »Wenn Sie sich heute Abend im Palast betrinken, wachen Sie morgen mit einem Kater auf. Fünftausend Treppenstufen mit einem Kater, Wachtmeister Roval, denken Sie darüber nach. Wenn Sie nicht nach unten laufen können, müssen Sie die Stufen herunterrollen.«

»Wenn sie einfach gesagt hätte, dass ich nur einer von vielen bin, hätte ich das verstanden«, seufzte Roval. »Aber sie hat gesagt, es gäbe niemanden außer mir. Ich habe ihr mein Herz geschenkt.«

Wir trotteten weiter. Die Straße endete ungefähr dreitausend Fuß unter dem Gipfel, aber es gab hier eine Wachstation. Straße und Wachstation waren durch eine ungefähr zweihundert Fuß breite und eine Meile tiefe Schlucht voneinander getrennt. Am Grunde dieser Schlucht befand sich ein tosender Schmelzwasserfluss. Wir hielten an einem kleinen steinernen Absatz direkt gegenüber der Wachstation. Neben dem Absatz befand sich ein Steinbogen aus grünem und rotem Granit, und darin hing eine große Messingglocke. Ich nahm den Klöppel und läutete fünfmal, hielt kurz inne, läutete noch zweimal und wartete. Nach kurzer Zeit wurde auf der anderen Seite dreimal geläutet, was ich mit zweimaligem Läuten beantwortete.

Die Türen der Wachstation öffneten sich nach außen, und dann tauchte ein großer Drachenkopf auf. Es war ein roter, eckiger, ungefähr acht Fuß hoher Kopf. Das Maul war geöffnet, als er über die Schlucht glitt. Er blies einen Strahl brennenden Höllenfeueröls. Riellen ächzte und wich zurück, und Wallas jaulte verängstigt, bevor er in der Satteltasche verschwand.

»Eine Brücke, die ausgefahren wird«, sagte ich, um Riellen zu beruhigen, die so verblüfft war, dass sie nicht einmal eine höhnische Bemerkung über die Extravaganzen des Establishments gemacht hatte. »Sie wird in meinen Unterlagen erwähnt. Sie besteht aus lackierten Häuten über einem Weidengestell. Nur der Boden ist aus Holz.«

»Aber der Kopf hat Feuer gespien«, sagte Riellen.

»Ein simpler Flammenwerfer«, erklärte ich. »Er soll gesetzlosen abergläubischen Bauern Angst einjagen, die nach leichter Beute Ausschau halten.«

»Ich bin kein abergläubischer Bauer und hatte solche Angst, dass ich die Decke in meiner Satteltasche nass gemacht habe«, sagte Wallas. »Was soll es denn hier für Beute geben? Wer will schon riesige Fernrohre stehlen?«

»Hier wird der Senderialvin gemacht.«

»Das stimmt nicht, der stammt aus Weinbergen auf dem Cyrelon-Plateau fünfzig Meilen weiter südöstlich.«

»Entschuldigung, ich meinte Senderialvin Royal.«

Aus der Satteltasche ertönte ein Japsen, dann verfiel Wallas in ehrfürchtiges Schweigen. Senderialvin Royal war der seltenste, teuerste und köstlichste Wein der bekannten Welt.

Die fantastische Brücke erreichte den Absatz, und der Unterkiefer rastete in einem Schlitz im Gestein ein. Als ich in das Maul starrte, sah ich im Rachen eine Gittertür. Aus der Düsternis weiter hinten näherte sich ein Wachposten. Er sperrte die Tür auf und betrat dann den Absatz.

»Name, Rang, Zugehörigkeit und Ansinnen«, sagte er und streckte eine Hand aus, um unsere Papiere in Empfang zu nehmen.

»Inspektor Danol Scryverin, Wanderpolizei, Ablieferung von Depeschen von der Alberiner Akademie der Kalten Wissenschaften«, erwiderte ich und salutierte.

»Wachtmeister Riellen Tallier, Wanderpolizei, Unterstützung für Inspektor Scryverin«, erklärte Riellen zackig.

»Wachtmeister Roval Gravalios, Wanderpolizei, Unterstützung für Inspektor Scryverin«, sagte Roval mit tonloser Stimme.

Der Wachposten begann mit der Durchsuchung unserer Rucksäcke und Satteltaschen, und es dauerte nicht lange, bis er Wallas entdeckte.

»Was ist… Himmel, Arsch und Zwirn! Eine Katze?«

»Eine Sonderlieferung für die Garnison Sturmgarde«, erklärte ich beiläufig. »Die haben anscheinend ein Rattenproblem.«

»Was steht da auf der Marke am Halsband? *Rattentod Jäger Schwarzpfote der Siebte*?«

»So heißt er. Die Familie Schwarzpfote steht in den Kreisen der Rattenjäger in hohem Ansehen. Der Titel Rattentod wurde ihm nach dreihundert bestätigten Tötungen verliehen.«

»Sieht mir für einen guten Rattenjäger etwas zu fett aus.«

»Alles Muskeln«, versicherte ich ihm.

Der Wachposten grunzte, als er Wallas aus der Satteltasche hob, um den Boden zu kontrollieren.

»Na ja, größtenteils Muskeln«, fügte ich hinzu.

»Aye, ein paar Fettpolster braucht er hier auch, weil es drüben bei der Sturmgarde mächtig kalt wird«, sagte der Wachposten, als er Wallas wieder in die Satteltasche setzte. »Kennen Sie die Regeln für das Überqueren? Einer nach dem anderen, das Pferd am Zügel. Eine falsche Bewegung, und ein besonderer Mechanismus stößt die Brücke vom Absatz ab und neigt den Hals senkrecht nach unten in die Schlucht…«

»… und dann stürzt man eine Meile tief in den Gletscherfluss. Sollte ich mich irgendwo festhalten, werden durch den Hals der Brücke große Felsen geworfen, als Anreiz loszulassen.«

»Aye, so ist es. Wie ich sehe, hat man Sie eingewiesen. Ich bleibe hier bei Ihren Waffen, bis Sie alle drüben und unter Eskorte sind. Dann folge ich mit den Waffen, die für die Dauer Ihres Aufenthalts konfisziert werden.«

Die Überquerung der Brücke war, weil sie unter den Füßen stabil und vollständig geschlossen war, ein Antiklimax. Riellen folgte mir, dann Roval. Wir hatten eine kurze Pause, in der Wallas seine nasse Decke aus der Satteltasche zerrte und Riellen, Roval und ich einander die Füße massierten, einölten und neu verbanden. Dann schulterten wir unsere Rucksäcke und begannen den Aufstieg zum Palast auf dem Gipfel.

Fünftausend in den Fels gehauene Stufen, schraubten sich im Zickzack den Hang empor. Kurz vor dem Ende des Aufstiegs schien sich das Gewicht meines Rucksacks verdreifacht zu haben, und wir wechselten jede Minute die Satteltasche mit Wallas zwischen uns hin und her.

Die Sonne hatte beinah den Horizont erreicht, als wir das Ende der Treppe vor dem Palasttor erreichten. Wir blieben stehen, um wieder zu Atem zu kommen, während der Wachposten hineinging, um unsere Papiere vorzulegen. Ich starrte auf die herrlichen Farbflecken am gesamten Westhimmel. Mirals riesiges grünes Antlitz und sein Ringsystem hatte die klassische Form einer riesigen Bogensichel mit einem Pfeil, der auf die untergehende Sonne zielte. Die Mondwelt Dalsh war ein heller Fleck ein paar Grad von den Ringen der Herrscherwelt entfernt, während Belvia ein winziges Halbrund nahe dem Zenith war und wie ein strahlender Saphir leuchtete. Zwischen ihnen stand Lupan, eine winzige helle Sichel. Lupan war der Gaukler in der Himmelskunde, weil er strahlend weiß und blutrot sein konnte. Heute Abend leuchtete er rot.

»Wie geht es dir, Rattentod Jäger Schwarzpfote der Siebte?«, fragte ich.

»Veteran von dreihundert Tötungen«, tönte es aus der Satteltasche.

»Hat er wirklich... dreihundert Ratten... getötet, Herr Inspektor?«, japste Riellen zwischen angestrengten Atemzügen.

»Nein, manchmal muss man lügen, wenn die Pflicht dem Dienst gegenüber es gebietet.«

»Ich habe einmal eine Maus getötet«, protestierte Wallas.

»Aye, als du betrunken von einem Fass gefallen bist und sie dabei zerquetscht hast.«

»Dazu bedurfte es wahren Geschicks, ich bin dafür in den Tavernen Alberins berühmt. Sie kennen doch das Lied ›Der Kater auf dem Fass‹?«

»Ich glaube, du verwechselst Ruhm mit Infamie, Wallas.

Also, wir betreten gleich den Palast, musst du dich also vorher noch mal irgendwo hinhocken?«

»Nein, ich bin damit beschäftigt, mir den Hintern zu lecken. Das ist das Schlimmste daran, eine Katze zu sein.«

Eigentlich hatte ich ihm Gelegenheit geben wollen, an dem wunderbaren Anblick des Sonnenuntergangs mit den darüber aufgereihten Miral, Dalsh, Lupan und Belvia teilzuhaben, aber nach dieser Bemerkung beschloss ich, nicht zu riskieren, dass er noch mehr Schaden an meinen Erinnerungen an das herrliche Panorama aus Licht und Farben anrichtete. Einen Moment wünschte ich mir so sehr, Lavenci wäre bei mir, dass das Gefühl wahrhaftig schmerzte. Dann fiel mein Blick auf Riellen, die ihre Knie umschlungen hielt und durch den Mund atmete.

»Hören Sie mir zu, wenn ich zum Sonnenuntergang spiele?«, fragte ich.

»Typisch männliches Ausgrenzungsritual der unteren Mittelschicht...«, brachte sie hervor, um dann in angestrengtes Keuchen zu verfallen.

Obwohl sie drahtig, zäh und entschlossen war, hatte die dünne Luft in siebzehntausend Fuß Höhe Riellen an die Grenzen ihrer Ausdauer geführt. Mir fiel jedoch auf, dass sie über den Rand ihrer Brille tatsächlich den Himmel betrachtete. Das überraschte mich wirklich, bis mir aufging, dass die einsetzende Dunkelheit es ihr inzwischen unmöglich machte, in ihrem politischen Buch zu lesen. Sie sah Lupan an.

»Wenn Lupan so dunkelrot scheint, gibt es Tote«, sagte Roval, der sich hingesetzt hatte und sich die Krämpfe aus den Beinen massierte.

»Reiner Aberglaube«, japste Riellen, »von dem das gemeine Volk... befreit werden sollte.«

»Er nähert sich dem Zeitpunkt seines geringsten Abstands zu uns«, sagte ich. »Manchmal frage ich mich, ob es Leute auf Lupan gibt, die in den Nachthimmel schauen und sich Fragen über unsere Welt stellen.«

»Tja, *ich* habe mich gefragt, ob es dort wohl unterdrückte Bauern gibt, die unter dem Joch eines ausbeuterischen monarchistischen Establishments leben«, sagte Riellen und fiel dann von der Anstrengung, in dieser dünnen Luft so einen langen Satz auszusprechen, in Ohnmacht. Der Wachposten rief uns vom Palasttor zu, dass unsere Papiere kontrolliert und akzeptiert worden seien.

Und so kam es, dass ich das Observatorium Alpindrak keuchend wie ein Fisch auf dem Trockenen betrat. Mir war so schwindlig, dass ich kaum in gerader Linie laufen konnte, meine Lunge brannte wie der Schmelzofen einer Schmiede und ich fühlte mich ganz allgemein, als sei ich achtzig anstatt achtzehn und hätte mich nicht gut gehalten… Und warum? Weil ich zwei Rucksäcke, Wallas und Riellen trug. Roval mit seinen heftigen Krämpfen stützte sich ebenfalls auf mich. Aber trotzdem gab es noch eine Sache, die ich tun musste, eine dieser Lebensambitionen, die ihren Ursprung nicht in der Vernunft haben.

Ich ließ meinen Trupp in einem unordentlichen Haufen kurz hinter dem Tor liegen, nahm meinen Rucksack und erklomm die Treppe zur Palastmauer. Dort setzte ich in großer Eile meine Sackpfeife zusammen. Die drei Brummer und ihre besonderen Rohrblätter wanderten in ein paar Dutzend Herzschlägen in den Schaft, und die selbst gebaute Spielpfeife war bereits an Ort und Stelle. Die Berge standen zerklüftet vor dem Antlitz der Sonne, als ich Lavencis Bild mit meiner Axt vor die Mauer klemmte, mich erhob und den Luftsack aufblies. Dann drückte ich mit dem linken Arm fest darauf, sprach die Brummer an und spielte »Der Abend ist nur fürs Werben«. Obwohl speziell dafür gefertigt, entwickelten die Pfeifen in der dünnen Luft nicht ihren besten Klang. Aber ich schaffte es, auf dem höchsten Berg in ganz Scalticar zum Sonnenuntergang zu spielen. Als die Sonne versunken war, der Horizont aber noch leuchtete, spielte ich »Die Kraft der Wahren Liebe« und kam mit »Sterne in den Augen meines

Mädchens« zum Schluss. Als ich geendet hatte, ertönte Applaus, und ein paar Wachen auf der Brustwehr jubelten mir zu. Unten im Hof sah ich Roval, der vor mir salutierte.

»Ach, Mädchen, wenn du doch nur hier sein könntest«, flüsterte ich Lavencis Porträt zu.

2
IM PALAST ALPINDRAK

Eine halbe Stunde nach unserer Ankunft wurde ich zu einer Unterredung mit Nortan bestellt, Generalastronom der Skeptiker und Vorsteher des Observatoriums Alpindrak. Die Nachricht von großen Entdeckungen in Alpindrak wurden der Außenwelt per Brieftaube mitgeteilt, aber die meisten Skizzen, Tabellen und Ähnliches wurden alljährlich per Pferd in einem großen Tornister abtransportiert. Beobachtungsgesuche wurden genauso gehandhabt. Ich überreichte einen Tornister mit Beobachtungsgesuchen der Skeptischen Akademie der Kalten Wissenschaften, und Nortan sagte mir, ein Tornister mit den Beobachtungen des letzten Jahres werde am folgenden Morgen für mich bereit sein. Wir Wanderpolizisten wurden dann eingeladen, ihm beim Essen Gesellschaft zu leisten, für uns Abendessen, für Nortan aber Frühstück.

»Euer erstes Mal hier oben im Palast?«, fragte er, als wir vor Tellern mit Lauch, Kohl und Hühnersuppe Platz genommen hatten. All das wurde von einem leichten Rotwein begleitet.

»Ja, Vorsteher, ich habe mich freiwillig für den Auftrag gemeldet«, lautete meine Antwort. »Ich wollte mit meiner Sackpfeife zum Sonnenuntergang spielen.«

»Oh, das habe ich wohl gehört. Ihr habt ›Der Abend ist nur fürs Werben‹ gespielt. Was für eine Sackpfeife spielt Ihr?«

»Eine Alberiner Paradepfeife von Carrasen, umgebaut von Duntrovey.«

»Wunderbar. Das schreibe ich ins Stammbuch.«

»Ihr habt ein Stammbuch?«

»O ja, wir führen ein Stammbuch, in dem wir alle vermerken, die hier heraufkommen, und dazu alle Besonderheiten an ihnen. Brillante Idee, auf dem Gipfel von Alpindrak zum Sonnenuntergang zu spielen, gut gemacht!«

»Recht vielen Dank.«

»War das der einzige Grund, warum Ihr Euch freiwillig für die Reise hierher gemeldet habt?«

»Nicht ganz. Ich bin so etwas wie ein Amateur-Astronom.«

»Oh, sehr gut!«, erwiderte er und klatschte entzückt in die Hände. »Ich bin es nicht gewöhnt, Kurieren zu begegnen, denen man die Reise hier herauf nicht als Strafe aufgebrummt hat. Was haltet Ihr von dem Frühstück?«

»Köstlich. Ihr esst gut.«

»Die Belegschaft baut den größten Teil unseres Bedarfs in den Treibhäusern des Palasts an.«

»Tatsächlich? Aber draußen wächst doch kaum etwas«, stellte ich fest. »Warum ist das im Palast anders?«

»Ich räume ein, dass die Luft dünn ist, aber das größte Problem draußen ist die Kälte und der Mangel an gutem Boden. Unsere Treibhäuser sind warm und, äh, gut gedüngt, wenn Ihr versteht, was ich meine. Wir zählen hier nur zwei Dutzend Personen, also produzieren die Treibhäuser mehr, als wir brauchen. Wir bauen auch Wein an und keltern den Senderialvin Royal, unseren berühmten Himmelswein.«

»Ich habe mal einen Mann getroffen, dessen Befehlshaber ihn gekostet hatte«, sagte ich höflich.

»Wollt Ihr welchen kosten?«

Ich wäre beinah vom Stuhl gefallen. Senderialvin Royal kostete in Alberin elf Goldkronen pro Krug, und die Krüge waren sehr klein. Ich nickte mit offenem Mund. Roval schüttelte den Kopf, doch zu meiner Überraschung nickte Riellen ebenfalls. *Muss entschieden haben, dass dies ein Fall ist, wo das gemeine Volk an den Freuden der reichen Unterdrücker teilhaben kann,* dachte ich, als der Generalastronom den Tisch verließ. Er kehrte mit drei winzigen Kristallkelchen und einem Krug von der Größe meines Daumens zurück. Goldene Sterne verzierten das Etikett, auf dem das Jahr 3140 prangte. Der Wein hatte eine eindeutig goldene Farbe, und obwohl ich kein Weinkenner bin, roch ich am Bouquet und begutachtete die Farbe im Lampenschein, bevor ich meinen ersten winzigen Schluck nahm.

»Was meint Ihr?«, fragte Nortan.

»Das ist flüssige Magie«, sagte ich leise, obwohl die Worte nicht einmal annähernd das Erlebnis beschreiben konnten, Senderialvin Royal zu trinken.

»Ihr habt gerade mindestens einen Halbjahressold getrunken«, lachte er. »Eine Belohnung für den Weg hier herauf.«

»Aber der wird doch sicher vermisst«, erwiderte ich.

»Nein, wir bekommen einen Krug oder zwei als Gegenleistung für unsere Hilfe beim Weinbau. Ich bin kein großer Trinker, also teile ich meinen Anteil mit den wenigen anderen Liebhabern himmlischer Schönheit, die den langen, beschwerlichen Weg hierher machen. Wachtmeister Riellen, was meint Ihr?«

»Riellen?«, hakte ich nach, aber sie war im Sitzen eingeschlafen. Mir ging jetzt auf, dass sie eben nicht genickt hatte, sondern ihr beim Einschlafen der Kopf auf die Brust gesunken war. »Ich trage ihn ins Bett, sobald wir gegessen haben.«

Ich streckte die Hand aus und schüttelte Roval, aber auch er war eingeschlafen.

»Eure Männer scheinen einen harten Tag gehabt zu haben«, stellte der Generalastronom fest.

»Roval nimmt ein paar Tropfen Schlaftrunk, wenn sich für ihn eine Gelegenheit zum Trinken ergibt. Er wurde zu mir geschickt, um sich das Trinken abzugewöhnen, und die Wanderpolizei ist seine letzte Bewährungsprobe. Was Riellen betrifft, fragt mich nicht.«

»Na, dann vergeuden wir besser nichts.«

Mit sicherer Hand und großer Vorsicht goss Nortan Riellens Portion wieder in den Krug, dann verkorkte er ihn und reichte ihn mir.

»Überraschen Sie ihn später damit«, sagte er liebenswürdig.

»Das wird auf große Begeisterung stoßen«, erwiderte ich, dachte aber, *Ich sage wohlgemerkt nicht, bei wem.*

»Ist Riellen nicht ein Mädchenname?«, fragte er jetzt.

»Er stammt aus Alberin. Mit Betonung auf der zweiten Silbe ist es ein Mädchenname, mit Betonung auf der ersten ein Jungenname.«

»Aber sie, äh, er, hat einen sargolanischen Akzent.«

»Er hat dort studiert.«

»Verstehe, verstehe. Nun, Ihr habt eine lange Reise hinter Euch, also sollte ich Euch nicht von Euren Betten fernhalten«, sagte er und läutete mit einer kleinen Glocke nach dem Dienstmädchen. »Andererseits muss ich mich an die Arbeit machen.«

»Mit Eurer gütigen Erlaubnis würde ich gern mein eigenes Fernrohr auf die Brustwehr bringen. Es ist nur ein kleines zusammenlegbares Gerät der Brüder Cassentron mit einem Zwei-Fingerbreit-Objektiv, aber für die Beobachtung des Himmels habe ich mir ein Messingstativ anfertigen lassen.«

»Natürlich, warum nicht?«, sagte er überschwänglich. »König Senderial wäre stolz auf Euch gewesen – aber was denke ich nur? Kommt zur Hauptkuppel, sobald Ihr Eure Männer ins Bett gebracht habt. Ich gebe Euch eine ganze Stunde. Ich zeige Euch die Herrscherwelt und die Mondwelten durch unseren riesigen Vierzehn-Fingerbreit-Reflektor.«

Mein schlauer Plan war damit hinfällig geworden. Statt einen Vorwand zu haben, die ganze Nacht auf dem Palastgelände und der Brustwehr herumzuschleichen, musste ich nun mindestens eine Stunde mit dem Generalastronom verbringen. Ich lud Riellen auf ihrem Bett ab und warf eine gefütterte Decke über sie, ohne mir die Mühe zu machen, ihr auch nur die Stiefel auszuziehen, dann brachte ich Roval in sein Schlafgemach. Endlich wieder in meinem Zimmer, zog ich Wallas am Nackenfell aus der Satteltasche und hielt ihn in die Höhe.

»Es ist Nacht«, murmelte er verdrossen.

»Katzen sind nachtaktiv«, stellte ich fest. »Ich habe dir einen Hähnchenflügel mitgebracht.«

»Wahrscheinlich ohne große Kunstfertigkeit zubereitet, aber legt ihn auf meinen Teller, ich sehe ihn mir gleich an.«

»Außerdem habe ich einen halben Krug Senderialvin Royal mitgebracht.«

Wallas wurde plötzlich zu einem großen pelzigen Ball aus hektisch strampelnden Gliedern und Schwanz. Ich ließ ihn aufs Bett fallen, aber er sprang sofort herunter, setzte sich neben seinen Teller und sah erwartungsvoll zu mir hoch.

»Na, dann stehen Sie nicht einfach so da, gießen Sie schon ein!«, verlangte er. »Haben Sie schon probiert?«

»Erst, wenn Sie den Palast nach der Kaiserin durchsucht haben, Wachtmeister Wallas«, sagte ich streng.

»Was? Das wird die ganze Nacht dauern! Wir wissen nicht mal, ob sie wirklich hier ist, und, und... was für ein herzloser, grausamer Folterknecht würde mich die ganze Nacht auf einen Schluck Senderialvin Royal warten lassen? Äh, welcher Jahrgang war es noch gleich, sagten Sie?«

»Ich habe gar nichts gesagt. 3140.«

»O ja! Ja! Ja! Ein Klassiker aus der Zeit vor den Torea-Stürmen.«

»Aber wie der große Hauptmann Gilvray einmal gesagt hat, *Erst der Sieg, dann die Feier*.«

»Ich glaube, Sie haben in Wirklichkeit gar keinen Krug mit Senderialvin Royal!«, rief Wallas plötzlich.

Ich holte den Krug aus der Tasche und hielt ihn ihm zur Betrachtung vors Gesicht.

»Bastard«, murmelte er mit einem sehr katzenhaften Fauchen.

»Ich habe den Dienstplan gesehen, als ich in der Küche war, um mir deinen Hähnchenflügel zu holen. Im Palast befinden sich achtundzwanzig Personen: Riellen, Roval, ich, die zwei Dutzend, die hier leben, und ein Gast.«

»Zweifellos ein Astronom auf Besuch«, brummte er.

»Das frage ich mich. In den letzten drei Nächten hat Riellen in ihren Schattenwander-Trancen magische Aktivitäten in diesem Gebiet registriert. Hier in der Nähe hält sich ein starker Zauberer auf, und im Palast wohnt eine zusätzliche Person. Finde diese Person, Wallas, und ein großzügiges Quantum von dem, was noch im Krug ist, gehört dir.«

Ich schüttelte den Krug, um ihm zu zeigen, das noch etwas darin war.

»Nicht! Das schadet dem Wein!«, jaulte er.

»Wir treffen uns jede Stunde am Nordturm«, sagte ich, während ich den Krug wieder verstaute. »An seinem Fuß gibt es einen kleinen Hof. Die erste Stunde verbringe ich in Gesellschaft des Generalastronomen, und wenn ich seiner Himmelsführung entflohen bin, will ich einen vollständigen Bericht, was Versteckmöglichkeiten im Palast angeht.«

Zwar bestanden die Gebäude des ursprünglichen Palasts aus dicken, sorgfältig behauenen Granitblöcken, die mit Marmor verkleidet waren, die Kuppeln mit den Fernrohren waren jedoch nur aus lackiertem, auf der Außenseite weiß gestrichenem Holz. Die Messing- und Kristall-Instrumente sowie ihre uhrwerkartigen Antriebsmaschinen waren in der Herstellung sehr viel kostspieliger gewesen als die Kuppeln, doch sie krönten den Palast auf eine wunderschöne Weise und gaben ihm etwas Tempelartiges.

Es war zwei Stunden nach Sonnenuntergang, als der Generalastronom schließlich nach mir schicken ließ. Er war in der Hauptobservatoriumskuppel, die durch eine einzelne Lampe mit einem roten Schirm spärlich beleuchtet war.

»Nur herein, Danol, nur herein«, sagte er, ohne vom Okular des Fernrohrs aufzublicken, als ich eintrat. »Sie kommen gerade rechtzeitig. Miral steht am Horizont, aber man kann trotzdem eine Menge sehen.«

Durch das Okular sah ich auf der Oberfläche der Herrscherwelt viele große Wirbel in vielen verschiedenen Grüntönen. Die schlichten Bänder, die man mit bloßem Auge auf unserer Herrscherwelt erkennen kann, bestehen tatsächlich aus einem verschlungenen Stickmuster aus Strudeln, Strömungen, Wirbeln und Spiralen. Die Ringe waren um diese Zeit des Monats beinah genau von der Seite zu sehen, und als der Astronom das Fernrohr auf sie richtete und ein stärkeres Okular in das Fokusloch im Hauptspiegel einsetzte, konnte ich ein winziges Glitzern erkennen, vielleicht ein Blitz alle zwei oder drei Sekunden.

»Sie funkeln und glitzern«, hauchte ich mit ehrlichem Staunen.

»Wir glauben, die Ringe bestehen aus sich drehenden Eisbrocken, manche so groß wie dieser Palast. Ab und zu fällt das Sonnenlicht darauf, und dann seht Ihr einen winzigen Blitz.«

Wir setzten unsere Himmelswanderung fort. Dalsh, die der Herrscherwelt am nächsten stehende Mondwelt, war nicht mehr als eine scheckige Sichel aus Grau-, Weiß-, Orange-, Grün- und Blautönen.

»Wir glauben, Dalsh ist unserer eigenen Mondwelt ähnlicher als alle anderen«, sagte der Generalastronom. »Ihr seht Wälder, Meere und Wolken. Jetzt schwenken wir nach rechts an Lupan vorbei auf Belvia.«

Belvia war hauptsächlich mit Ozeanen bedeckt. Tatsächlich war seine gesamte Landmasse kleiner als unser Kontinent Scalticar. Ich sah eine halbe dunkelblaue Scheibe mit weißen Eiskappen an den Polen, grünlichen Sprenkeln, bei denen es sich um Inseln handelte, und riesige, zerfledderte Wolkenfelder.

»Und zuletzt lasse ich Euch einen Blick auf Lupan werfen«, sagte mein Gastgeber und schwenkte das Fernrohr.

Zu diesem Zeitpunkt präsentierte Lupan sich als dicke Sichel. Sein von der Sonne beschienener Teil war überwiegend rötlich orange mit weißen Schlieren an den Polen. Die Meere waren nicht größer als Belvias Inseln. Natürlich gab es die berühmten Kanäle. Manche schlängelten sich wie Flüsse, aber andere verliefen vollkommen gerade, und es gab Verdickungen, wo sie sich kreuzten.

»Ich sehe die Kanäle«, sagte ich zögernd.

»Äh, nein, das ist Vegetation, die sich in ihrer Umgebung ausbreitet – und es sind auch keine Kanäle, sondern Rinnen. Es handelt sich hier um einen Übersetzungsfehler in der ursprünglichen Erklärung der Entdeckung, wisst Ihr?«

»Wie können derartig gerade, regelmäßige Gebilde nicht künstlicher Natur sein?«, fragte ich.

»Es könnte sich um große, mit Wasser gefüllte Risse handeln, die bei Erdbeben entstanden sind. Man muss sich einen offenen Geist bewahren, sonst würden wir wieder zur Magie zurückkehren und wären alle nur Zauberer.«

»Ich beuge mich Eurer Gelehrsamkeit, Milord«, sagte ich, während ich mir meine Stellung klar machte.

»Danol, Ihr redet wie ich im Tonfall und mit der Autorität des Gelehrten«, stellte er fest. »Wie kommt es, dass Ihr ein Wanderpolizist seid?«

»Ein bedauerlicher Vorfall in meiner Vergangenheit«, gestand ich, ohne vom Okular aufzublicken.

»Würdet Ihr eine Berufung in den Orden der Skeptiker in Betracht ziehen?«

»So eine Berufung würde mir nicht gefallen, Generalastronom. Zu meiner Schande muss ich gestehen, dass mir dafür zu viel an Wein, Gesang und verlockenden Weibern liegt.«

»Ach, schade. Gefällt Euch denn das Fernrohr? Es wird Gigoptica genannt und ist das größte der bekannten Welt. Das Messingrohr ist zwanzig Fuß lang, mit einem versilberten Hohlspiegel an der Basis und einem zweiten an der Spitze. Der Hauptspiegel ist der eigentliche Schatz. Er hat einen Durchmesser von vierzehn Fingerbreit und ist damit zwei Fingerbreit größer als der nächstgrößte irgendwo.«

»Und wo wäre das, Generalastronom?«

»Natürlich in der Nordkuppel. Wir haben hier die vier größten Fernrohre, die je gefertigt wurden. Dieses hier, das mit dem Zwölf-Fingerbreit-Reflektor und zwei mit einem Elf-Fingerbreit-Reflektor. Außerdem haben wir noch einen Zehn-Fingerbreit-Reflektor mit sehr geringer Brennweite. Der ist für Weitwinkelbetrachtungen, mit denen wir Kometen und anderen Mondwelten nachspüren.«

»Anderen Mondwelten?«, fragte ich unschuldig. »Es gibt nur vier.«

»O nein, mittlerweile sind es neun. Die fünf neuen sind ziemlich winzig, tatsächlich umkreisen die beiden kleinsten Lupan. Monde einer Mondwelt, könnt Ihr Euch das vorstellen? *Wir* haben sie alle entdeckt. Welcher Zauberer könnte *das* jemals mit Magie? Lasst mich in meine Tabellen schauen, dann versuche ich einen Kometen für Euch zu finden.«

Er ging in einen Nebenraum und ließ mich mit der Beobachtung Lupans allein. Das Fernrohr war von der Bauart mit einem zweiten kleineren Spiegel am oberen Ende und einem Loch für ein Okular im Hauptspiegel an der Basis. Als ich ins Okular schaute, sah ich, was ich von Zeichnungen kannte.

Doch jetzt war es so wirklich, dass es mir beinah künstlich vorkam. Lupan war seltsam scharf, zu hell, zu gut definiert, zu grell, zu farbintensiv. Der Uhrwerkantrieb klickte stetig und sorgte dafür, dass die Mondwelt im Blickfeld blieb. Ihre zwei winzigen Monde leuchteten daneben wie strahlende Diamanten.

»Ich sehe nur sehr wenige Wolken in Lupans Atmosphäre«, sagte ich, als Nortan zurückkehrte.

»Deswegen leuchtet er heute Nacht so rot«, erwiderte er.

Durch das größte existierende Fernrohr schaute ich auf die orangefarbenen Wüsten einer anderen Welt, auf kleine blaue Meere und dunkelgrüne Vegetation. *Wälder oder kultivierte Felder?*, fragte ich mich. Die Linien sahen so vorsätzlich aus, dass es sich um künstliche Kanäle durch die Wüsten handeln musste. Wo sie einander kreuzten, war immer ein dunkler Fleck. Waren das Städte? Mehrere Kanäle verliefen zur leuchtend weißen Polkappe.

»Lupan ist immer ein gutes Objekt für eine Betrachtung«, stellte Nortan fest.

»Er ist ziemlich schön«, sagte ich verzaubert.

»Euer Interesse freut mich. Ich hatte schon Herzöge, Grafen, Prinzen und sogar Könige hier, aber sie blinzeln nur, grunzen und fragen dann, was sie sich sonst noch ansehen können.«

»Diese Kanäle müssen einfach künstlich sein«, spekulierte ich wieder.

»Warum? Gibt es einen Beweis?«

»Einige Zauberer sagen, sie hätten Zauber gespürt, die auf Lupan gewirkt würden. Sie sagen, dass sie geistige Verbindung mit den lupanischen Zauberern aufnehmen könnten, wenn…«

»Wenn sie einen ausreichend großen Forschungsauftrag bekämen«, warf der Astronom ein. »Zauberer reden nur, aber was wir hier haben, ist ein direkter Blick. Keine Traumreise, wie sie Nichtzauberern ewig vorenthalten bleibt. Ich bin ein

Skeptiker, alle von uns hier im Palast sind Skeptiker. Wir glauben nur, was wir vor uns haben, und vor uns haben wir das Antlitz Lupans mit Seen, Flüssen, Wäldern, Wüsten und polarem Ödland. Das ist Tatsache, und etwas anderes als Tatsachen gibt es nicht.«

Während er sprach, gab es einen schwachen Blitz, nicht mehr als ein Glitzern, auf der dunklen Seite von Lupans Scheibe. Ich keuchte, und der Generalastronom fragte, was los sei.

»Ich habe einen winzigen Blitz auf Lupans dunkler Seite gesehen.«

»Einen Blitz?«

»Und jetzt ist da ein schwach leuchtender Punkt in der Dunkelheit.«

»Ein Punkt?«

»Er ist sehr, sehr schwach.«

»Einundzwanzig Minuten nach der neunten Stunde nach Mittag, laut unserer Uhr«, murmelte der Generalastronom, und ich hörte das hektische Kratzen von Kreide auf einer Tafel. »Schnell, lasst mich sehen!«

Er blieb lange Zeit am Okular und schrieb und zeichnete dabei beständig auf seiner Schiefertafel.

»Meiner Schätzung nach liegt der Punkt ungefähr auf dem Äquator, wo der Lontassimar-Kanal auf die Florastia-Wüste trifft. Man weiß, dass es einzelne Berge in dieser Gegend gibt... und da ist eindeutig ein Schein, der sich kreisförmig ausbreitet, dabei aber blasser wird. Ein Vulkanausbruch, würde ich sagen.«

»Könnte es ein künstliches Ereignis sein?«, fragte ich.

»O nein. Diese Wolke ist mittlerweile größer als ein kleines Königreich. Keine Zivilisation könnte so eine gewaltige Explosion erzeugen.«

»Vor vier Jahren hat unsere eigene Zivilisation eine alte Waffe gezündet, die einen ganzen Kontinent vernichtet hat«, stellte ich fest. »Das hat die Torea-Stürme ausgelöst, und nach beinah vier Jahren werden sie erst jetzt ganz langsam schwächer.«

»Ja, aber das war ein Unfall.«

»In der Tat, Milord, aber bei den Lupanern könnte es auch Unfälle geben.«

»Die wären nicht so dumm.«

»Nun, vor drei Jahren haben unsere Zauberer unsere ganze Welt mit dieser Äthermaschine Drachenwall umgürtet, Milord. Sie hat mehrere Städte zerschmolzen, als einige sehr rachsüchtige Leute die Kontrolle über sie bekamen.«

»Und mehrere von *unseren* Tempeln! Das war ein für Zauberer typisches Unterfangen. Nur Lichter und Spektakel, keine Theorie und keine Prinzipien. Kein Wunder, dass die Maschine sich selbst zerstört und sie alle getötet hat.«

»Aber vielleicht gibt es auch auf Lupan Zauberer, die dieselben Fehler machen wie unsere.«

»Die Lupaner wären viel zu vernünftig, um so etwas wie Drachenwall zu bauen.«

»Auf welcher faktischen Grundlage beruht diese Einschätzung, Milord?«, fragte ich unschuldig.

Diese Bemerkung traf ihn in seiner Ehre als Skeptiker. Er blickte von dem Okular auf, funkelte mich einen Moment an, schien im Stillen einzuräumen, dass ich damit nicht ganz Unrecht haben könnte, um sich dann mit dem Eifer eines Trunkenbolds, der einen Schluck aus einem guten Krug Wein nimmt, wieder der Betrachtung Lupans zu widmen.

»Links neben der Tür hängt ein Glockenseil«, sagte er drängend. »Seid so gut und läutet fünfmal, um die anderen Astronomen hierherzurufen.«

Fünfmaliges Läuten war eindeutig das Rufzeichen mit der größtmöglichen Dringlichkeit. Die vier anderen Skeptiker-Astronomen trafen binnen einer halben Minute ein, gefolgt von den vier Technikern, einem Dienstmädchen, das wissen wollte, ob jemand eine Tasse Tee wünsche, dem Koch, der ein Tablett mit Butterkeksen brachte, und neun Wachposten, die aussahen, als seien sie ziemlich gelangweilt und hofften auf ein interessantes Ereignis.

Der Generalastronom erklärte in aller Eile, was ich gesehen hatte, was er sehen konnte und was es bedeuten mochte. Die anderen vier Astronomen verteilten sich auf die anderen vier Fernrohre, gefolgt von verschiedenen Mitgliedern des Palaststabs. Ich ließ mir die Situation durch den Kopf gehen. Mittlerweile leisteten tatsächlich nur noch zwei Wachposten aktiven Dienst, und das waren die beiden dreitausend Fuß tiefer in der Wachstation. Alle anderen befanden sich in den fünf Observationskuppeln.

Ich stahl mich davon, traf mich mit Wallas und hörte mir seinen Bericht über den Palast an. Er hatte eine einigermaßen gründliche allgemeine Durchsuchung vorgenommen, aber da er nicht in der Lage war, Türen zu öffnen, bedeutete dies, dass ich gezwungen sein würde, praktisch jedes kleine Gemach persönlich zu überprüfen.

»Die dünne Luft macht die Bewegung noch unangenehmer«, beklagte sich Wallas.

»Also hast du dich endlich so viel bewegt, dass dir das aufgefallen ist.«

»Kann ich jetzt meinen Senderialvin Royal 3140 haben?«

»Nein! Während ich die Räume kontrolliere, musst du nach jedem Ausschau halten, der herumschleicht und sein Versteck zu wechseln versucht.«

»Was ist mit Riellen und Roval?«

»Riellen ist den ganzen Tag marschiert und wird vermutlich nur wieder in Ohnmacht fallen, wenn sie nicht ein paar Stunden Schlaf bekommt. Roval hat seinen Schlaftrunk genommen. Du dagegen hast den ganzen Tag in der Satteltasche verbracht und bist zu allem bereit. Also, Wachtmeister Wallas, machen Sie sich auf und bewegen sich wieder.«

Ich verließ ihn und begann mit der Durchsuchung des Palastkomplexes. Nur die Tür zum Keller mit dem Senderialvin Royal war mit einem Vorhängeschloss gesichert, aber die Regale mit dem grotesk teuren Wein waren durch eine Gittertür sichtbar, und ich konnte sehen, dass sich dort niemand versteckte. Die weiten Flure waren leer, kalt und immer noch kahl, aber die Gewächshäuser waren vollständig bepflanzt und noch warm vom Sonnenschein des Tages. Es gab buchstäblich Hunderte von Schlafgemächern, Salons und Sonnenzimmern, die überprüft werden mussten.

Ich schlich Stunde um Stunde durch die Flure, über Brustwehre und durch Kreuzgänge, fand jedoch nichts. Es war in der dünnen Luft ermüdende Arbeit, nachdem ich den ganzen Tag marschiert war. Und die ganze Zeit war mir nicht bewusst, dass etwas mit Kurs auf unsere Mondwelt durch die Leere schoss. Selbst wenn ich es gewusst hätte, ich hätte es kaum glauben mögen. Die Nacht war klar, still und extrem kalt, und Lupan schien, als ich ihn durch ein Fenster in einem Sonnenzimmer später wieder erblickte so weit entfernt.

Um zwei Stunden nach Mitternacht herum hatte ich immer noch nichts gefunden und dabei weniger als ein Viertel des Palastgeländes erforscht. Ich brauchte Hilfe. Roval hatte sich betäubt, also würde ich wohl doch Riellen wecken müssen. Ich kehrte zu ihrem Zimmer zurück und klopfte an die Tür. Kein Geräusch war zu hören. Das heißt, kein Geräusch von meinen Knöcheln. *Irgendein Dämpfungszauber*, vermutete ich. Ich griff zum Riegel, doch Spuren blauen Feuers zuckten vor und stachen meine Hand. *Magie*, dachte ich, während ich mir die Finger rieb. Ich wusste gerade genug über Zauberei, um vor Schutzzaubern auf der Hut zu sein. Einige davon konnten einem einen Finger abreißen. Riellen schlief wahrscheinlich in ihrer Kammer tief und fest und wusste gar nicht, dass sie darin gefangen war. Ich war natürlich noch frei... aber offensichtlich wusste mein Jagdwild, dass wir in Alpindrak waren, um sie zu finden.

Die Glocke der Uhr im Nordturm schlug zur zweiten Stunde nach Mitternacht, also eilte ich zu meinem Treffpunkt mit Wallas. Er war nicht da, als ich dort eintraf, und fünfzehn Minuten nach der vollen Stunde kam ich zu dem Schluss, dass er sich auch nicht mehr mit mir treffen würde. Aus uns Jägern waren Gejagte geworden, und drei Viertel von uns waren bereits ausgeschaltet.

Ich ließ meine Laterne zurück und eilte im Dunkeln weiter. Wenn die Kaiserin wusste, dass wir ihr auf der Spur waren, würde sie ganz sicher nicht schlafen. Außerdem hatte sie mich vielleicht bei meiner Durchsuchung des Palastes beobachtet. Sie konnte unmöglich wissen, dass wir nicht noch mehr Wachtmeister mitgenommen hatten, die auf dem Weg nach unten zum Nachbarberg eine Straßensperre bildeten, also würde sie nicht versuchen, auf diesem Weg zu entkommen. Sie *konnte* jedoch entkommen. Schließlich war sie nicht nur die Kaiserin, sondern auch eine Zauberin.

Ein heller Lichtblitz auf der Brustwehr im Westen fiel mir ins Auge. *Magie, sie ist dort*, dachte ich sofort. Dann überlegte ich weiter. Zeitverzögert wirkende Zauber waren möglich. Tatsächlich würden sich jene an Riellens Tür sehr wahrscheinlich im Morgengrauen auflösen. Kaiserin Wensomers Blendzauber würde die Astronomen verärgern, hatte aber wahrscheinlich den Zweck, meine Aufmerksamkeit zu erregen. Ein weiterer Blitz flackerte an derselben Stelle auf, und ich war versucht, dort hinzugehen. Doch der Wind wehte aus westlicher Richtung, was bedeutete, dass die Brustwehr im Osten relativ geschützt war. *Dort* würde sie sein.

Wahrscheinlich legte ich den Weg zum Ostteil des Palasts hastiger zurück als gut für mich war. In die Hauptmauer war auf etwa halber Höhe ein langer, breiter Balkon eingelassen. Früher hatten sich dort Höflinge und Botschafter getummelt, zum Schutz vor der Kälte Pelze getragen, in der dünnen Luft schwer geatmet und warme Getränke geschlürft, während sie dem exzentrischen König ihre Aufwartung machten, der so gern unter der Pracht der Sterne Hof hielt. Jetzt war zum ersten Mal seit sieben Dekaden wieder ein Monarch anwesend.

Ich ging davon aus, dass Wensomer große ätherische Flügel benutzen würde, um zu fliehen. Ich hatte so etwas zwar noch nie gesehen, wusste aber, dass es möglich war. Von einem wirklich fähigen Initiaten konnten Flügel aus Äther gewirkt werden. Die Flügel wogen nichts, und man konnte mit ihnen auf Luftströmungen reiten und so, wenn die Winde günstig waren, Dutzende oder sogar Hunderte von Meilen gleiten. Ich hatte damit gerechnet, dass sie damit beschäftigt sein würde, die riesigen Flügel zu wirken, und all ihre Kraft und Konzentration in diese Aufgabe legte. Ich hatte mich geirrt. Seitdem ist mir klar, dass ich es mit einer der intelligentesten und schlausten Personen auf dem ganzen Kontinent zu tun hatte.

Ein Blendzauber explodierte vor meinem Gesicht, als ich durch den Torbogen eilte, der auf den Balkon führte. Ich warf mich sofort zu Boden, aber mein Schwung trug mich über die glatten Fliesen zum Geländer am Rand. Ich klammerte mich in dem Bewusstsein an eine Steinsäule, dass nur wenige Fingerbreit entfernt von mir eine gewaltige Menge von Nichts wartete. Ich war blind, wusste aber sehr wohl, was da war, und fürchtete mich davor. Etwas peitschte nach meinem Oberkörper, wickelte sich eng um mich und fesselte mich an die Säule. Kaiserin Wensomer war nicht mit dem Wirken von Flügeln für eine Flucht beschäftigt gewesen, vielmehr hatte sie mir aufgelauert.

»Eure Majestät, ich bin Euer Diener«, japste ich hoffnungsvoll. »Inspektor Danolarian Scryverin, zu Euren Diensten.«

Die Antwort ließ einige Zeit auf sich warten, aber ich konnte hören, wie jemand mit klimpernden Schnallen auf und ab ging.

»Der Inspektor der Wanderpolizei«, sagte sie schließlich.

»Ich habe gesehen, wie Ihr heute Nachmittag die Stufen erklommen habt, und Euch dann bei der Durchsuchung des Palasts beobachtet. Ihr seid geschickt worden, um mich zu suchen. Versucht gar nicht erst, etwas Gegenteiliges zu behaupten.«

»Ja, Eure Majestät.«

»Ihr seid derselbe Wanderpolizist, der mich in Malvar, Dekkegrat und Grünburg beinah erwischt hätte?«

»Ja, schon, aber…«

»Eure Hingabe, Intelligenz und Euer Einfallsreichtum verblüffen mich. Außerdem ärgern sie mich ganz erheblich.«

»Ich bitte um Verzeihung, Majestät, aber…«

»Ihr versucht nicht, mich zu töten. In Dekkegrat hattet Ihr Gelegenheit dazu, habt sie aber nicht ergriffen. Warum verfolgt Ihr mich also?«

»Euer Reich braucht Euch…«

»Mein Reich braucht mich wie ein Fisch ein Handtuch.«

»Ich gehe *nicht* zurück, und damit basta.«

»Aber ein Usurpator…«

»Es gibt schon einen Usurpator? Wunderbar.«

»Regent Corozan.«

»Noch besser. Meine doch sehr dekadente Herrschaft wird sich neben seiner wie ein goldenes Zeitalter ausnehmen.«

»Das könnt Ihr nicht ernst meinen.«

»O doch, das kann ich. Was war das eigentlich für ein Spektakel gestern Abend? Ich habe etwas von einer gewaltigen Explosion gehört.«

»Auf Lupan hat eine gewaltige Explosion stattgefunden, Eure Majestät.«

»Meinen Sie Lupan die Mondwelt oder diesen Laden im Südteil von Alberin – Lupans Diskrete Unterhaltungen für Anspruchsvolle Damen?«

»Die Mondwelt, Eure Majestät.«

»Deswegen sind also alle in den Kuppeln. Die Astronomen müssen vergnügt sein wie Schweine in einer Jauchegrube.

Also, Ihr seid Inspektor Danolarian Scryverin von der Wanderpolizei. Ihr habt meiner Schwester kurz vor meiner Abdankung das Leben gerettet.«

»Nein, das stimmt nicht, Eure Majestät«, sagte ich nach einiger Überlegung. »Die einzige Prinzessin, der ich je gedient habe, war Senterri, die Tochter des sargolanischen Kaisers. Ich war nur ein bescheidener Aufklärer in ihrer Eskorte.«

»Aber meine Schwester ist auch eine Zauberin – ein Albinomädchen, Eure Größe, und ihre Augen sind von der Behandlung mit der Tinte von Tintenfischen schwarz.«

Jeder Muskel in meinem Körper verkrampfte sich für einen Moment, und dann brach alles unter mir irgendwie zusammen. Mein Magen wurde zu einem Abgrund, der tiefer und finsterer war als der, an dessen Rand ich lag.

»Lavenci?«, keuchte ich. »Äh, ich meine, Lady Lavenci? Sie ist Eure *Schwester*?«

»Meine Halbschwester. Wir haben eine Mutter gemeinsam, mit der sie eine geheime Akademie für Zauberei betreibt. Ich habe ihr vor meiner Abdankung einen Adelstitel verliehen, sie ist jetzt eine Vasallin. Auf einen höheren Adelstitel würde sie sich zu viel einbilden.«

Das war ein schlimmer Augenblick gewesen. Dass Wensomer die Schwester meiner Liebsten war, hätte bedeutet, dass mein Liebling *meine* Halbschwester war. Die Welt wurde plötzlich wieder ein warmer, heller und wunderbarer Ort – obwohl ich immer noch geblendet und an eine Säule am Rande eines dunklen Abgrundes gebunden war, der zweitausendmal tiefer war als nötig, um mich zu töten.

»Also, wo hat sie Euch gehabt?«, fragte Wensomer. »In der Speisekammer oder im Wäscheschrank?«

»Ich... äh, wie bitte?«

»Ihr wisst schon, die Röcke oben und den Schlüpfer unten. Erzählt mir nicht, es war im Bett! Sie beißt so heftig, Laron hatte die Male noch zwanzig Tage nach ihrer ersten gemeinsamen Nacht am Hals.«

»Laron, der amtierende Ratgeber des Regenten von Alberin?«, fragte ich, während die soliden Steinfliesen unter mir plötzlich zu einer Mischung aus eiskaltem Treibsand und Säure wurden.

»Habt Ihr das nicht gewusst? Huch, was bin ich doch für ein Klatschweib.«

»Eure Majestät, ich bin nur ein einfacher Inspektor bei der Wanderpolizei«, sagte ich, während mir noch der Kopf von ihrer Freimütigkeit schwirrte. »Hätte ich das gewusst, ich hätte nicht einmal davon zu träumen gewagt, einer großen und mächtigen Edelfrau den Hof zu machen.«

»Darüber würde ich mir keine grauen Haare wachsen lassen, Danolarian. Lavenci hat schon vielen pickeligen Studenten in Mutters Akademie amouröse Fallen gestellt – sie mag sie intelligent, wissen Sie? Sie hat schon den Rock gehoben für… Ulderver, Decrullin und Laron, um nur ein paar zu nennen. Dann war da noch der Präfekt, Lees, ach ja, und dieser willensschwache Lehrer, Haravigel. Die Begegnung mit Laron ist ihr tatsächlich auf dem Dach gelungen, ich bin praktisch während des Aktes zufällig über sie gestolpert.«

»Niemals!«, rief ich unwillkürlich. »Niemals! Niemals! Hört auf damit, verdammt! Hört auf!«

»Was ist denn los?«, fragte Wensomer, deren Tonfall plötzlich verwirrt, ja beinah besorgt klang. »Was hat sie denn mit Euch angestellt?«

Mittlerweile war ich über jede Demütigung erhaben. Die Welt war untergegangen. Was interessierte es mich, was die Leute von mir wussten oder hielten?

»Wir haben Händchen gehalten, getanzt, uns fünfmal einen Gutenachtkuss gegeben, uns Nussbrötchen auf dem Markt geteilt und zwei Sonnenuntergänge gemeinsam beobachtet.«

Wensomer schien tatsächlich einen Moment zu stutzen und zu überlegen.

»Und das ist alles?«

»Ein Mal... ein Mal war ich so kühn, ihre Brust zu streicheln. Sie hat mir auf die Hand geschlagen.«

»Was? Sie hatte schon mehr Hände auf ihren Brüsten, als ich morgens Kater. Du meine Güte, warum rangiert Ihr so tief in ihrer Wertschätzung, Danolarian?«

»Ihr müsst noch eine Schwester haben«, sagte ich verzweifelt.

»Nur eine ist noch am Leben. Ich weiß, dass sie auf ein wenig Abenteuer steht, um ihre Lust anzuheizen, sie ist der Typ, der gern grapscht und fummelt. Ich dagegen mag große Betten, seidene Laken, eine Federkernmatratze so tief, dass man darin ersticken kann, Süßigkeiten und leckeren Wein in der Nähe und die Privatsphäre, die einem abgesperrte Türen verschaffen. Also habt Ihr und sie nie, Ihr wisst schon, es getan?«

Ich lag auf kalten Steinplatten, geblendet und mit ätherischen Fasern mit der Kraft von Stahl an den Sockel einer Säule gefesselt, aber die Bestürzung, die das soeben Gehörte in mir wachrief, war weitaus schlimmer. In einem einzigen Augenblick hatte ich dasselbe erlebt, was Roval dazu gebracht hatte, das Bild in seinem Medaillon seit drei Jahren zu verfluchen. Mein einziger Versuch in Liebe, zu Boden geworfen, zerschmettert und mit Füßen getreten. Ich beschloss, mir ein wenig von meinem Stolz zu bewahren, falls das überhaupt möglich war.

»Nein«, sagte ich mit so viel Würde, wie ich aufbringen konnte.

»Tatsächlich? Ich frage mich, warum nicht. Sie hatte in der Nacht, als sie Euch kennen gelernt hat, infolge der Behandlung seitens der Inquisition zwei gebrochene Rippen. Vielleicht wollte sie warten, bis sie wieder zusammengewachsen waren, bevor sie Euer Gewicht tragen wollte... aber was hätte *Euch* daran gehindert, *ihres* zu tragen? Ich weiß, dass sie in den Regierungsarchiven Eure Vergangenheit unter die Lupe genommen hat.«

»Das hat sie?«

»Ja. Sie hat gesagt, früher wärt Ihr ein ziemlich begriffsstutziger Matrose gewesen und auf einer Fahrt nach Diomeda verschwunden. Zwei Jahre später seid Ihr dann wieder nach Alberin zurückgekehrt, sprach neun Sprachen, konntet lesen, schreiben und aus den Klassikern zitieren und wart ein Experte im Umgang mit einem halben dutzend Waffen. Angeblich wart ihr in der Eskorte einer sargolanischen Prinzessin, ein Held der Schlacht an der Schnellwasserbrücke und ein Mitglied der Regentschaftsgarde von Kapfang.«

»Ich glaube an persönliche Weiterentwicklung.«

»Und elf Fingerbreit größer.«

»Nahrhaftes Essen und viel gesunde Bewegung.«

»Euch scheint auch ein Auge nachgewachsen zu sein, das Ihr in einer Tavernenschlägerei verloren habt.«

»Ich, äh, bin einem sehr begabten Zauberer begegnet.«

»Wahrscheinlich hat er auch gleich das Ohr wieder nachwachsen lassen, das bei einer anderen Tavernenschlägerei einer zerbrochenen Flasche zum Opfer gefallen ist?«

»Äh, ja.«

»Inspektor Danolarian Scryverin von der Wanderpolizei, Ihr wisst, dass Ihr nicht Danolarian Scryverin seid, ich weiß, dass Ihr nicht Danolarian Scryverin seid, und Ihr wisst, dass ich weiß, dass Ihr nicht Danolarian Scryverin seid. Ich weiß außerdem, dass Ihr wisst, dass ich in Bezug auf mein Wissen über Euch sehr indiskret sein könnte, und dass Euch lieber wäre, wenn sonst niemand erfährt, was ich über Euch weiß.«

»Ihr wisst eine ganze Menge, Eure Majestät.«

»Habt Ihr Danolarian Scryverin getötet?«

»Nein.«

»Was dann?«

»Es war in Diomeda, als die Toreaner gekommen sind. Sie haben in der ganzen Stadt eine Nacht lang Freibier und Wein ausschenken lassen, um bei den Einheimischen Sympathie für sie zu wecken. Am nächsten Morgen habe ich Danols

Leichnam am Ufer des Leir gefunden. In jener Nacht haben sich mehr Leute zu Tode gesoffen, als in den Kämpfen um Diomeda ums Leben gekommen sind. Ich habe seine Papiere an mich genommen. In der allgemeinen Verwirrung war es leicht, die Identität zu wechseln.«

»Wer wart Ihr vorher?«

»Ein bescheidener toreanischer Flüchtling«, sagte ich so respektvoll, wie ich konnte, und ich hörte sie leise lachen.

»Die einzigen Toreaner in Diomeda waren Matrosen und Marinesoldaten, die bei der Invasionsflotte waren. Vor vier Jahren. Dann wart Ihr noch sehr jung.«

»Neunzehn.«

»Wirklich? Matrose oder Marinesoldat?«

»Deckmatrose.«

»Interessant. Ein gebildeter Junge Eures Alters wäre Schiffsjunge geworden, oder Navigator-Gehilfe. Dass Ihr als Deckmatrose an Bord wart, impliziert, dass Ihr Eure hervorragende Bildung verheimlichen wolltet. Vielleicht ein schwangeres Mädchen irgendwo in Torea? Oder vielleicht eine schwangere Schwester und das Blut ihres toten Liebhabers an Eurem Messer?«

»Es ging um eine Frage der Ehre«, sagte ich vage.

»Das dachte ich mir.«

Mein Blick klärte sich langsam wieder, und ich konnte die blaue Spur einer Ätherfaser sehen, die sich fest um mich gewickelt hatte. Außerdem sah ich in der Nähe eine dunkel gekleidete Gestalt knien, die einen Rucksack und eine Schneebrille trug. Zwei Säulen aus hellem Licht wuchsen aus den Innenseiten ihrer Hände, und sie hatten bereits eine Höhe von etwa zehn Fuß. Je höher sie wuchsen, desto blasser wurden sie. Dank der Bücher, die ich gelesen hatte, wusste ich, dass es sich um einen Ätherschwingenzauber handelte. Ein erfahrener Zauberer kann einen Energiedorn wirken, ihn teilen, und daraus zwei mächtige Schwingen formen, die nichts wiegen. Ein Zauberer so mächtig, dass sogar die niederen

Götter nicht erpicht darauf wären, ihn zu beleidigen, kann zwei Dornen wachsen lassen. Ich wusste, dass die Kaiserin nicht zu unterschätzen war, hätte aber niemals vermutet, dass sie in dieser Liga spielte. Der Zauber schien sie jedoch anzustrengen, weil sie schwer atmete.

»Eure Augen müssen sich mittlerweile erholt haben, Danolarian. Könnt Ihr sehen, dass ich... eine Menge Gewicht verloren habe?«

»Ich werde es ganz bestimmt niemandem sagen, Eure Majestät«, erwiderte ich sofort.

»Ihr solltet es ihnen *auf jeden Fall* sagen! Ich habe hart gearbeitet, um diese hundertdreißig Pfund zu verlieren, und ich will, dass es *alle* erfahren. Drei Jahre als Kaiserin! Mein Wort war Gesetz. Orgien... beinah täglich. Ich konnte mir die köstlichsten... teuersten und exotischsten Speisen aussuchen. Mehrere Dutzend Liebhaber... oder waren es mehrere hundert? Als ich geflüchtet bin... tatsächlich musste ich abtransportiert werden... in einer Feuerholzkiste. Ziemlich demütigend.«

Mir kam es so vor, als seien die Dornen aus blassem, schimmerndem Licht ungefähr hundert Fuß hoch, als sie einige magische Worte sprach, die diese dazu veranlassten, sich zu teilen. Als die beiden Dornen sich nach außen neigten, wurden sie breiter und flachten gleichzeitig zu kunstvoll gemusterten, zierlichen labellenflügelähnlichen Gebilden ab. Gelegentliche Windböen ließen sie erbeben.

»Damit wäre der schwierigste Teil des Zaubers erledigt«, keuchte Kaiserin Wensomer mit einiger Erleichterung. »Bald bin ich weg. Eure Fessel wird sich gegen Morgen auflösen.«

»Aber warum wollt Ihr fliehen, Eure Majestät? Eure Herrschaft war weise, es herrschte Frieden und Wohlstand. Niemand anders hätte einerseits die Inquisition gegen Zauberei einführen und andererseits eine Geheime Inquisitionspolizei gründen können, um sie zu retten. Was soll ich meinem Herrn sagen?«

»Ja, was?«, keuchte sie, da sie jetzt einen Harnisch und Steuerfasern für die gewaltigen Schwingen wirkte. Sie leuchteten schwach wie ein Gewebe aus Spinnenfäden, und sie wogen wahrscheinlich noch weniger. »Die Exzesse haben mich allmählich... sehr krank gemacht. Ich war an mein Bett gefesselt... ohne Gesellschaft. Hatte viel Zeit zum Nachdenken. Ein gefährlicher Zeitvertreib, das Nachdenken. Wisst Ihr... warum Magie so ist wie zu viele wirklich wilde Orgien?«

»Warum... Was? Ich, äh, nein«, bekannte ich. »Ich habe kein magisches Talent, und ich war noch nie bei einer Orgie.«

»Auf lange Sicht ist beides schlecht für einen«, erklärte sie, während sich ihre Atmung langsam beruhigte. »Laster sollten sparsam genossen werden und mit Gewissensbissen. Magie ist so ähnlich. Vor der Inquisition hatten wir Magie-Akademien, die eine ganze Klasse von Zauberern hervorgebracht haben! Es gab ganze Industrien, die auf Magie beruhten. Dann waren unsere Zauberer so dumm, sich zu verbinden und riesige Äthermaschinen zu erschaffen. Mit Drachenwall haben sie ganze Städte und Tempel ausgelöscht.«

»Aber er wurde zerstört.«

»Ha! Reines Glück. Die Monarchen haben völlig Recht, wenn sie alle Magie und Zauberei verbieten. Riesige Äthermaschinen haben in etwas unter fünf Jahren einen Kontinent, zwei Inseln und mehrere Dutzend Städte, Tempel, Dörfer und Burgen zerstört. Bei diesem Tempo ist die ganze Welt in einem Jahrhundert nur noch eine dicke Schicht aus Holzkohle und geschmolzenem Gestein. Als ich Kaiserin wurde, habe ich die Zauberei offiziell verboten und insgeheim unterstützt. Schon bald hat sie geblüht wie nie zuvor, und ich fand heraus, dass ich eine sehr mächtige und sehr wirkungsvolle Geheimregierung organisiert hatte. Außerdem wurde ich meinem Vater immer ähnlicher. Er war kein netter Mensch. Ich habe ihn mir als Kaiser von ganz Scalticar vorgestellt. Dann habe ich ihn mit mir verglichen. Die Ähnlichkeit war extrem bestürzend. Ich wurde durch Zufall Kaiserin, aber ich war die gefährlichste Person, die den Weg auf den Thron hatte finden können.«

Ich überlegte ein paar Augenblicke, über alle Maßen schockiert. Weit davon entfernt, eine aussterbende und bedrohte Kunst zu sein, war die Zauberei vielmehr eine Verschwörung, um den Kontinent zu regieren.

»Das ist so, als hätte ein Edelmann angeordnet, ein Dorf seiner eigenen Untertanen niederzubrennen, damit er eine Gräueltat hat, die er dem Feind anhängen kann«, sagte ich verloren.

»Heller Junge. Ich habe die Geheime Inquisitionspolizei aufgelöst, ich habe mehrere durch und durch gemeine Schweinehunde in Ämter eingesetzt, wo sie Zugang zu gefährlichen Mengen von Macht und geheimen Informationen hatten, ich habe die Geheimregierung durch eine Reihe sorgfältig inszenierter Verrate vernichtet und dann habe ich mich abgesetzt.«

Ich war Gründungsmitglied des ersten Trupps der Geheimen Inquisitionspolizei, also erinnerte ich mich noch gut an das Unverständnis in unseren Reihen, als wir aufgelöst wurden. Manche von uns hatten große Sympathien für die Zauberer entwickelt, also hatten wir freiwillig mit den geheimen Rettungen weitergemacht.

Die Kaiserin schob die Arme in das Geschirr, das in die fantastischen Flügel eingepasst war. Die Flügel zitterten und bebten bei jedem Lufthauch, obwohl wir uns im Windschatten des Palastes befanden und vor dem Westwind geschützt waren. Sie erhob sich, sehr langsam und vorsichtig. Trotz ihrer schweren Kleidung konnte ich erkennen, dass sie jetzt schlank und stark war. Mein Herr hatte mich davor gewarnt, dass sie die Willenskraft besäße, sich von einer hilflosen Übergewichtigen in jemanden zu verwandeln, der geeignet wäre, dem Geheimkriegerdienst beizutreten. In drei Monaten manischer Leibesertüchtigung und gnadenloser Diät hatte sie es geschafft.

»Ich bin keine Herrscherin mehr, Inspektor Danol, also sagt Eurem Herrn, dass ich abgedankt habe. Und macht diesen netten Leuten hier in Alpindrak keinen Ärger, indem Ihr herumerzählt, dass sie mir Unterschlupf gewährt haben. Und schließlich, versucht nicht, mir zu folgen, sonst werde ich sehr, sehr wütend. Es war mir ein Vergnügen, Euch zu erpressen, aber jetzt wird es Zeit für mich zu gehen – und kommt nicht auf die Idee, mich an Eurer Stelle vom reinen und tugendhaften Wachtmeister Riellen, von Roval, dem Alkoholiker mit dem gebrochenen Herzen, oder dem fetten und flauschigen Wallas verraten zu lassen. Ich werde *jedem* weh tun, der mich in die Ecke drängt.«

»Milady, man wird mir befehlen, Euch wieder zu suchen.«

»Dann werdet Ihr mich sehr sehr wütend erleben. Schade, eigentlich finde ich Euch ziemlich schnuckelig. Ich will Euch was sagen, mit meiner letzten Handlung als Kaiserin befehle ich Euch, mir nicht mehr zu folgen. Ach, und noch eins.«

»Ja?«

»Es hat mir wirklich gefallen, als Ihr zum Sonnenuntergang ›Der Abend ist nur fürs Werben‹ gespielt habt. Da habe ich vor Entzücken gezittert. Ich könnte… könnte mir sogar wünschen, Euch wiederzusehen, Inspektor, unter angenehmeren Umständen. Meine Halbschwester Lavenci mag so dumm sein, Euch zu verschmähen, aber ich bin es nicht. Betrachtet das als Kompliment, doch einstweilen lebt wohl. Es war eine echte Herausforderung, Euch zu entkommen.«

Ohne ein weiteres Wort rannte Wensomer zum Geländer, sprang hinauf, stieß sich mit einem Fuß ab und segelte dann über den Abgrund in die Dunkelheit. Schon nach einem Augenblick konnte ich sie nicht mehr sehen, denn Miral und die drei Mondwelten waren alle untergegangen, und die Sterne spendeten vergleichsweise wenig Licht.

Wensomers Zauber hielt mich den Rest der Nacht fest, also hatte ich eine Menge Zeit zum Nachdenken. Hauptsächlich dachte ich über Vasallin Lavenci nach, die Halbschwester der Kaiserin. Nachdem meine Kollegen und ich sie vor der Inquisitionspolizei gerettet hatten, waren wir in eine Taverne gegangen, und dort hatten wir eine Weile getanzt, bevor ich sie nach Hause brachte. Wir hatten uns an der Tür geküsst und uns darauf verständigt, uns wiederzusehen. Ich erinnerte mich an vier Nachmittage, an denen wir Händchen haltend an den Ständen des Hafenmarktes vorbeispaziert waren. An unserem letzten Abend zusammen hatten wir uns als Abendbrot ein Nussbrötchen geteilt und uns den Sonnenuntergang hinter dem Kammrückengebirge angesehen. Dann hatten wir uns geküsst und in den sich vertiefenden Schatten unsere fettigen Lippen aufeinandergepresst. Ich hatte ihre linke Brust gestreichelt, und sie hatte mir für meine Mühe auf die Hand gehauen. Ich war mir reichlich dumm und zurechtgewiesen vorgekommen, während wir langsam zur Tür zurückgegangen waren, hinter der sich ihr Heim befand. Sie hatte mich zum Abschied nicht geküsst.

Am nächsten Tag waren Wachtmeister Riellen und Wachtmeister Roval aus ihrer Kerkerhaft entlassen worden. Riellen nach drei Wochen Haft wegen Aufwiegelung zum Aufstand und Wachtmeister Roval nach 2 Wochen wegen Trunkenheit im Dienst. Ich selbst wurde vom Inspektor-Leutnant zum Inspektor erster Klasse befördert, und bekam zudem noch die Befugnisse eines Feldmagistrats übertragen. Mein geheimer Befehl lautete, eine dreimonatige Dienstreise anzutreten, um die Kaiserin zu suchen. Ich sollte Alberin noch am gleichen Tag verlassen, bevor Riellen die nächste Menschenmenge fand, zu der sie sprechen konnte, oder Roval in die Nähe einer Taverne kam. Seitdem hatte ich Lavenci viele Briefe geschickt, aber bei den regionalen Niederlassungen der Wanderpolizei, die ich ihr in meinen Briefen genannt hatte, war keine Antwort von ihr eingegangen.

Die mir übertragene jährliche Klettertour nach Alpindrak zum Einsammeln der Beobachtungsergebnisse diente ebenfalls dem Zwecke, Wensomer zu suchen. *Lavenci, Schwester der Kaiserin.* Der Gedanke ließ in meiner Magengrube ein Gefühl wie Säure entstehen. *Lavenci, Vasallin, Akademikerin und Zauberin.* Sie hatte mir nichts davon erzählt, auch nichts darüber, dass sie Intimitäten mit Studenten und Lehrern zuließ. Vielmehr hatte sie mir auf die Hand gehauen, als diese lediglich zu ihrer Brust gewandert war. Warum war ich so abstoßend? Ich starrte über die Mauer und stellte mir den tiefen, tiefen Fall auf zerklüftete Felsen vor, während mir aufging, warum Selbstmord manchen Liebenden als so verlockend erschien.

Ich beobachtete gerade den Sonnenaufgang über dem Drachenkammgebirge, als der Zauber sich schließlich auflöste und mich freiließ. Meine Glieder waren steif, taub und durchgefroren, und ich sah zu meiner Bestürzung, dass sich als Vorboten für schlechteres Wetter Wolken sammelten. Aber am schlimmsten war, dass ich mich wegen der Dinge, die Wensomer mir erzählt hatte, bis auf den Grund meiner Seele elend fühlte. Hinzu kam eine leichte Depression, weil ich meinen Herrn enttäuscht hatte. Man hatte mir befohlen, die Kaiserin zu finden und zurückzubringen. Niemand war auf die Idee gekommen, sie könnte aus freien Stücken geflohen sein. Die Vorstellung, dass Zauberer Zauberer verfolgten, um die Zauberei auszurotten, damit Zauberer über ganz Scalticar herrschen konnten, war so verwirrend, dass ich immer noch nicht ganz sicher war, ob ich alles richtig verstanden hatte.

Die Zauber an Riellens Tür hatten sich aufgelöst, während sie noch schlief. Ich trat ein und weckte sie.

»Ich bitte um Verzeihung, dass ich so müde war, Herr Inspektor, meine Lunge eignet sich nicht für die dünne Luft«, sagte sie verschlafen.

»Kein Problem, Wachtmeister, tatsächlich haben Sie die

ausdrückliche Erlaubnis, den heutigen Morgen zu verschlafen.«

Ich holte einen Silbergulden hervor, fügte dem Bildnis von Kaiserin Wensomer darauf mit dem Messer ein paar Kratzer zu und ließ ihn dann in ihre Hand fallen.

»Herr Inspektor, Sie haben eine Reichsmünze verunstaltet«, sagte sie unsicher.

»Ich habe die Kaiserin gefunden und mit ihr gesprochen. Sie ist nicht mehr Kaiserin. Das ist ein Soldbonus von einem Gulden für Sie, weil mir nach Feiern ist. Jetzt gehen Sie wieder schlafen, heute später am Tag machen wir uns auf den Heimweg.«

Wallas war an dem einen Ort versteckt worden, an dem ich ihn nie gesucht hätte: in meinem Zimmer. Er lag in einem verschnürten Sack auf dem Bett.

»Das durchtriebene Miststück war zu schnell für mich!«, schnauzte Wallas, als ich ihn freiließ.

Nur eine Katze kann so viel Gift in das Wort »Miststück« legen. Er setzte sich auf mein Bett und fing an, sich zu putzen.

»Brillante Frau«, seufzte ich, während ich mich neben ihn aufs Bett setzte. »Tja, jetzt ist sie weg.«

»Weggeflogen?«

»Ja, und... Augenblick mal! Woher weißt du, dass sie fliegen kann?«

»Ich bin ein Kater mit einer Vergangenheit. Sie stand auf mich, als ich noch ein Mann war.«

»Das zeigt nur, dass man nicht dumm sein muss, um geschmacklos zu sein.«

»Ha! Reiner Neid – und wo ist mein Krug mit Senderialvin Royal 3140?«

»Tja, du hast ihn dir wohl verdient«, begann ich, während ich in die Tasche meines ledernen Reisemantels griff.

Doch ich zog nur den verkorkten Hals des zerschmetterten Kruges heraus. Er musste zerbrochen sein, als ich mich auf dem Balkon zu Boden geworfen hatte, nachdem ich von der Kaiserin geblendet worden war. Wallas starrte einen Moment in weitäugigem Entsetzen auf die Scherbe und fiel dann ohnmächtig vom Bett.

Jetzt ging ich nach nebenan und weckte Roval, der die Beine aus dem Bett schwang, sich aufsetzte und sich das Gesicht rieb. Ich setzte mich neben ihn aufs Bett, reichte ihm mein Viertelquart-Maß und zückte meinen kleinen Krug mit Rum.

»Ich verstoße gegen meine Befehle, was Sie betrifft, Wachtmeister Roval, aber ich brauche gerade jemanden, mit dem ich einen trinken kann«, sagte ich, während ich den Krug entkorkte. »Trinken Sie ein Viertelquart mit mir?«

»Mission gescheitert, Herr Inspektor?«, fragte er, und blickte mich aufrichtig besorgt an.

»Die Mission ist gescheitert, das stimmt, aber diesmal ist es mir zumindest gelungen, mit der Kaiserin zu reden.«

»Dann feiern Sie?«, fragte er ein wenig heiterer.

»Nein. Sie hat ein paar Bemerkungen über eine andere Frau fallen gelassen... über meine wahre Liebe.«

»Lavenci?«

»Aye. Das Frauenzimmer hat eine schmutzige Vergangenheit und eine noch schmutzigere Gegenwart«, sagte ich jämmerlich.

»Ich wette, sie hat ihre Reize nach Ihrer Abreise noch auf einen anderen wirken lassen«, sagte Roval mit einem wissenden Kopfschütteln.

»Schlimmer, viel schlimmer.«

»Möge Ihre Rache süß und raffiniert sein, Herr Inspektor.«

»Ich würde ihr nicht weh tun«, seufzte ich. »Schließlich kann eine Katze nichts dafür, dass sie eine Katze ist. Nein, ich werde ihr lediglich sagen, was ich über sie herausgefunden habe. Dann werde ich ihr sagen, dass ich Mutter auf dem Totenbett versprochen habe, mich niemals mit unanständigen Frauen einzulassen.«

»Haben Sie das, mein junger Herr?«

»Tatsächlich ist meine Mutter wahrscheinlich noch am Leben.«

»Wahrscheinlich, Herr Inspektor? Ist es Ihnen denn egal?«

»Natürlich nicht. Falls sie tatsächlich noch lebt, muss ich ihr weiterhin aus dem Weg gehen.«

Wir plauderten in den nächsten zwei Stunden noch über dies und das, bis wir zum Abendessen des Generalastronomen gerufen wurden – das ich lieber Frühstück nannte. Danach wurde ich von einem der Techniker durch den Palast geführt, der aber mehr Zeit damit verbrachte, aufgeregt über die gewaltige Explosion auf Lupan zu reden, als damit, mir die Geschichte des Palastes zu vermitteln. Wir aßen mit dem Generalastronom, der kurz davor war, zu Bett zu gehen, für meine Begriffe zu Mittag und bekamen danach förmlich einen Tornister mit Notizen und Beobachtungen für die Akademie in Alberin überreicht. Wir verbrachten den größten Teil des Nachmittags damit, die fünftausend Stufen zur Wachstation herabzusteigen. Dass Wallas sich bei beinah jedem Schritt über den zerbrochenen Krug mit Senderialvin Royal beklagte, drückte noch zusätzlich aufs Gemüt.

Am Fuß der Treppe holte ich meine Sackpfeife heraus und spielte wieder zum Sonnenuntergang, diesmal für die Wachposten in der Wachstation des Observatoriums. Zwar war die Sonne hinter einer Wolkendecke verborgen, aber die Wachen wussten die Geste zu schätzen. Dann luden sie uns ein, ihre Abendmahlzeit mit ihnen zu teilen, und wir verbrachten die Nacht in ihrem Schlafraum. Riellen gelang es kurzzeitig, die Wachen in ein Gespräch über Befreiungsökonomie zu verwickeln, aber binnen zehn Minuten waren sie beide eingeschlafen. Wallas machte den Fehler, mich daran zu erinnern, dass ich einen zerbrochenen Krug mit Senderialvin Royal 3140 besaß, was mich veranlasste, ihn fest am Nackenfell zu packen, ihn in einen Sack zu stecken und ihn zur Nacht in der

Speisekammer aufzuhängen. Roval stahl von den Wachen einen großen Krug mit billigem Wein und trank sich ins Koma. Ich warf den leeren Krug in den Abgrund. Mittlerweile war ich seit zwei Tagen und einer Nacht wach, also schlief ich in dieser Nacht wie ein Toter.

Im Morgengrauen des nächsten Tages hatten wir bereits unsere Pferde gesattelt und beladen und die Drachenbrücke fuhr gerade zur anderen Seite aus, als der erschöpfte Generalastronom persönlich bei der Wachstation eintraf. Er war die fünftausend Stufen vom Palast in der Dunkelheit herabgestiegen, um uns noch eine letzte Depesche zu überreichen.

»Letzte Nacht hat es auf Lupan wieder einen Blitz gegeben«, japste er, während er das Siegel am Tornister brach und den letzten Beobachtungsbericht hineinschob. »An genau demselben Ort wie in der Nacht zuvor, aber zeitlich fünfzehn Minuten später. Das ist sehr, sehr bedeutsam.«

»Und warum, Milord?«, fragte ich.

»Der lupanische Tag ist genau fünfzehn Minuten länger als der unsere. Beide Blitze haben auf Lupan genau zur selben Ortszeit stattgefunden. Das *kann* nur darauf zurückzuführen sein, dass intelligente Wesen etwas in Übereinstimmung mit einer genau gehenden Uhr tun.«

Wir überquerten die Brücke und machten uns auf den Weg, während ich über die Tatsache nachdachte, dass ich den Beweis für intelligentes Leben auf Lupan bei mir trug. Ich hatte Geschichte in meinen Satteltaschen! Unvermeidlicherweise irrten meine Gedanken wieder zu Lavenci. Ich ließ mich ein wenig zurückfallen, bis ich neben Roval marschierte.

»Wachtmeister, könnte ich kurz mit Ihnen reden?«, wagte ich mich vor.

»Ich entschuldige mich für den Wein, Herr Inspektor«, erwiderte er teilnahmslos.

»Ich meine privat, als Freund.«

»Als Freund?«, fragte er, als sei er überrascht zu erfahren, dass er einen hatte. »Aye.«

»Wenn ein Mädchen sich auf höchst unanständige Weise mit schäbigen Gaunern abgäbe, für einen ehrenhaften Bewunderer aber nur züchtige Küsse und hochtrabende Gespräche über Poesie übrig hätte, was könnte jener äußerst verwirrte junge Mann daraus für Schlüsse ziehen?«

»Er muss wissen, dass sie Machtspiele spielt«, sagte er traurig und schaute mir für einen seltenen und flüchtigen Moment in die Augen, bevor er den Kopf schüttelte und den Blick wieder vor sich auf den Weg richtete. »Sie will ihn erheben, bis er einen Schritt unter dem Gipfel aller Hoffnungen ist, und ihn dann erniedrigen, indem sie ihm zeigt, dass sogar irgendein Dreck schaufelnder Halunke in ihrer Wertschätzung höher steht. Mir ist das einmal passiert. So eine Frau hat mich auch erniedrigt.«

»Aber warum?«, fragte ich bestürzt.

»Wegen des Vergnügens, einen starken Mann zerbrechen zu sehen. Wegen des Gefühls der Macht.«

Seine Worte gaben mir reichlich Stoff zum Nachdenken, und keiner meiner Gedanken war fröhlich. An jenem Abend zündete ich mit den Schilfpapierseiten eines Briefes, den ich Lavenci geschrieben hatte, ein Feuer an. Dann starrte ich eine lange, lange Zeit zu Lupan empor und fragte mich, ob sich auch Liebende auf dieser Welt so grausame Dinge antaten.

3
DIE STERN-SCHNUPPE

Wir schafften die normalerweise vierzehntägige Reise zum Taubenschlag in Bolanton in zehn Tagen. Dort schickte ich, wie mir der Generalastronom aufgetragen hatte, die besondere Neuigkeit per Brieftaube nach Alberin voraus. Danach waren wir wieder tief genug, dass die Pferde uns tragen konnten, und fünf Tage später erreichten wir das Ende der Cyrelon-Stromschnellen. Ab hier war der Alber bis zum Meer schiffbar, also bestiegen wir für die Zweihundertmeilen-Reise nach Alberin eine Barke.

Fünf Tage tat ich sehr wenig außer meine Füße mit medizinischem Öl einreiben, meine Uniform flicken, meine Axt polieren, ein Buch über sargolanische erotische Poesie aus dem achtundzwanzigsten Jahrhundert lesen, mit Wallas über hochherrschaftliche Skandale reden – um ihn davon abzulenken, über Senderialvin Royal 3140 zu jammern – und schlafen. Am, wie sich herausstellte, letzten Tag unserer Reise gelang es Royal irgendwie, einen Krug mit starkem Wein in die Finger zu bekommen, der jemandem aus der Mannschaft gehörte. Er requirierte seinen Inhalt für sich und zog sich von seinen Erinnerungen in trunkenes Vergessen zurück. Riellen übte beinah ständig die freie Rede in der Öffentlichkeit, was ein wenig lästig, aber unvermeidlich war.

Riellen war neunzehn, sehr dünn und trug dicke Brillengläser in einem Drahtgestell. Sie hatte Zauberei studiert, aber ich fragte mich, ob sie vielleicht nur studiert hatte, um ein studentischer Agitator zu werden. Was ich nicht verstanden hatte, war, dass ihr die zwei Jahre bei der Wanderpolizei eine Menge über Führungsqualitäten und Führungstaktiken verraten hatten. Sogar ich wusste, dass gute Anführer klare und simple Befehle erteilen, sie oft wiederholen und ihre Untergebenen dazu bringen, sie ebenfalls zu wiederholen. Riellen schrieb ihre Reden mit diesen Prinzipien vor Augen, lernte sie Wort für Wort auswendig und probte sie dann. An Bord der Barke übte sie vor einer Ladung Schafe, die für die Märkte Alberins bestimmt war.

»Die Adeligen, Könige und Kaiser sollen sich eigentlich um das Wohlergehen der Leute kümmern, über die sie herrschen, aber kümmert sich jemand um *euer* Wohlergehen?«, wollte sie von den leeren Blicken vor ihr wissen.

»Määh!«, erwiderte ein Mitglied ihres Publikums.

»Nein, das tun sie nicht!«, versicherte ihm Riellen. »Sie herrschen nur zu ihrem eigenen Vergnügen und für ihre eigene Bequemlichkeit. O ja, und obwohl despotische Herrscher schließlich oft gestürzt werden, wodurch werden sie ersetzt?«

»Määh!«

»Durch andere Könige! Und sofort nach der Krönung macht es sich der neue König zu seiner wichtigsten Aufgabe, alle Führer des Umsturzes hinrichten zu lassen. Das macht für einen König Sinn, aber ist es als System anständig und gerecht?«

»Määh!«

»Du hast Recht, Bruder, es ist ziemlich ungerecht. Du solltest nicht nur rufen, *nieder mit dem König*, du solltest rufen, *nieder mit dem Establishment*.«

»Kein Schröpfen ohne Repräsentanten!«, rief Wallas.

»Bruder Wallas hat Recht. Wenn ihr Steuern bezahlt, müsst ihr auch ein Wörtchen mitreden können, wie sie ausgegeben werden. Ihr müsst entscheiden... äh... das ändere ich besser.«

Riellen kniete nieder, tauchte ihre Gänsefeder in ein kleines Tintenfass, kritzelte ein paar Wörter und schrieb dann noch ein paar mehr. Sie erhob sich wieder.

»Stellt euch die Regierung wie eine Schlacht zwischen zwei Armeen vor. Könige treffen Entscheidungen über Strategien und Taktiken, aber eine Armee von Bauern könnte solche Entscheidungen auch treffen. Sie könnten über alles abstimmen.«

»Zu langsam«, rief ich. »Die meisten Entscheidungen in der Schlacht müssen rasch getroffen werden. Bis man eine Abstimmung über die Taktik vorgenommen hätte, wäre man wahrscheinlich längst besiegt oder gar tot.«

»Sie... müssen für einen Herrscher abstimmen... der ihr Vertrauen hat!«, rief Riellen, kniete sich wieder hin und fügte etwas neues in ihre Rede ein. »Für jemanden, der... für sie herrscht.«

»Ach so, also warum keine Abstimmokratie anstelle einer Autokratie?«, schlug ich vor. »Die Herrschaft der Abstimmung?«

»Abstimmokratie... das klingt nicht besonders inspirierend«, sagte Wallas.

»Was ist eine Abstimmung anderes als eine Demonstration des Volkswillens?«, sagte Riellen.

»Dann vielleicht Demonokratie?«, schlug ich vor.

»Nein, das klingt religiös«, antwortete Wallas.

»Elektokratie?«, sagte Riellen. »Herrschaft durch Elektion, also durch Wahl...«

»Elektokratie«, sagte Wallas nachdenklich. »Elektokratie...«

»Das Wort klingt nicht schlecht«, sagte ich, da mir Riellen

aus irgendeinem Grund leidtat und ich zur Abwechslung einmal positiv sein wollte.

»Ja, ja, Herr Inspektor, Elektokratie muss es sein!«, rief sie. Dann stand sie wieder auf und wandte sich den Schafen zu. »Von einer Elektokratie müsst ihr regiert werden, Brüder und Schwestern. Die Auswahl der abstimmenden Mehrheit muss regieren. Jene, die Steuern zahlen, stimmen ab. Jene, die arbeiten, bezahlt oder unbezahlt, stimmen ab. Jeder von uns muss eine Stimme haben! Jeder von uns muss die Elektokratie wollen! Jeder von uns muss sie jetzt wollen! *Was wollen wir?*«, rief Riellen.

»*Katzenfutter!*«, rief Wallas.

»*Wann wollen wir es?*«

»*Miau!*«

Manche Redner reagieren auf lästige Zwischenrufer mit witzigen, schneidenden Bemerkungen, die den Störenfrieden den Wind aus den Segeln nehmen. Riellen reagierte auf Zwischenrufer, indem sie sie wie begeisterte Anhänger behandelte. Wallas war als lästiger Zwischenrufer jedoch ziemlich wirkungsvoll, also bekam sie auch reichlich Gelegenheit, sich an sarkastischen Bemerkungen zu üben.

»Eine Stimme pro Person wird das Volk gegen das monarchistische Establishment einen. Vereint ist das Volk größer, stärker, klüger und mächtiger als jeder Herrscher des Establishments.

»*Vereinigt ist das Volk bald frei
Und bricht durch Einheit Tyrannei!*»

»Määh!«, erwiderte eines der lauteren und politisch bewussteren Schafe.

»*Vereinigt sind die Kater frei
von der Menschen Tyrannei!*», schlug Wallas vor.

Mit einem weiblichen Wanderpolizisten, der einer Ladung Schafe die Revolution predigte, und einem zwischenrufenden Kater konfrontiert, holte der diensthabende Steuermann einen Krug aus seiner Tasche, starrte ihn einen Moment an und warf ihn dann über Bord. Ein grausam stechender Schmerz erinnerte mich an etwas, das ich noch zu tun hatte. Ich holte ein kleines Kästchen aus Kampferbaumholz aus meinem Rucksack, wickelte es in Lavencis Porträt ein und warf das Päckchen über die Reling. Die silberne Kette und der schwarze Opal in dem Kästchen hatten mich den Sold von zwei Monaten gekostet.

Riellen setzte sich neben mich, um einige Verbesserungen in ihre Rede einzuarbeiten, und Wallas schlenderte davon, um im Bug auf einem Haufen Säcke ein Nickerchen zu halten. Jetzt kam mir ein Gedanke. Wensomer hatte gesagt, Riellen könne Schaden nehmen. Es war nicht sehr wahrscheinlich, dass Riellen in ihrer Vergangenheit etwas Schändliches getan hatte oder auch nur dazu fähig war, etwas Schändliches zu tun, aber nichtsdestotrotz nagte dieser Punkt schon länger an mir.

»Riellen, darf ich eine persönliche Frage stellen?«, begann ich verlegen. »Das heißt, über Ihre Vergangenheit.«

»Gewiss, Herr Inspektor!«, verkündete sie strahlend, richtete sich auf und schenkte mir ihre ganze Aufmerksamkeit.

»Hören Sie, ich frage nur als Vorgesetzter. Bedenken Sie bitte, dass wir unter dem Deckmantel, Wanderpolizisten zu sein, für unseren Herrn sehr geheime und sehr heikle Angelegenheiten regeln.«

»Ja, Herr Inspektor.«

»Haben Sie einen Schandfleck in Ihrer Vergangenheit, den, nun ja, Feinde des Herrn ausnutzen könnten, um Sie zu erpressen?«

»Ich habe nichts Schändliches getan, Herr Inspektor«, sagte sie bereitwillig und gelassen. »Obwohl es Dinge in meiner Vergangenheit gibt, die mir Kummer bereitet haben und derer ich mich in einem Fall auch geschämt habe, gibt es nichts, wozu ich nicht stehen würde.

»Ah, ich verstehe«, sagte ich rasch, da ich das Schlimmste vermutete. »Die meisten Mädchen wissen von mindestens einem Fall unerwünschter, ihnen aufgezwungener amouröser Aufmerksamkeit zu berichten, die...«

»O nein, Herr Inspektor, nichts dergleichen.«

»Nein? Aha!«

»Es ist passiert, als ich sechzehn war. Ich wurde gebeten, beim Mitsommerfest die Königin des Alberiner Landwirtschaftsmarktes zu sein. Man musste sechzehn sein und die hübscheste Jungfrau unter allen Töchtern der Budenbesitzer und Krämer.«

»Ah, eine große Ehre«, kommentierte ich.

»Das dachte ich auch, Herr Inspektor. Dann sind ein paar Mädchen gekommen und haben... mich zur Rede gestellt. Sie haben gesagt, ich sei die *einzige* sechzehnjährige Jungfrau, und dass meine schlanke Figur und meine Brille mich hässlich machten. Meine Tugend wurde zu einem Gegenstand der Schande. Ich musste einen Tag ertragen, an dem ich ein wunderschönes Kleid trug, den Tanz um den mit Bändern geschmückten Festbaum anführte und vor den Festbesuchern paradierte, während ich die ganze Zeit wusste, dass ich verschmäht wurde, weil ich zu flach war, um einen Jungen für mich zu interessieren. Ich habe den ganzen Tag gelächelt und war freundlich, aber danach habe ich mich in meinem Zimmer eingeschlossen und eine ganze Woche nur geweint. Mein Vater ist wohlhabend und liebt mich von ganzem Herzen, also hat er mir versprochen, mich ganz weit wegzuschicken, damit ich meiner Demütigung entfliehen konnte. Ich bin ins Sargolanische Reich gegangen und habe an einer Provinz-Akademie studiert. Dort habe ich Studenten kennen gelernt, die Ideale hatten und mich meiner Meinungen und Ideen wegen schätzten statt wegen meiner femininen Reize.«

»Ah, ja, das war in Clovesser«, erinnerte ich mich. »Sie und Ihre Freunde, das Kollektiv zur Aufdeckung von Zauberverschwörungen und Okkulten Komplotten, haben es geschafft, bei irgendeinem gefährlichen ätherischen Experiment einen Teil der Stadt in Brand zu setzen.«

»Das war nichts Schändliches, Herr Inspektor.«

»Sie haben mehr Aufruhr verursacht als die meisten Schlachten.«

»Wir haben das Bewusstsein des unterdrückten Volkes geweckt.«

Ich lächelte und schüttelte meinen Kopf in dem Versuch, nicht zu lachen.

»Tja, Sie haben ganz sicher Mumm, Riellen. Sie haben sich über all das erhoben, was diese albernen, neidischen Mädchen je werden können, und ich bewundere Sie für Ihren unbeugsamen Geist.«

»Herr Inspektor, ist das wahr?«, ächzte sie. »Das bedeutet mir sehr viel. Ich bin zwar mit Ihren konservativen politischen Ansichten nicht einverstanden, finde aber Ihre Ehrlichkeit, Ihr Mitgefühl, Ihre Integrität und Ihr Ehrgefühl sehr inspirierend. Es ist mir eine Ehre, unter Ihrem Befehl zu dienen.«

»Wirklich?«, rief ich, vollkommen verblüfft, dass sie überhaupt an mich dachte und mich sogar schätzte – und plötzlich besorgt, sie könne vorschlagen, unter Deck zu gehen, um sie von ihrer lästigen Jungfräulichkeit zu befreien, von der ich stark annahm, dass sie immer noch vorhanden war. »Aber ich bin nur ein Junge bei der Wanderpolizei«, protestierte ich.

»Sie könnten ganz leicht mehr sein als das, Herr Inspektor, aber Sie haben beschlossen, ein guter und ehrlicher Inspektor der Wanderpolizei zu sein, die Unrechten zu bestrafen und jenen im Establishment zu dienen, die insgeheim gegen es arbeiten.«

»Riellen, der Herr ist…«

»Ich verstehe, Herr Inspektor. Ich werde diskret sein, obwohl ich meine eigenen Schlüsse gezogen habe, was der Herr tut. Ich habe beschlossen, ihm zu dienen, weil ich auch beschlossen habe zu sein, was ich bin. Ich hätte die Frau eines Krämers werden, seine Briefe schreiben, ihm die Bücher führen und seine Kinder gebären können, aber ich habe beschlossen, bei der Wanderpolizei zu sein, damit ich reisen, die Nöte des unterdrückten gemeinen Volkes beobachten und ihm die Mittel aufzeigen kann, sich zu erheben.«

Als ich darauf nicht antwortete, tauchte sie wieder ihre Feder in die Tinte und starrte dann einige Augenblicke auf das Papier, als sei sie mit ihren Gedanken woanders. Zu meinem Erstaunen fing sie mit leiser, aber klarer und steter Stimme an zu singen.

> *»Ich war die Schönste*
> *In der Stadt von Alberin*
> *Die Mittsommerbraut*
> *Und des Festes Königin.«*

Dieser Teil der letzten Strophe von »Mittsommerbraut« war die einzige Musik, die ich Riellen je habe singen hören, die kein erhebendes politisches Lied bei einer ihrer Veranstaltungen war. Mir fiel nichts Besseres ein, als meine Sackpfeife hervorzuholen, die Hochgebirgs-Rohrblätter zu lösen und dann zu spielen. Ich begann mit dem »Halbkupfer-Reel«. Nachdem sie mir ein paar Minuten dabei zugehört hatte, wie ich ein wenig unsicher die Triller und Läufe übte, verkündete Riellen, der Reel sei ein ausgezeichnetes Beispiel für das kreative Genie des gemeinen Volkes und machte sich dann wieder daran, ihre letzte Rede zu verfeinern. Ich spielte weiter.

Es klingt seltsam, aber obwohl die Sonne warm herabschien, kein Wind wehte und der Fluss beinah unbewegt war, hatte ich plötzlich das Gefühl, es stände ein Gewitter bevor. Und da ich mir einbildete, meine fröhlichen kleinen Lieder könnten die unsichtbare Schwärze noch ein wenig länger abhalten, spielte ich weit in jenen ruhigen Nachmittag hinein.

Wir waren noch ein paar Tage stromaufwärts von Alberin, als die Barke an jenem Abend in der Hafenstadt Gatrov anlegte. Während wir festmachten, kam ein Junge mit einer versiegelten Nachricht für mich über den Pier gelaufen. Es war eine Anweisung, die Barke zu verlassen und in eine Taverne zu gehen, die von unserem Anlegeplatz zu sehen war. Der *Lustige Poller* war ein überfüllter, verräucherter Laden und bei Reisenden sehr beliebt. Weil hier so viele verschiedene Leute zusammentrafen, gab es oft Ungewöhnliches zu sehen, so dass niemand auf einen großen schwarzen Kater achtete, der auf dem Tresen saß und Wein von einem Teller schlabberte. Sogar Riellen, die das revolutionäre Bewusstsein der Schankmaid zu wecken versuchte, zog zwar ein paar neugierige Blicke auf sich, erregte aber kein besonderes Interesse bei den Gästen. Es gab interessanterweise etwa gleich viele weibliche wie männliche Gäste, weil dies die Woche des Weltmutterfests war, in der Frauen in das im Allgemeinen männliche Reservat der Tavernen eindrangen. Gesellschaftliche Einschränkungen und Konventionen waren entspannter, und man erwartete von den Leuten, dass sie einander entweder den Hof machten oder innigere Gesellschaft mit ihren Partnern suchten – alles im Namen allgemeiner Fruchtbarkeit.

»Inspektor Danol, Schande über Sie, weil Sie sich von hinten vom Feind haben erwischen lassen«, sagte eine leise Stimme hinter mir.

»Feldwebel Esen, der Tag, an dem Sie mein Feind werden, ist der Tag, an dem ich die Seiten wechsle«, sagte ich, als er sich neben mich stellte.

»Soll ich einfach nur deinen Bericht und Tornister übernehmen oder lässt du dich von mir zu einem Becher Wein einladen?«

Jetzt stand ich auf und schüttelte Esen die Hand, meinem alten Feldwebel aus meiner Zeit in Diensten des Sargolanischen Reichs. Wir riefen eine Schankmaid herbei, bestellten einen Krug Wein und zwei Becher und setzten uns. Sie kehrte rasch mit unserer Bestellung zurück.

»Wie viel?«, fragte ich sie.

»Ihr seid doch der Junge, der auf Alpindrak mit dem Dudelsack zum Sonnenuntergang gespielt hat, nicht?«, fragte sie.

»Aye«, erwiderte ich, überrascht, dass sie davon wusste.

»Dann ist es für Euch umsonst, mein Herr. Ich kann es gar nicht erwarten, meinem Donny zu erzählen, dass ich Euch begegnet bin.«

Die Schankmaid ging und ließ uns den Krug auf Kosten des Hauses da. Esen und ich füllten unsere Becher und stießen an.

»Wo ist Gilvray?«, fragte ich. »Ich dachte, Sie sollten mit ihm hier sein.«

»Tot, ermordet«, flüsterte er ausdruckslos.

»Ermordet?«, ächzte ich.

»Hier, vor einer Woche, oben in einem Zimmer. Ich habe nebenan geschlafen, aber nichts gehört. Sein Leichnam sah aus, als sei er mit einer weißglühenden Axtklinge gespalten worden. Die Milizen stellen Nachforschungen an, aber sie hätten Mühe, ein Bierfass in einer Brauerei zu finden. Vor einem Monat hat es in Alberin einen ähnlichen Mord gegeben. Das Opfer war der Hofmusikant. Natürlich gibt der Regent den Zauberern die Schuld, aber Zauberer töten nicht so.«

»Wer war es dann? Hatten Gilvray und der Hofmusikant etwas gemeinsam?«

»Nicht dass ich wüsste. Ich bezweifle, dass sie sich je begegnet sind. Halland, der Kommandant der Miliz, glaubt, dass ein Dämon bei irgendeinem illegalen magischen Experiment entkommen ist.«

»Hauptmann Gilvray, ein tapferer und ehrenhafter Mann«, sagte ich, merkwürdig berührt, dass ich plötzlich wegen jemand anders als mir selbst Kummer empfand. »Seine Frau wird vor Trauer außer sich sein.«

»Das sind wir alle. Hast du freudigere Nachrichten?«

»Ich habe die Kaiserin gefunden«, verkündete ich leise. »Ich habe mit ihr gesprochen.«

Esen zuckte, obwohl er offensichtlich versuchte, keine Reaktion zu zeigen. Ich hatte erreicht, was alle anderen Beamten, Wachtmeister, Krieger und Edelleute im Reich nicht vermocht hatten.

»Wie ist ihre Lage?«, fragte er drängend.

Ich brauchte nicht lange, um ihm von der Abdankung Kaiserin Wensomers zu erzählen und von der Tatsache, dass der aufgelöste Hohe Zirkel Scalticarischer Initiaten intakt war und sehr wahrscheinlich den größten Umsturz in der Geschichte des Kontinents plante. Er verriet wenig Gefühl, sondern saß lediglich ruhig da und nippte ab und zu an seinem Becher.

»Also hat es weder Umsturz noch Anschlag oder Entführung gegeben?«, sagte er zusammenfassend, als ich fertig war.

»Stimmt genau, Herr Feldwebel, sie ist einfach weggelaufen.«

»›Gelaufen‹ ist ein ziemlich großes Wort, mein Junge. Bei ihrem Verschwinden hat sie zweihundertsechzig Pfund gewogen.«

»Sie hat gesagt, sie hätte sich in einer Kiste aus dem Palast tragen lassen.«

»Ah, das erklärt eine Menge. Sie hat ihr Gewicht halbiert, sagst du?«

»Ja, Herr Feldwebel. Sie hat einen sehr starken Willen, wenn sie beschließt, ihn durchzusetzen. Strikte Diät und rücksichtslose Leibesertüchtigung waren wahrscheinlich ihr Weg zurück zu einem konventionelleren Leibesumfang. Sie sah aus, als wäre sie hervorragend in Form. Ziemlich verlockend, würde ich sogar sagen.«

»Aha.«

Er führte dieses eine und sehr kurze Wort nicht weiter aus. Schweigen machte sich breit. Ich trank meinen Becher aus.

»Herr Feldwebel, wie haben sich die Dinge in den drei Monaten meiner Abwesenheit in Alberin entwickelt?«

»Schlecht, mein Junge. Allein im letzten Monat sind wieder sechs Zauberer gefangen und getötet worden, jetzt, da Regent Corozan die Geschicke des Reiches lenkt.«

»Ich habe gehört, dass zwei Provinzkönige unter mysteriösen Umständen gestorben sind und dass einige Mitglieder der ehemaligen Geheimen Inquisitionspolizei festgenommen und hingerichtet wurden.«

»Keineswegs. Die Kaiserin hat unsere Existenz so geheim gehalten, dass es keinen Papierkram gab, der uns hätte verraten können.«

»Wer hätte gedacht, dass die Tarnanstellung bei der Wanderpolizei unsere Hauptbeschäftigung werden könnte?«

Er schaute zu Wallas, der mittlerweile auf dem Schoß einer Schankmaid saß und von einer anderen mit Stücken marinierten Fisches gefüttert wurde.

»Wegen dieses ziemlich übergewichtigen schwarzen Katers«, begann Esen.

»Ja, das ist Wallas.«

»Ha, was für ein Leben. Umgeben von Frauen, die ihn streicheln, drücken und füttern.«

»Aber mehr als schnurren kann er deswegen nicht«, stellte ich fest. »Wie würden Sie sich fühlen?«

»Tja, in meinem Alter würde es mir völlig reichen, mich nur auszustrecken und zu schnurren. Meistens jedenfalls. Was ist mit Roval?«

»Ich habe ihn trockengelegt, aber er brütet immer noch darüber, was die Zauberin Terikel ihm angetan hat. Heute Abend hat er dienstfrei und ist wahrscheinlich betrunken.«

Ungefähr zu diesem Zeitpunkt wurde Riellen von der Frau des Wirtes an die frische Luft gesetzt, weil sie schlecht über den Regenten geredet, Elektokratie gepredigt und versucht hatte, die Schankmaiden dazu anzustiften, bessere Bezahlung und Arbeitsbedingungen zu fordern.

»Manche Dinge ändern sich nie«, merkte Esen dazu an. »Kann ich jetzt den Tornister mit den Beobachtungen und Aufzeichnungen aus Alpindrak haben?«

»Aye, hier ist er«, sagte ich, und reichte ihm, was zu beschaffen so lange gedauert hatte.

»Nach der Dämmerung findet eine große Feier vor dem *Barkenschifferfass* statt«, sagte Esen, während er die Siegel überprüfte.

»Tatsächlich? Ich habe Riellen gebeten, uns dort Zimmer zu mieten.«

»Bring deine Sackpfeife mit, du wirst dort willkommen sein, vor allem nach Alpindrak.«

»Werden Sie auch dort sein?«

»Ich fürchte, nein, ich werde schon in einer halben Stunde mit deinem Bericht zur Lage der Kaiserin und den Unterlagen aus Alpindrak auf einer Barke nach Alberin sein. Ach, und noch eines. Hier lebt ein Kerl namens Pelmore Heftbügel. Er ist Hafenmeister des Mittelhafens, also kriegt er eine Menge von allem mit, was kommt und geht. Ungefähr fünfundzwanzig, blonde Locken, groß, gut gebaut und ein Preistänzer.«

»Wäre ich ein Mädchen, würde ich fragen, wo er trinkt.«

»Das tun viele Mädchen. Außerdem ist er der Agent der Inquisitionspolizei in dieser Baronie.«

»Wirklich?«, rief ich leise. »Ich dachte, das wäre Halland, der Befehlshaber der Stadtmiliz.«

»Anscheinend nicht. Die Liste mit Hallands Namen darauf war eine vorsätzliche Indiskretion, damit Leute wie wir vor dem falschen Mann auf der Hut sind. Also, der Herr hat folgende Befehle: Du sollst mit einer Frau namens Norellie Guthexen Verbindung aufnehmen. Sag ihr, dass Pelmore die Absicht hat, sie zu denunzieren, wenn der Bezirksinspektor der Inquisition nächste Woche hier zu Besuch ist. Hier sind Grenzpapiere für sie. Du sollst sie durch den Waingramwald nach Fralland bringen.«

»Norellie Guthexen. Wo ist sie zu finden?«

»Wenn du hier zur Tür rausgehst, wende dich nach rechts auf den Kaiwegplatz und bieg in die fünfte Gasse, dann wohnt sie im neunten Haus gleich hinter dem Hauptquartier der Miliz. Auf ihrem Schild steht ›Norellies Kräuter und Heilung‹, und sie erwartet dich.

»Zauberin?«

»Nicht direkt, aber sie hat so viel mit Magie zu tun, dass es für einen Fußwärmer aus Brennholz reicht. Du musst in drei Tagen mit ihr fliehen, wenn die Tanzmeisterschaften der Baronie abgehalten werden. Pelmore ist Preistänzer, er wird von morgens bis abends daran teilnehmen und erst bemerken, dass sie weg ist, wenn es zu spät ist.«

»Norellie Guthexen, fünfte Gasse, neunte Tür, in drei Tagen fliehen, ich werde erwartet und ich soll mich vor einem tanzenden Hafenmeister namens Pelmore Heftbügel hüten.«

»Kluger Junge. Nun denn, ich muss los, meine Barke erwischen. Hüte deine Zunge und halt dir den Rücken frei.«

»Aber ich bin doch nur ein treuer Inspektor der Wanderpolizei«, sagte ich unschuldig.

»Tja, dann sorg einfach dafür, dass die Leute das auch weiter von dir denken.«

»Richten Sie Lady Dolvienne mein Beileid wegen Hauptmann Gilvray aus, Herr Feldwebel.«

»Mache ich.«

Ich blieb zurück, erleichtert, wieder allein zu sein. Zum ersten Mal seit unzähligen Wochen musste ich mir weder Wallas' Nörgeleien noch Rovals Klagen oder Riellens Vorträge anhören. Die Aussicht, die folgenden Tage nicht unterwegs zu sein, war ebenfalls sehr angenehm. Eine Schankmaid unterbrach meine Überlegungen.

»Bitte um Vergebung, mein Herr, aber eine Dame, die sehr fein spricht, will mit Euch reden.«

»Hast du auch den richtigen Mann erwischt?«, fragte ich. »Ich bin nur ein Inspektor der Wanderpolizei.«

»Aye, mein Herr, sie hat gesagt, Ihr wärt es. Sie lässt fragen, ob Ihr Euch zu ihr an den Tisch setzen wollt. Sie ist die mit den langen weißen Haaren.«

Ich schaute mich um und erblickte eine hochgewachsene, elegante junge Frau mit schlohweißen Haaren, einem stolzen, eckigen Gesicht und vollen, blutrot bemalten Lippen. Sie sah nicht wie ein typischer Albino aus, obwohl ihre Haare so weiß waren, dass sie beinah zu leuchten schienen. Ihre Augen waren infolge einer Behandlung mit Tintenfischtinte, um ihr Sehvermögen zu verbessern, so schwarz wie Kohlen. Sie trug modische Reitkleidung – Stiefel, wadenlanger Rock und Spitzenbluse – und auf jeder Schulter ein Wappen, das einen schwarzen Adler auf azurfarbenem Grund zeigte.

Vasallin Lavenci Si-Chella, Halbschwester der Kaiserin, dachte ich resigniert. Dann gab ich der Schankmaid eine Kupfermünze und stand auf. Bei Lavenci angekommen, verbeugte ich mich, dann führte ich im Gruß der Wanderpolizei die Handkante an die Stirn und nahm sie zackig herunter.

»Danolarian, anscheinend hat sich seit unserer letzten Begegnung unser beider Glück gewendet«, sagte sie mit freundlichem Lächeln, während sie sich auf ihrem Hocker zurück- und an die Wand lehnte.

»Milady, Eure Gegenwart ehrt mich«, sagte ich zögernd und mit akribischer Förmlichkeit.

»Ach, das! *Vasallin Lavenci*, welch ein Scherz. Die Kaiserin hat mich aufgrund unwichtiger Dienste für unwichtige Leute geadelt. Setzt Euch, Danolarian, setzt Euch. Wein? Ihr müsst dienstfrei haben, wenn Ihr bereits trinkt.«

»Das habe ich, Milady.«

»Bitte, für Euch immer noch Lavenci.« Sie lachte. »Wie ich sehe, habt Ihr die Bräune eines Hochgebirgsreisenden. Wie war es auf Alpindrak?«

»Eine ernsthafte Prüfung der Ausdauer, aber der schönste Ort auf der ganzen Welt.«

»Das habe ich auch gehört. Außerdem habe ich gehört, Ihr hättet auf Alpindrak ›Der Abend ist nur fürs Werben‹ zum

Sonnenuntergang gespielt. Das muss wunderschön gewesen sein.«

»Ich hielt es für eine gute Idee, also habe ich es getan.«

»Es hat Euch berühmt gemacht, alle reden darüber. Ich habe auch gehört, dass es auf Lupans Oberfläche geblitzt hat und man leuchtende Wolken von der Größe ganzer Königreiche beobachtet hat. Habt Ihr davon gehört? Die Nachricht hat unter den Astronomen der kalten Wissenschaften einen ziemlichen Aufruhr verursacht. Sie glauben, dass dies auf intelligentes Leben hinweist.«

»Aye, ich habe den allerersten Blitz gesehen, und dann gab es noch einen.«

»Zwei, sagt Ihr? Natürlich, Ihr wart unterwegs und habt nichts davon mitbekommen. Brieftauben haben in der Zwischenzeit die Nachricht von zehn solchen Blitzen und Wolken überbracht. Zehn Tage lang ein Blitz pro Nacht, dann nichts mehr.«

Wir verstummten für einige Momente. Ich wusste, dass ich ein sehr unangenehmes Thema anschneiden musste, und wich ihm aus. Stattdessen entschied ich, dass sie zuerst vor dem Spion der Inquisition gewarnt werden musste, falls sie immer noch verbotene Magie praktizierte.

»Milady, ich habe Nachricht über einen Spion der Inquisition erhalten, Pelmore Heftbügel«, begann ich.

»Das ist der junge tanzende Hafenmeister, nicht wahr?«, antwortete sie sofort. »Von ihm weiß ich bereits. Pelmore hat in früheren Jahren drei Medaillen für seine Tanzerei gewonnen.«

»Oh. Aha, je nun… gut.«

»Ich tanze immer noch, tatsächlich habe ich seit meiner Ankunft hier ziemlich viel getanzt. Ich habe sogar mit Pelmore getanzt.«

»Meister können ausgezeichnete Lehrer sein, Milady.«

»Habt Ihr vergessen, dass ich auch mit Euch schon getanzt habe?«

»Ich erinnere mich mit großem Vergnügen an unsere gemeinsamen Tänze, Milady. Ich wollte Euch nur vor möglichen Gefahren seitens des Hafenmeisters Pelmore warnen. Da Ihr bereits von ihm wisst, behellige ich Euch nicht weiter.«

An dieser Stelle gab ich einem Anfall unverhohlener Feigheit nach. Ich stand auf, um zu gehen, anstatt zu sagen, was ich, wie ich wusste, sagen musste. Lavenci blinzelte in gelinder Überraschung, bevor sie mich mit einer Geste wieder zum Hinsetzen aufforderte.

»Bleibt hier, ich möchte von Euch etwas über die Blitze auf Lupan hören. Ihr sagt, Ihr habt den allerersten gesehen?«

Ich beschrieb, was ich gesehen hatte, einerseits ziemlich stolz auf die Tatsache, dass zufällig ich es war, der den ersten Blitz gesehen hatte, andererseits aber doch auch erpicht darauf, mich aus Lavencis Gegenwart zu entfernen. Sie hörte aufmerksam zu, aber auf merkwürdig hochmütige Art, als müsse sie sich anstrengen, um mich in ihrer Nähe zu dulden.

»Ich habe den Verdacht, dass lupanische Zauberer mit großen Äthermaschinen experimentieren, wie unsere es auch getan haben«, erklärte sie, als ich fertig war.

»Vielleicht folgen sie unserem Beispiel«, sagte ich. »Schließlich muss die Vernichtung Toreas von Lupan aus sichtbar gewesen sein, wenn sie Fernrohre wie unsere haben. Immer vorausgesetzt, dass es dort wirklich intelligentes Leben gibt.«

»Ich würde es dummes bewusstes Leben nennen anstatt intelligentes«, erwiderte Lavenci. »Große Äthermaschinen sind eine sehr schlechte Idee.«

»Stimmt, das haben wir bewiesen.«

Wieder herrschte Schweigen und wieder war es Lavenci, die es brach.

»Ihr scheint für einen Inspektor eine sehr gute Bildung zu haben, Danolarian. Drei Jahre bei der Wanderpolizei! Ihr müsstet mittlerweile längst Feldwebel sein, und könntet sogar zum Quadrant-Inspektor aufsteigen, wenn Ihr Euch dahinterklemmt.«

»Ich bin kein guter Anführer, Milady«, erwiderte ich in dem Versuch, die Konversation zu beenden. »Ich bin lieber draußen und unterwegs.«

»Unterwegs, ohne mir zu schreiben?«, sagte sie spitz und in etwas härterem Tonfall.

»Ich habe Euch elf Briefe geschrieben, Milady.«

»Das habt Ihr? Keiner hat mich erreicht. Ich dachte, Euch sei etwas zugestoßen. Ich habe nur die Nachricht bekommen, die Ihr unter der Tür durchgeschoben habt. Die, in der stand, Ihr müsstet für drei Monate fort, und in der Ihr Euch entschuldigt habt, Euch bei mir so kühne Freiheiten herausgenommen zu haben.«

»Ich habe trotzdem elf Briefe geschrieben und sie nach Alberin aufgegeben«, sagte ich, und auch mein Tonfall und mein ganzes Auftreten wurde plötzlich härter und grenzte wahrscheinlich an Unhöflichkeit.

»Nun denn, habt Ihr mir ein Geschenk von Euren Reisen mitgebracht?«

»Ich bitte um Vergebung, Milady. Ich hatte einen schwarzen Opal an einer Silberkette für Euch gekauft. Schwarz für die Augen, silbern für die Haare. Er hat vierhundert Gulden gekostet, beinah alles Geld, das ich hatte.«

»Oh, ein anspruchsvolles Geschenk!«, rief sie, während ihre Augen sich weiteten. »Nun, wo ist es?«

»Es ist auf der Barkenfahrt hierher ins Wasser gefallen.«

»Ins Wasser gefallen?«, lachte sie. »Euch fällt gewiss etwas Besseres ein?«

Statt einer Antwort leerte ich meine Börse auf den Tisch aus. Drei Kupfermünzen fielen heraus.

»Mein Lohn für den letzten Monat ist heute Abend fällig«, fügte ich hinzu.

Mittlerweile empfand ich Lavencis Gesellschaft als Belastung. Ich kam mir vor wie ein sehr kleiner Junge, der sich

Mühe gab, nett zu einer schlechtgelaunten alten Tante zu sein, die nach einem Vorwand suchte, ihm eine ordentliche Tracht Prügel zu verabreichen. Das Schweigen zwischen uns zog sich in die Länge. Und wieder brach es Lavenci.

»Danolarian, warum reagiert Ihr nicht auf meine Avancen?«, fragte sie plötzlich, sah mir in die Augen und strich mir mit einer Fingerspitze über den Handrücken.

»Mit Verlaub, Milady, Ihr habt bei unserem letzten Zusammensein meine Hand weggeschlagen und Euch sehr kühl von mir verabschiedet.«

»Ja, und das mit Recht«, sagte sie hochmütig. »Ihr müsst lernen, dass eine Dame unerwünschte Vertraulichkeiten dieser Art nicht duldet.«

In mir zerbrach etwas, und ich zog meine Hand vom Tisch und verschränkte die Arme. *Na schön, es ist Zeit, meine Karriere bei der Wanderpolizei zu zerstören*, entschied ich. *Andererseits, wohin gehe ich danach? Im Sargolanischen Reich blüht mir als Deserteur die Todesstrafe, in Diomeda würden mich wahrscheinlich irgendwelche Flüchtlinge aus Torea erkennen, und jetzt bin ich gerade dabei, im Scalticarischen Reich eine Unperson zu werden, weil ich zu jemandem mit einem Vasallentitel vor dem Namen unhöflich war. Ich kann etwas Vindicisch, vielleicht kann ich mich da als Söldner verdingen. Zeit, zu einer sehr bedeutenden Dame unhöflich zu sein, und sei es auch aus keinem besseren Grund als dem der Selbstachtung*, schloss ich.

»Ich bitte demütigst um Vergebung«, sagte ich kalt.

»Eine prompte Entschuldigung, vielleicht besteht noch Hoffnung für Euch«, lachte sie und winkte ab. »Eine Dame kann nicht zu den Waffen greifen, um ihre Ehre zu verteidigen, also muss sie unerwünschten Vertraulichkeiten Einhalt gebieten, bevor sie beginnen. Nun denn, ich muss Euch bitten, etwas zu tun, um Euch meine Vergebung zu verdienen.«

»Bitte verzeiht, Milady, aber Eure Schwester, Ihre Majestät Kaiserin Wensomer, hat mir erzählt, es wäre euch tatsächlich ein Vergnügen gewesen, euch den denkbar intimsten Vertraulichkeiten hinzugeben, und zwar mit Student Ulderver, Student Decrullin, Student Laron, Präfekt Lees und Lehrer Haravigel. Ihr habt für sie in der Speisekammer der Akademie und im Wäscheschrank des Baderaums die Röcke gehoben. Ausgenommen Laron natürlich, dem auf dem Akademiedach mehr Eurer Wertschätzung zuteil wurde, als ich zu bekommen je hoffen könnte. Wenn Ihr mir verraten wollt, warum ich so viel verabscheuungswürdiger, widerlicher, abstoßender und abscheulicher bin als diese jungen Männer, werde ich mir überlegen, ob ich Eure Vergebung überhaupt *will*.«

Ich hatte gemessen und leise gesprochen, so dass mich niemand sonst im Schankraum verstehen konnte. Lavencis freundliches Lächeln hatte sich bei meinen Worten verflüchtigt, und aus ihrem Gesicht war alle Farbe gewichen. Ihr Blick verließ mich, und sie starrte eine ganze Weile auf ihren Krug. Schließlich nahm sie ihn, trank seinen Inhalt in einem Zug leer und fuhr sich dann mit der Zunge über die Lippen.

»Danolarian… ich stamme aus einer sehr merkwürdigen Familie«, begann sie langsam und schien dann den Faden zu verlieren.

Niemand weiß das besser als ich, dachte ich. »Milady, ich versichere Euch, dass ich diese Dinge nie wieder erwähnen werde«, verkündete ich. »Ich würde jetzt gern gehen, um mir meinen Sold zu holen. Ich habe schlecht gegessen, seit ich zwei Monatssolde für den schwarzen Opal ausgegeben habe, den ich später in den Fluss geworfen habe. Seid Ihr fertig mit mir?«

»Ich fertig mit Euch?«, flüsterte sie so leise, dass ich sie vor dem Hintergrundgemurmel in der Taverne kaum verstand. »Inspektor Danolarian, *Ihr* seid fertig mit *mir*.«

»Darf ich gehen, Milady?«

»Wohin?«, fragte sie teilnahmslos. »Darf ich es wissen?«

»Ins *Barkenschifferfass*, wo heute Abend eine große Tanzveranstaltung stattfindet. Ich wollte fragen, ob sie noch einen Dudelsackpfeifer brauchen können, um mir vielleicht noch ein paar Gulden zu verdienen.«

Wieder saß sie schweigend da, wobei sie diesmal mit einem Fingernagel über die Tischplatte kratzte.

»Danolarian... Ihr seid ganz anders als alle anderen, die mir je begegnet sind«, sagte sie kaum lauter als vorher.

»Eurer Behandlung meiner Wenigkeit nach zu urteilen ist das schmerzlich offensichtlich, Milady.«

Sie schniefte laut, und eine dicke Träne rollte ihre Wange hinunter. Plötzlich stand sie auf, kam um den Tisch und öffnete dabei ihre Spitzenbluse. Sie setzte sich auf meinen Schoß, nahm meine Hand und drückte sie fest auf ihre nackte Brust. Die anderen Gäste im Schankraum stutzten, um dann zu pfeifen, zu klatschen und laut zu johlen.

»Nun, Inspektor, diesmal schlage ich Eure Hand nicht weg«, erklärte sie entschlossen in gezwungen frivolem Tonfall, blind und taub für die Tatsache, dass wir im Zentrum der Aufmerksamkeit des gesamten Schankraums standen. »Kommt, suchen wir uns eine Speisekammer, dann kann ich mich über ein Käsefass beugen, während Ihr meine Röcke hebt und mit mir macht, was Ihr wollt. Sollte Euch nach einem Bett zumute sein, so muss ich Euch warnen, dass ich beiße.«

»Milady, ich glaube, wir haben beide für eine Nacht genügend Demütigungen erlebt. Darf ich gehen?«

Sie schien einen Moment über meine Worte nachzudenken, dann hob sie meine Hand an die Lippen, drückte sie leicht und ließ sie los. Wie sie vor mir stand und sich die Bluse wieder zuknöpfte, sah sie am Boden zerstört aus.

»Kann ich denn nichts für Euch tun?«, fragte sie verloren.

Mein Standpunkt war mittlerweile mehr als klar, und ich entschied, dass ein Zugeständnis in Ordnung sei. Ich wollte sie verlassen, nicht ihr weh tun. Selbst unter Umständen wie diesen konnte ich mich nicht dazu bringen, sie nicht zu mögen. Sie hatte Ähnlichkeit mit diesem angenehmen, aber teuren Getränk, Kaffein, gegen das ich allergisch bin: Ich mochte sie, wusste aber, dass sie schlecht für mich war.

»Gewährt Ihr mir heute Abend einen Tanz oder zwei?«, fragte ich in dem Versuch, freundlich, aber nicht zu freundlich zu klingen. Ihre Laune besserte sich sofort.

»Ja, ja, auf mein Wort, ja. Wir haben in der Nacht getanzt, als wir uns kennen gelernt haben, und ich würde unseren Abschied gern mit einem Tanz beschließen. Ich gehe jetzt und ziehe mich um«, sagte sie mit einer gezierten Geste. »Seidenröcke, rote Lippen, Kaskaden schneeweißen Haars und einen Hauch Parfüm, damit man Euch mit der schönsten Frau auf dem Tanz sieht und Euch jeder zuschauende Mann beneidet.«

»Ihr seid zu freundlich.«

»Sollen wir uns dort treffen?«

»Ich werde warten.«

Ich wartete, bis Lavenci fort war. Dann ging ich zu den Mädchen, die immer noch Wallas fütterten und streichelten. Ich erklärte ihnen, dass ich zum Tanz ging, und fragte sie, ob sie auf meinen Kater aufpassen könnten. Sie sagten, Wallas könne die Nacht über gern in der Taverne bleiben und in der Küche schlafen.

»Da schlafen wir auch, Süßer«, sagte diejenige, die Wallas fütterte. »Euer Pussykater wird nicht zu Schaden kommen. Vielleicht kommt er sogar in mein Bett.«

Wenn ihr wüsstet, dachte ich.

»Habt Ihr Euch mit Eurer Dame überworfen, Süßer?«, fragte die andere Schankmaid.

»Sie war nie meine Dame«, sagte ich im Gehen.

Riellen hatte draußen gewartet. Tatsächlich hatte sie durch das Fenster alles beobachtet. Sie fing mich ab, als ich nach draußen ging, meldete, sie habe Schlafräume gemietet, die

Wäsche sei bei einer Wäscherin, Roval sei sturzbetrunken und schlafe in seinem Zimmer und sie habe unseren Sold geholt. Damit reichte sie mir einen Beutel.

»Sehr gut, Wachtmeister Riellen, jetzt nehmen Sie sich den Rest der Nacht frei«, sagte ich großzügig und darüber erfreut, dass ich wenigstens eine Person glücklich machen konnte.

»Herr Inspektor, Sie haben die Brust dieser Frau berührt«, stellte sie fest.

»Es war eine sehr schöne Brust«, erwiderte ich, plötzlich ebenso verärgert über ihre Prüderie wie über Lavencis Exzesse.

»Frauen, die einen das tun lassen, wollen gewöhnlich noch eine ganze Menge mehr, Herr Inspektor.«

»Tatsächlich, Wachtmeister? Und ich dachte schon, die Nacht hätte nichts zu bieten.«

»Herr Inspektor!«, rief sie und stampfte mit dem Fuß auf.

»Ich muss los, Riellen. Werden Sie zum Tanz gehen?«

»Herr Inspektor, ländliche Tanzveranstaltungen sind eine ideologisch korrekte Manifestation der Arbeiterklassensolidarität gegen...«

»Auf Alberinisch sagen wir ›ja‹ oder ›nein‹.«

»Ja, Herr Inspektor.«

Ich machte mich auf und wanderte über den Platz. Ich schlug einen Bogen um die Menge vor dem *Barkenschifferfass* und bog dann in die zweite Gasse hinter der Taverne ein. Neun Häuser weiter hing Norellies Schild. Dann kehrte ich wieder um, da ich entschied, Riellen könne das Treffen zwischen mir und Norellie arrangieren, während ich mit Lavenci tanzte. Wenn Riellen nichts sah, musste ich mir hinterher keine Vorträge darüber anhören, dass ich mit unmoralischen Unterer-Oberschicht-Ausbeutern von Oberer-Unterschicht-Arbeitern verkehrte.

Ich kehrte zum Kaiwegplatz zurück, bei dem es sich um einen freien, kopfsteingepflasterten Platz zwischen den Hafengebäuden und dem Fluss handelte. Am klaren Himmel standen bereits die helleren Sterne und zwei Mondwelten. Musik erklang aus der Menge vor dem *Barkenschifferfass*, und ich erkannte mehrere Moriskentanzlieder. Riellen stand nicht weit entfernt auf einem Bierfass und ermahnte ein halbes Dutzend Betrunkene, in einen Trinkstreik zu treten, um den Alepreis zu senken.

»Streiterin für hoffnungslose Fälle und ein Drittel meines Kommandos«, seufzte ich bei mir. Es war ihr, nachdem sie ihre Zuhörer nicht dazu hatte bringen können, bei einem Revolutionslied den Ton zu halten, immerhin gelungen, einen Sprechchor zu organisieren.

»Was wollen wir?«
»Billiges Ale!«
»Wann wollen wir's?«
»Jetzt!«

In diesem Augenblick sah ich aus dem Augenwinkel einen dünnen Streifen aus grüner Helligkeit am Westhimmel erscheinen, einen strahlenden Lichtpunkt, der einen leuchtenden Schweif hinter sich her zog. Ich hatte in meinem Leben schon viele Sternschnuppen gesehen, aber keine war so langsam geflogen wie diese.

Sie flog beinah direkt über uns hinweg, und ich sah, dass sie ungefähr zylindrisch war und sich auf beiden Seiten die Andeutung schimmernder Flügel in einer V-Form erstreckten, fast viermal solang wie der eigentliche Körper. Einen Augenblick später verschwand sie hinter den Hafengebäuden und damit aus der Sicht. Ich sah mich um und bemerkte, dass auch alle anderen Personen am Hafen in die Richtung blickten, in der die Sternschnuppe verschwunden war. Ich kann mich ganz deutlich erinnern, dass die Musik aufgehört hatte und überall rings um mich absolute Stille herrschte. Plötzlich ertönten zwei gewaltige Donnerschläge. Jetzt fingen Leute an zu schreien und zu kreischen. Sie gestikulierten wild und zeigten Richtung Himmel. Der grünliche Kometenschweif am

Himmel faserte auseinander, und dann ertönte in der Ferne ein rollendes Grollen. Eine Weile rannten Leute umher, die nach Osten zeigten und über eine fallende Sternschnuppe redeten.

»Sternschnuppe«, sagte ein Mann, der in der Nähe stand und dem ein Strohhalm aus dem Mund hing.

»Sah so groß aus wie eine Kutsche«, erwiderte ich. »Ein Glück, dass sie nicht auf uns gefallen ist.«

»Ich schätze, sie ist im Waingramwald runtergekommen«, sagte er, die Hände in die Hüften gestemmt, während er zu dem sich zerstreuenden Schweif aus grünem Rauch hinaufstarrte.

»Ist das weit?«, fragte ich.

»Ungefähr fünf Meilen vor der Stadtmauer. Wollt Ihr hin, wo Ihr doch ein Inspektor der Wanderpolizei seid und alles?«

»Aye, das würde ich sagen«, antwortete ich, ohne wirklich darüber nachzudenken.

»Wann?«

»Ich glaube, das kann bis morgen warten«, entschied ich, da ich nicht in der Stimmung war, bei Nacht durch einen Wald zu stolpern. »Außerdem muss ich noch ein Pferd mieten.«

»Oh, ich kann Euch eins leihen und auch Euer Führer sein. Ich heiße Grem und bin Stallmeister von Beruf. Ich war gerade am Heuabladen auf der *Flussprinzessin*.« Er zeigte auf eine schmutzige Barke. »Ich würd mir mal gerne 'nen echten Stern aus der Nähe ansehen. Ich steh' ein wenig auf die kalten Wissenschaften, jawoll.«

»Das ist sehr nett, Grem. Ich bin Inspektor Scryverin von der Wanderpolizei.«

»Dann ist es also abgemacht. Treffen wir uns um die neunte Stunde bei den Ständen der Stallmeister auf dem Markt?«

»Zur neunten Stunde, abgemacht.«

Ich hatte den Eindruck gehabt, als sei der Zylinder ein kleines und tief fliegendes Etwas gewesen, und nicht ein großes in großer Höhe, also war er zu dieser Zeit für mich noch kein großes Wunder. Folglich war ich nicht besonders aufgeregt, als ich mich wieder in Bewegung setzte, um Lavenci gegenüber meine letzte Verpflichtung zu erfüllen.

4
AUF DEM KAIWEGPLATZ

Der Schankraum im *Barkenschifferfass* ähnelte den meisten Schankräume in den meisten Tavernen, das heißt, er war nicht in der Lage, mehr als ein Dutzend Tänzer aufzunehmen, obwohl die Bänke an die Wände gerückt und die Tische zu einer Bühne für die Musikanten zusammengeschoben worden waren. So kam es, dass der Tanz auf dem Kaiwegplatz zwischen der Taverne und dem Rand des Hafenbeckens veranstaltet wurde. Ein Dudelsackpfeifer spielte eine Reihe von Reels und übertönte das halbe Dutzend Flötenspieler und Fiedler, die ihn begleiteten. Etwa drei Dutzend Paare tanzten in einer Doppelreihe, während eine beträchtliche Menge Trinkender zuschaute, klatschte, jubelte, Krüge schwenkte und Ale verschüttete.

Der Wirt hatte neben der Tavernentür einen Schanktisch aufgebaut, und vor diesem tauchte plötzlich an der Spitze ihrer Abordnung von Betrunkenen Riellen auf. Sie präsentierte dem Wirt eine Petition, in der billigeres Ale verlangt wurde. Man erklärte ihr, sie solle sich wegscheren. Tatsächlich drückte der Tavernenwirt es um einiges weniger diskret aus, und so stand rasch fest, dass es keine Verhandlungen geben würde. Dann zündete der Wirt Riellens Petition an, und seine Frau tauchte auf und fuchtelte mit einem Hackebeil herum. Die Betrunkenen ließen Riellen hastig im Stich und letztendlich ließ schließlich auch Riellen die Sache im Stich. Nachdem ich vielleicht eine Minute hatte verstreichen lassen, schlenderte ich zu ihr. Sie beobachtete die Tänzer, die Arme fest verschränkt und einen verdrossenen Ausdruck im Gesicht.

»Wieder ein Sieg für das Establishment, Wachtmeister?«

»Es ist mir nicht gelungen, in meinen Anhängern ein ausreichendes Gefühl der Einheit zu wecken, Herr Inspektor«, murmelte sie. »Wie fühlen Sie sich?«

»Bis jetzt ganz gut. Ein unzüchtiges Frauenzimmer hat mich um einen Tanz gebeten.«

»Wie unzüchtig, Herr Inspektor?«

»Nun, sie hat mich ihre Brust fühlen lassen.«

»Ach, Herr Inspektor! Doch nicht dieses weißhaarige Flittchen aus dem herrschenden Establishment.«

»Doch, in der Tat.«

Obwohl ich mich ziemlich einsam fühlte, würde ich das Riellen schon aus reinem Stolz nicht wissen lassen. *Komisch, dass ich vorgebe, Lavenci zu hofieren, um Riellen zu ärgern, obwohl ich Lavenci gerade einen Korb gegeben habe*, dachte ich.

»Also haben Sie die verwünschten Kopfschmerzen noch nicht?«, fragte sie, während sie sich umblickte, als erwarte sie jemanden.

»Nein. Zur Abwechslung geht es mir am Ende eines Auftrags einmal gut.«

»Soll ich Ihnen zur Feier des Tages ein Ale holen, Herr Inspektor? Das ist das Getränk der arbeitenden Klassen.«

»Recht vielen Dank, Wachtmeister.«

Riellen ging geradewegs zu einer Schankmaid mit einem Tablett voller Krüge, statt sich am Schanktisch mit dem Wirt auseinanderzusetzen. Sie schienen sich lange miteinander zu unterhalten. Nachdem wir unser Ale hatten, tranken wir auf das Ende eines weiteren erfolgreichen Auftrags und sahen dann zu, wie eine Gruppe von Moriskentänzern einen Stocktanz aufführte. Als die Moriskentänzer fertig waren, stimmten die Musikanten eine Serie von Jigs an. Ich konnte den Stallmeister Grem erkennen, der zwischen gekreuzten Äxten tanzte und dabei einen Krug Ale auf dem Kopf balancierte.

»Herrje, es ist schön, in unkomplizierter Gesellschaft zu sein«, sagte ich, als Riellen und ich so beisammenstanden.

»War Ihre Gesellschaft in dieser anderen Taverne kompliziert, Herr Inspektor?«

»Komplizierter, als Sie sich je vorstellen könnten«, erwiderte ich wahrheitsgemäß.

Ich war nicht gewillt, etwas Schlechtes über Lavenci zu sagen, nachdem ich ihr so weh getan hatte. Ich hasste mich, und obwohl ich Lavenci hassen wollte, konnte ich es nicht. Außerdem wollte ich mitfühlendere Gesellschaft als Riellen. Ein vertrauter Schmerz machte sich durch ein jähes Stechen hinter einem Auge bemerkbar.

»Vasallin Lavenci ist eine Oberschicht-Ausbeuterin der ehrlichen, einfachen, arbeitenden Massen...«, begann Riellen urplötzlich, aber ich stieß sie an, bevor sie weiterkam.

»Da ist sie!«, rief ich, als ich Lavenci auf dem Tanzplatz erblickte. Sie trug jetzt ein wadenlanges rotes Kleid, das aus echter Seide zu sein schien. »Wie aufs Stichwort. Eine wunderschöne Frau trifft zusammen mit meiner Migräne ein.«

»Sie erregt Aufsehen, Herr Inspektor.«

»Ist aber umwerfend attraktiv«, erwiderte ich sofort.

»Herr Inspektor, beiläufige und flüchtige Hingabe an die Freuden des Fleisches ist eine Manifestation dekadenter...«

»Ach, Unsinn«, lachte ich. »Das ganze Leben bei der Wanderpolizei ist beiläufig und flüchtig.«

»Nun, *ich* habe es vorgezogen, den Freuden des Fleisches zu entsagen und mich einer Aufgabe zu widmen. Ich nutze meine Reisen in meiner Eigenschaft als Mitglied der Wanderpolizei, um die revolutionäre Ideologie der Gleichheit zu verbreiten.«

»Ein hoffnungsloses Unterfangen.«

»Warum, Herr Inspektor? Die Kaiserin *könnte* abgedankt haben, weil sie es leid war, die geplagte Arbeiterschaft zu unterdrücken.«

»Ist schon eigenartig, die Kaiserin. Vor ihrer Krönung hat sie Herrscher verachtet. Einige von uns haben bezweifelt, dass sie es als Kaiserin lange aushalten würde, aber sie war immerhin drei Jahre im Amt. Jetzt ist sie wirklich weg. Schade. Unter ihrer Herrschaft ist es in Alberins Domänen friedlich zugegangen.«

»Aber, Herr Inspektor, was ist mit den Scharmützeln zwischen verschiedenen Kriegsfürsten, Überfällen durch Briganten, Aufruhr im Zuge von Turnieren und Hahnenkämpfen und Grenzstreitigkeiten?«

»Aye, aber das waren keine ernsthaften Auseinandersetzungen.«

»Herr Inspektor, diese Auseinandersetzungen waren für alle, die daran beteiligt waren, sehr ernsthaft«, beharrte Riellen stur.

»Pah! Die Verluste waren nie höher als ein paar Dutzend. Außerdem hat Kaiserin Wensomer für eine Kette von hochherrschaftlichen Skandalen gesorgt und damit die Produktion von Skandalseiten für die öffentlichen Anschlagtafeln angekurbelt. Das ist eine Herrscherpflicht, und die hat sie bestens erfüllt.«

»Herr Inspektor!«, rief Riellen empört.

»Ein Scherz, Riellen, ein Scherz«, seufzte ich und trank noch einen Schluck Ale, um mich von meinen zunehmenden Kopfschmerzen abzulenken. »Hören Sie, die Albinodame tanzt mit keinem anderen – oh, und sie hat gerade die Einladung dieses Fuhrmanns abgelehnt, auf den Platz zu gehen.«

»Ihre Haare sind noch unten, das bedeutet, sie wartet auf ihren Kavalier«, sagte Riellen.

»Sie wartet offensichtlich auf mich«, verkündete ich, während ich mir mit dem Handrücken die Lippen abwischte.

»Aber, Herr Inspektor, Ihr Kopf...«

»Schmerzt bereits, aber ich habe trotzdem noch die Möglichkeit, heute Abend einen guten Eindruck zu machen und mich dann morgen mit ihr zu treffen, wenn es mir besser geht. Manche Frauen mögen Männer, die nicht zu forsch sind.«

»Herr Inspektor, wollen Sie sich morgen Früh *wirklich* mit dieser ausbeuterischen Oberschichtsunterdrückerin der ehrlichen Arbeiter treffen?«

»Nein, mir ist danach, zum Wald zu reiten und mir die Sternschnuppe anzusehen, die heute Abend dort vom Himmel gefallen ist, und mich dann um die Mittagszeit zurückzumelden.«

»Oh, sehr gut, Herr Inspektor, Pflichterfüllung und so. Ich wusste, Sie ziehen mich nur auf.«

»Bei näherer Betrachtung könnte ich mich vielleicht mit Vasallin Lavenci zum Mittagessen verabreden.«

»Ach, Herr Inspektor!«, rief Riellen. »Sie ist sogar wie ein Klassenfeind *gekleidet*.«

»Aber ich gehe auf jeden Fall in den Wald.«

»Begleite ich Sie, Herr Inspektor?«

»Ja! Sie irgendwo zurückzulassen, wo es eine Menschenmenge gibt, ein Fass, auf dem man stehen kann, und genug Platz zum Weglaufen, wenn die Miliz ausrückt, um Sie festzunehmen, würde mich zu sehr beunruhigen.«

»Herr Inspektor, das sagen Sie nur, um nett zu sein«, kicherte Riellen und versetzte mir einen schüchternen Rippenstoß.

Irgendwo in der Ferne läutete ein Nachtwächter die Glocke zur ersten Stunde nach der Abenddämmerung. Ich rieb mir die Schläfen, als die Schmerzen sich verschlimmerten.

»Herr Inspektor, Sie sollten sich hinlegen. Ich habe oben Zimmer für uns gemietet.«

»Ich habe vorhin das Schild einer Heilerin in einer Gasse hier in der Nähe gesehen, Riellen«, sagte ich, da mir Norellie einfiel. »Vielleicht könnten sie hingehen und nachfragen, ob sie einen Zauber oder ein Amulett gegen meine Kopfschmerzen hat. Die zweite Gasse rechts und dann das neunte Haus auf der rechten Seite. Da müsste ein Schild mit der Aufschrift ›Norellies Kräuter und Heilungen‹ sein. Erzählen Sie der Heilerin von meinem Problem und bringen Sie sie dann her.«

Als Riellen weg war, machte ich mich auf, meine Verpflichtung zu erfüllen. Kurz darauf war ich Lavenci so nah, dass ich sie hätte berühren können. Als ich mich näherte, trank sie aus einem Weinbecher und beobachtete die Einheimischen bei ihren Jigs.

»Milady, warum tanzt Ihr nicht?«, fragte ich, als ich neben sie trat und eine Art Seitwärtsverbeugung vollführte.

»Ich habe auch Euch nicht tanzen sehen, Inspektor«, erwiderte sie verschmitzt.

»Ja, aber ich warte auf einen Tanz mit Euch.«

Sie bedachte mich mit einem eigenartigen Stirnrunzeln und band sich dann die Haare hoch. Meine Kopfschmerzen wurden mit jedem verstreichenden Augenblick schlimmer. Ich sah, wie Riellen mit einer Frau in dunklen Gewändern zurückgelaufen kam, die sie dann in die Taverne führte. *Na, vielleicht werden die Schmerzen heute Abend gar nicht so schlimm*, dachte ich hoffnungsvoll.

»Seid Ihr bereit für unseren Tanz?«, fragte Lavenci.

Wellen aus geschmolzenem Glas begannen durch meinen Kopf zu schwappen. Ich war darüber hinaus, mich noch für etwas anderes zu interessieren als Erleichterung.

»Für einen Tanz?«, wiederholte ich stupide.

»Ja, einen Tanz. Die Leute halten sich bei den Händen und springen im Takt zur Musik umher. Wir haben vor drei Monaten in Alberin getanzt, erinnert Ihr Euch noch?«

»Verzeihung«, sagte ich und bot ihr meinen Arm an.

Ich führte Lavenci zu den Anfangstakten eines Reels auf den Tanzplatz, mehr oder weniger im Schock, auch nur ihre Hand in meiner zu spüren. Wir tanzten eine ziemlich lange Reihe von Reelen, und ich musste mich sehr darauf konzentrieren, mich an einige der Schritte zu erinnern. Ich sah Riellen in der Nähe der Musikanten. Sie wartete vermutlich darauf, mich zur Heilerin zu bringen. Die Kette endete mit einem gemächlichen Dreierschritt, der in lockerer Umarmung getanzt wird. Die Musik verstummte, und wir klatschten alle.

»Milady, ich muss mich vielleicht früh zurückziehen«, verkündete ich.

»Mein *Herr*, das ist ungewöhnlich forsch von Euch!«, lachte meine Albinopartnerin. »Wäre ich ein nettes Mädchen, würde ich Euch eine Ohrfeige verpassen, aber ich bin ein Wildfang. Kann ich mich also mit Euch zurückziehen?«

»Ach, Verzeihung, nein, nein«, plapperte ich. »Ich meinte, dass ich eine lange Reise hinter mir habe und sehr müde bin.«

Plötzlich fasste Lavenci sich mit der Hand an den Kopf und schwankte leicht. Ich hielt sie fest, da ich glaubte, sie könne sonst fallen.

»Milady, was ist denn los?«, fragte ich.

»Ein eigenartiges jähes Gefühl wie eine Welle winziger heißer Nadeln«, sagte sie, als sie die Augen wieder aufschlug. »Ich habe einen seltsam metallischen Geschmack im Mund und fühle mich etwas schwindlig, aber gleichzeitig auch sehr wohl.«

»Als Feldmedikus glaube ich, dass es ein verzögerter Schock sein könnte. Eine Reaktion auf unsere harschen Worte vor einer Stunde, die Euch nun einholt.«

»Das Gefühl ist vertraut, aber… kann nicht klar denken.«

»Atmet tief ein und aus und kommt wieder zu klarem Verstand.«

Nach ein paar Minuten war Lavenci darüber hinweg und wieder blendend gelaunt. Die einleitenden Takte von »Alle Lanzenreiter des Königs« erklangen. »Alle Lanzenreiter des Königs« war ein Turniertanz, und ein muskulöser junger Mann mit einer Hafenmeisterplakette auf jeder Schulter und blondgelockten Haaren tanzte einen herausfordernden Jig und verbeugte sich dann vor einem Mädchen. Ihm folgte ein bärtiger junger Mann mit einem roten Schal in der rechten Hand, der nun seinerseits eine Herausforderung tanzte. Die beiden hoben jeweils den rechten Arm und stürmten aufeinander los. Der Hafenmeister fing den Schal im Vorbeitanzen, und sie wirbelten in einem Halbkreis herum, bevor der bärtige junge Mann den Schal nicht mehr festhalten konnte und von lautem Jubel begleitet in die Menge zurücktaumelte. Jetzt sprang ein Mädchen auf die Tanzfläche, und der blonde Jüngling tanzte mit ihr eine Runde, stopfte den Schal aber in seinen Gürtel. Wir anderen standen klatschend da, während ein anderer Jüngling die Herausforderung des Hafenmeisters annahm.

»Das ist der Pelmore-Junge, den schlägt keiner«, rief ein ergrauter Holzfäller neben mir, als er mit der Pfeife auf den blonden Hafenmeister zeigte.

Sechs weitere Jünglinge waren davongestolpert, und sechs Mädchen hatten mit Pelmore getanzt, bevor sich der junge blonde Hafenmeister Lavenci näherte und ihr gestikulierte. Sie bot mir einen Schal an.

»Nehmt das als Zeichen meiner Gunst und tretet für mich an!«, rief sie mir über die Musik zu. »Ich finde Geschmack an diesem blonden Hafenmeister.«

»Er ist ein Spion der Inquisition, schon vergessen?«, zischte ich ihr ins Ohr.

»Spione sind die besten Liebhaber!«, kicherte sie.

Wider besseres Wissen und mit einem Kopf voller heißer Nadeln ergriff ich ihren Schal, betrat die Tanzfläche und tanzte eine Herausforderung. Ich schätzte, dass Pelmore mir gegenüber fünfundzwanzig Pfund im Vorteil war, denn ich wiege nur hundertsechzig Pfund. Wir stürmten aufeinander los, und er packte meinen Schal. Ich wirbelte herum, und wir drehten uns. Niemand hatte mehr als zwei Umdrehungen mit Pelmore überstanden, aber ich drehte mich fünfmal, bevor meine Füße den Boden verließen. Ich hielt mich noch für zwei weitere fliegende Umdrehungen fest, bevor letztendlich der Schal riss und ich in die Menge flog.

Als mir eine Schankmaid wieder auf die Beine half, tanzte Lavenci bereits mit Pelmore. Riellen tauchte neben mir auf.

»Sind Sie verletzt, Herr Inspektor?«, fragte sie lebhaft, während sie die Schankmaid niederstarrte. »Ist schon gut, Fräulein, ich bin qualifiziert, mich um ihn zu kümmern.«

»Ich aber auch. Es vergeht keine Nacht, in der ich nicht mindestens einem halben Dutzend gefallenen Trinkenden wieder aufhelfe.«

»Ich bedaure Ihre Niederlage, Herr Inspektor!«, blaffte Riellen.

»Es war nur ein Tanz, Wachtmeister, aber ich hoffe, sie erwartet nicht, dass ich den Schal bezahle. Wie ist der Stand der Dinge mit der Heilerin?«

»Ich sage Ihnen Bescheid, wenn sie für Sie bereit ist«, sagte Riellen, die jetzt sehr viel entspannter aussah.

»Glauben Sie, ich könnte ihr gefallen?«, fragte ich frotzelnd.

»Ach, Herr Inspektor! Können Sie denn gar nichts mit eher unterschwelliger Wertschätzung anfangen?«

Als die Herausforderungen beendet waren, steckten die Schals von einem Dutzend Mädchen in Pelmores Gürtel. Während alle klatschten, hielt er Lavencis Schal in die Höhe und zeigte damit an, dass sie seine auserwählte Königin des Turniers war. Sie fassten sich an beiden Händen, während der Tanzmeister ihnen die Überreste von Lavencis Trophäenschal um die Hände band. Jetzt mussten sie den Knoten mit den Zähnen lösen, was ihnen Gelegenheit geben sollte, sich zu küssen. Trauer verkrampfte meine Eingeweide, obwohl mein Verstand mir beständig sagte, dass sie mich nichts mehr anging.

»Anscheinend waren Sie nur ihr Vorwand, um sich mit dem Turniersieger zu treffen, Herr Inspektor«, verkündete Riellen.

»Ich bin Regierungsangestellter und hier, um zu helfen«, erwiderte ich mit einem sarkastischen Grinsen. »Und da wir gerade von Hilfe reden, wann wird diese Heilerin bereit sein, mir zu helfen? Wenn sie meine Migräne lindern kann, habe ich vielleicht noch Aussichten bei dieser Schankmaid mit den großen, äh…«

»Augen?«

»Haha, sehr witzig, ja, bei dem Mädchen, das mir aufgeholfen hat. Sie hat mich ziemlich verheißungsvoll angelächelt, wenn ich so zurückdenke. Vielleicht, wenn ich noch einmal in ihrer Nähe hinfalle?«

»Wahrscheinlich kommt das sehr oft vor, Herr Inspektor.«

»Was haben Sie für die Nacht geplant, Wachtmeister?«

»Ich werde *Wie man Zuhörerschaften überzeugt und Aufständische beeinflusst* lesen. Das ist ein ausgezeichnetes…«

»Gut, gut, Sie müssen mir davon erzählen, sobald Sie damit fertig sind«, sagte ich eiligst, rieb mir wieder meine ramponierte Kehrseite rieb und fasste mir dann an den Kopf. »Könnten Sie nicht hineingehen und Ihre Heilerin zur Eile auffordern – ach, und in welchem Zimmer bin ich untergebracht?«

»Herr Inspektor, ich habe für Sie das Zimmer mit der grünen Tür gebucht«, blaffte Riellen und verschwand dann in der Menge.

Jetzt suchte ich Lavenci auf, die sich erwartungsgemäß immer noch in Pelmores Gesellschaft befand.

»Ich bitte um Verzeihung, Milady, aber Euer Gunstbeweis war der Belastung nicht gewachsen«, sagte ich, während ich ihr den Schalfetzen zurückgab.

»Oh, habt Ihr das gehört, mächtiger Pelmore, er gibt meinem Schal die Schuld für seine Niederlage!«, erwiderte sie übermäßig theatralisch.

»Hätte ich ihn nicht bereits besiegt, würde ich ihn herausfordern«, sagte Pelmore und lachte.

»Oh, bitte um Vergebung, mächtiger Herr, bezaubernde Dame, ich wollte nicht ungehörig sein«, sagte ich, während ich die Hände ausbreitete und auf ein Knie sank. »Ich bin nur ein Inspektor und in meinen Manieren zu unsicher, um zu wissen, wann ich Anstoß errege.«

»In diesem Fall verzeihe ich Euch«, sagte Pelmore großartig.

Technisch gesehen war das ein Bruch der Etikette. Der Kämpe sollte stark sein und tapfer kämpfen. Seiner Dame fiel die Rolle zu, klug zu sein, Urteile zu fällen und Vergebung zu gewähren. Andererseits war dies nicht der kaiserliche Hof in Alberin, also wen interessierte es?

»Und was tut Ihr, um ein Dach über dem Kopf zu haben, Milord Pelmore?«, fragte Lavenci ihren Kämpen.

»Ich bin nur ein einfacher Hafenmeister, Madam.«

Und Teilzeitspion der Inquisition, dachte ich, während ich einen Schluck trank.

»Ihr tanzt so gut und seid so ansehnlich«, erwiderte Lavenci in einem Tonfall, den sie bei mir nie angeschlagen hatte. »Ihr könntet ein Prinz in der Verkleidung eines Hafenmeisters sein.«

»Genauso wie Ihr eine Prinzessin in der Maske einer Kaufmannstochter sein könntet«, sagte er mit einer höfisch gezierten Verbeugung.

»Warum sollte ich mich für eine Gemeine ausgeben, wenn ich eine Prinzessin wäre?«

»Aus demselben Grund wie ich. Um aufrichtige und wahre Liebe zu suchen, eine Liebe, die nicht durch die Ehrfurcht vor der Stellung beeinflusst wird.«

Nichts ist uninteressanter als das werbende Geplänkel anderer, also verließ ich sie an dieser Stelle und suchte die freundliche Schankmaid auf. Von ihr bekam ich ein Ale, und meine Kupfermünze schob sie sich sehr demonstrativ in den Ausschnitt. Außerdem sagte sie, sie hoffe, ich würde in dieser Nacht noch etwas mehr trinken. Das versicherte ich, drehte mich dann um – und stieß beinah mit Riellen zusammen. Sie salutierte.

»Freue mich, melden zu können, dass die Frau in zehn Minuten Ihre Aufwartung in dem Zimmer mit der grünen Tür erwartet, Herr Inspektor! Das Honorar beträgt vier Gulden stündlich.«

Ich zuckte zusammen, schluckte und sog scharf den Atem durch die Zähne.

»Vier Gulden?«, quetschte ich hervor, nicht in der Lage, mir etwas einfallen zu lassen, was meinen Ruf bei der Schankmaid retten konnte.

»Sie soll sehr gut sein, Herr Inspektor!«, verkündete Riellen, wobei sie wiederum zackig salutierte. »Eine von den Schankmaiden hat es mir gesagt. Ist das dann alles?«

»Ja, ja. Wegtreten.«

Riellen ging sofort. Die Schankmaid nahm einen Krug von ihrem Tablett, schüttete mir den Inhalt ins Gesicht und rauschte davon. Lavenci und Pelmore kamen wieder zu mir.

»Wie ich sehe, hat Euer Charme Euch ein Freibier von der Schankmaid eingehandelt«, stellte Lavenci fest. Beide schauten einigermaßen belustigt drein.

»So könnte man es ausdrücken«, sagte ich. Ich wischte mir das Gesicht ab, während mir von den Kopfschmerzen beinah übel war.

»Aber das ist nicht die Art Charme, die ein junger Bursche braucht, um das Herz einer geheimen Prinzessin zu gewinnen«, sagte Pelmore, wobei er seine gesamte Aufmerksamkeit auf Lavenci richtete.

»Edler Pelmore, was für eine Prinzessin in Verkleidung könnte ich schon sein?«, lachte Lavenci. »Als Albinoprinzessin würde man mich sofort erkennen, welche Verkleidung ich auch anlegte.«

»Dann würde Euch ein verkleideter Prinz allein für Eure Schönheit lieben. Eure Haare leuchten wie das Eis der Drachenkammgletscher.«

»Ich habe von diesen Gletschern gelesen, Ihr schmeichelt mir sehr.« Sie zwinkerte verschwörerisch. »Aber vielleicht ist dieser eisweiße Ton gar nicht meine natürliche Haarfarbe.«

»Ach, tatsächlich?«, erwiderte er. »Aber es gibt viele Mittel und Wege, solche Dinge in Erfahrung zu bringen.«

Ungefähr so subtil wie ein Schwein in einer Zuckerbäckerei, dachte ich. Lavenci legte eine Hand auf ihre Taille und neigte die Hüfte ein wenig in Pelmores Richtung.

»Ach, Ihr wollt also wissen, ob *alle* meine Haare diese Farbe haben?«

Die Überraschung auf meinem Gesicht war wahrscheinlich so grell wie ein Leuchtfeuer, und auch Pelmores Augen weiteten sich. Warum duldete sie solche Gespräche mit ihm, aber nicht mit mir? Kummer quälte mich mindestens so stark wie meine Kopfschmerzen. Ich fasste im Stillen den Entschluss, eine Beschwerde an Liebe einzureichen, wenn ich das nächste Mal in der Nähe einer ihrer Tempel war, und Romantik gleich eine Kopie zu schicken.

»Das muss ein Anblick sein, für den selbst Götter sterben würden«, seufzte Pelmore als Antwort.

»Ihr seid hübsch genug für einen Gott«, sagte Lavenci mit seidiger Stimme, »Aber Ihr braucht nicht zu sterben.«

Pelmore errötete, und seine Lippen öffneten sich einen Spalt, aber zur Abwechslung fehlten ihm einmal die Worte.

»Ich lasse Euch jetzt besser allein«, sagte ich und nahm meinen Krug. »Für mich wird es Zeit, davonzukriechen und irgendwo zu sterben.«

Mit einem leicht höhnischen Grinsen rümpfte Lavenci die Nase, ließ den Fetzen ihres Schals in meinen noch halbvollen Krug mit Wein fallen und machte sich an Pelmores Arm davon. *Nun denn, Mission erfüllt*, dachte ich, als ich ihnen mit einer Mischung aus Verzweiflung und Erleichterung hinterherschaute.

So kamen manche Spione also an Mädchen, mit denen sie sich verlustieren konnten, grübelte ich unter einem Vorhang aus Schmerzen. Tatsächlich hatte ich selbst viel spioniert, aber meine Kontakte waren allesamt männlich gewesen. Ich war jedoch ziemlich sicher, dass weder eine an meinen Herrn gerichtete Beschwerde noch eine an den Leiter der Wanderpolizei die Dinge verbessern würde. Ich ging um die Ecke der Taverne zu einem ruhigen Fleckchen, setzte mich aufs Pflaster und wischte mir mit dem Schalfetzen aus meinem Krug das Gesicht mit Wein ab. Schließlich fühlte ich mich wieder gut genug, um einen Gehversuch zu unternehmen, also stand ich sehr langsam auf und betrat die Taverne. Zehn Minuten, hatte Riellen gesagt. Waren schon zehn Minuten vergangen? Ich wusste es nicht, und es war mir auch egal.

Ich nahm eine Laterne vom Gasttresen, erklomm die Treppe und fand sofort die grüne Tür. Ich drückte den Riegel hinunter, trat ein – und wurde mit Lavenci konfrontiert, die auf der Bettkante saß und einen Stiefel auszog. Pelmore war gerade dabei, seine Hose herunterzulassen, und präsentierte mir dabei einen Blick auf seine behaarte Kehrseite, der meinem Sinn für Ästhetik erheblichen Schaden zufügte. Lavenci schrie auf und zog ihre Röcke über ihre Knie. Pelmore zog seine Hose wieder hoch und forderte mich lautstark auf, in die niedersten Kreise der Hölle zu fahren und mich dort Reproduktionsaktivitäten mit einem ihrer widerwärtigsten Insassen hinzugeben. Ich verließ eiligst das Zimmer, und nachdem ich die Tür hinter mir geschlossen hatte, überprüfte ich die anderen Türen. Ich fand die Ursache für meinen Fehler.

»Wachtmeister Riellen, wo sind Sie?«, rief ich, während ich

im Flur stand und ganz kurz davor war, mich aus schlichter Verzweiflung zu übergeben.

»Die grüne Tür, Herr Inspektor!«, rief sie.

»Riellen, *alle* verdammten Türen sind grün!«

»Oh, tut mir leid, Herr Inspektor, diese hier«, sagte sie, und öffnete die Tür zu dem Zimmer neben dem, das ich soeben betreten hatte. »Madam Norellie ist bereit für Sie.«

Ich trat ein. Eine Frau von ungefähr dreißig Jahren saß auf dem Bett. Sie hatte dunkle wellige Haare, die ihr bis unter die Brüste reichten, und trug ein Kleid im Stil der Nomadenfrauen von Acrema. Ein Kordelgürtel unterstrich die Tatsache, dass sie eine angenehm schmale Taille hatte. Leider war ich längst darüber hinaus, solche Dinge noch zu würdigen. Riellen kniete auf dem Boden. Sie schien eine Quittung zu schreiben.

»Herr Inspektor, das ist Norellie, und wir haben eine Übereinkunft für die Bezahlung ausgehandelt, die auf vier Gulden pro Stunde basiert«, sagte Riellen, ohne aufzublicken. »Revolutionsschwester, ich bin mit der Börse des Inspektors in Zimmer acht, also klopft an meine Tür, wenn Ihr geht, dann bezahle ich Euch.«

»Aye, er ist ein Wachtmeister, nicht?«, sagte die Frau auf dem Bett mit einem abschätzenden Blick in meine Richtung.

»Tatsächlich sogar Inspektor«, erwiderte ich heiser.

»Habt Ihr je etwas Tapferes getan?«

Norellie hatte eine ungewöhnlich tiefe und sanfte Stimme. Außerdem hatte sie erstaunlich große Brüste und ein seltsames, beinah verwegenes Gehabe. Ich öffnete den Mund um zu antworten, doch Riellen kam mir zuvor.

»Oh, Inspektor Danol ist sehr tapfer, er hat drei Jahre lang mit mir hart im Dienste der Unterdrückten und Ausgebeuteten gearbeitet.«

»Aye? Dann seid Ihr also Inspektor? Ich war früher einmal ein Freudenmädchen. Habt Ihr je jemanden wie mich festgenommen?«

»Ich gehöre nicht zu dieser Sorte Inspektor«, sagte ich, als ich Riellen meine Börse zur Aufbewahrung zuwarf.

Ich zog den Schalfetzen aus meinem Krug und wischte mir wieder über die Stirn, dann stellte ich den Krug neben den Kamin. In diesem Augenblick fiel mir ein regelmäßiges *quietsch-ächz* auf, das durch die Wand drang.

»Inspektor Danol ist ein Diener der herumgestoßenen und unterdrückten Minderheiten!«, fuhr Riellen fort.

»Das klingt, als würde nebenan jemand ziemlich hart gestoßen«, bemerkte Norellie.

»Habt Ihr je daran gedacht, ein Heiler-Kollektiv zu gründen?«, fragte Riellen, und sah von ihrer Quittung auf. »Dann könntet Ihr eine Befreiungslobby für Heilerinnen gründen, um Reformen der Gesetze zu erzwingen, die Euch unterdrücken.«

»Äh, was ist ein Kollektiv?«

»Das ist so etwas wie eine Gilde, aber alle können beitreten, solange sie zusammenarbeiten. Vereint könntet ihr ein Wörtchen bei der Führung von Gatrov mitreden.«

»Wir?«, lachte sie. »Ein paar armselige Heilerinnen?«

Durch die Wand konnte ich hören, dass Lavenci und Pelmore ihr *quietsch-ächz* jetzt im 2/4-Takt veranstalteten.

»Riellen, kann das nicht bis später warten?«, fragte ich. »Mein Kopf fühlt sich an wie…«

»Wie viele wie Euch gibt es hier in diesem Bezirk?«, fragte Riellen, die sich vollkommen auf ihr potenziell revolutionäres Ein-Personen-Publikum konzentrierte.

»Vielleicht ein Dutzend Heilerinnen«, erwiderte Norellie, »und vielleicht noch ein Dutzend in Gehöften und Dörfern, die sich mit der Kunst auskennen, aber etwas anderes arbeiten. Gatrov ist ein geschäftiger Hafen.«

»Das ist eine beträchtliche Zahl, Schwester. Gemeinsam seid ihr eine wichtige Kraft in der Stadtökonomie.«

»Riellen, diese Frau rechnet stundenweise ab!«, krächzte ich hoffnungslos.

»Überlegt es Euch, Schwester. Zwei Dutzend Frauen, die Lebensmittel kaufen, Kleidung und all die anderen Dinge, die es in der Stadt gibt. Zusammengenommen seid ihr nicht zu vernachlässigen. Ihr zahlt Steuern und Abgaben wie alle anderen auch.«

»Aye, das stimmt«, sagte Norellie, die sich auf meinem Bett aufsetzte und die Arme um die Knie schlang. »Ich nehme an, dass es hier in der Gegend von uns mehr gibt als Schuster, Kesselflicker und Schneider.«

»Ich kann eine Charta für euch schreiben.«

»Wirklich? Würdet Ihr das tun?«

»Zuerst brauche ich ein paar Einzelheiten über euch, und ihr müsst eine Elektokratie bilden.«

»Was ist eine Elektokratie?«

»Es ist von dem diomedanischen Wort *electrel* abgeleitet, das bedeutet, dass viele Dinge gemeinsam handeln.«

Da mir aufging, dass ich vollkommen ignoriert wurde, und ich Schmerzen litt, als stecke ein großes Stück weißglühender Kohle hinter meinem linken Auge, verließ ich das Zimmer. Ich war sowieso überzeugt davon, dass kein Zauber, auch nicht vom größten Zauberer der Welt gewirkt, die Schmerzen in weniger Zeit lindern konnte, als der Tanz draußen noch dauern würde. Das *quietsch-ächz* aus Nummer zehn stach in meinem Kopf wie eine Salve heißer Nadeln, und auch die Übelkeit wurde immer stärker. Erst als ich wieder im Schankraum war und meine Laterne zurückgab, fiel mir ein, dass ich Riellen meine Börse zugeworfen hatte. Anstatt noch einmal umzukehren, um sie zu holen, ging ich einfach weiter in den Stall.

Nachdem ich meinen Kopf in die Pferdetränke getaucht hatte, brach ich im Heu zusammen. Die Fenster der oberen Räume gingen zum Stall hinaus, und sie waren alle geöffnet, weil die Nacht sehr warm war. Aus Rovals Zimmer am Ende drang das *chrrrrrr-pühhhh* lauten Schnarchens, im Zimmer nebenan spielte jemand »Die Heuhaufen von Balasra« auf einer Pfeife, das *quietsch-ächz* tat kund, was in Zimmer zehn vorging, während »... die Prinzipien elektokratischer Befreiung von der monarchistischen Oligarchie in ihrer Unterdrückung der friedliebenden...« aus dem Fenster drang, das angeblich zu meinem Zimmer gehörte. Positiv war immerhin, dass Riellens Zimmer leer stand und die restlichen fünf oberen Fenster sich zur anderen Seite des Gebäudes öffneten und somit auf die Straße und den Tanz hinausgingen.

Ein Pferd fing an, das Heu zu fressen, auf dem ich lag. Ich erhob mich auf die Knie, kroch zum Misttrog und übergab mich ausgiebig, was strahlend helle Lichter hinter meinen Augen aufblitzen ließ und mit sturmflutartigen Schmerzwellen aus weißglühenden Nadeln verbunden war. Um den Kopfschmerzen zu entkommen, sehnte ich ernsthaft den Tod herbei. Eine Zeitlang schlug ich meinen Kopf im Takt zum *quietsch-ächz* vor die Seite des Trogs und blieb schließlich erschöpft auf dem Boden liegen, während Riellen der Frau, die mich angeblich heilen sollte, erklärte »... autoritäre Repressionen gegen unabhängige Frauen können durch das Mittel der Solidarität überwunden werden!« Die Schmerzen wurden noch stärker und waren bald so stark, dass ich das Gefühl hatte, mein Geist löse sich aus meinem Körper, um ihnen zu entkommen. Irgendwo nicht weit entfernt leerte ein Pferd seine Gedärme. Einer meiner Stiefel war der Einschlagstelle näher, als mir lieb gewesen wäre, aber irgendwie war das für mich kein ernsthaftes Problem mehr.

»Mi-au! Mi-au!«, tönte es nicht weit entfernt in Wallas' charakteristischem Tonfall, im Takt zu dem *quietsch-ächz* und dem *chrrr-püühh* des Scharchens. Nach einer Minute befahl jemand aus dem angrenzenden Gebäude Wallas »Verpissdichdudrecksvieh!«, gefolgt vom Klirren brechenden Glases.

»2042er Halsborn, du trinkst billig!«, rief Wallas, bevor er wieder in die Katzensprache wechselte. Mehr Flaschen, Krüge und Schimpfworte folgten.

Etwa um diese Zeit ein suchte irgendein Paar die Abgeschiedenheit des Heubodens auf, um etwas sehr Indiskretes zu tun. Sie atmeten schwer und kamen wahrscheinlich direkt vom Tanz. Sie erwiesen sich ebenfalls als sehr geräuschvolle Liebende. Durch Schmerzwellen ging mir plötzlich auf, dass alle Geräusche sich irgendwie in den 2/4-Takt von »Die Heuhaufen von Balasra« einfügten und sich zu einem fantastischen Konzert aus *grunz-stöhn*, *quietsch-ächz*, »Mi-au!«, »Verpissdich!«, *Krach-Klirr* und *Chrrrr-Püüühhh* verbanden. Ich spürte, wie ich entweder der Bewusstlosigkeit oder dem Tod entgegentrieb. Was von beidem es wohl sein mochte, kümmerte mich nicht wirklich.

Ich erwachte auf schwarzem Gras liegend an einem dunklen Flussufer. Als ich mich aufrichtete, bemerkte ich, dass die Schmerzen hinter meinem Auge verschwunden waren. Das war gut. In der Nähe war ein Steinpier, flankiert von einem schwarzen Turm, auf dessen Spitze eine Fackel brannte und hinter dem völlige Dunkelheit herrschte. Das war schlecht. Am Pier war ein schneeweißer, mit Girlanden aus Schlüsselblumen geschmückter Stakkahn festgemacht, an dessen Bug ein kleiner Spielzeugbär im Matrosenanzug festgebunden war. Das war unerwartet, aber ich war nichtsdestoweniger ziemlich sicher, dass ich tot war.

»Ach, Mist, die letzte Migräne hat sich wirklich mörderisch angefühlt«, murmelte ich laut.

Eine Gestalt materialisierte aus der Dunkelheit. Die Frau trug ein rotes Kleid, das bis zur Hüfte geschlitzt war und ihre Brüste wurden von fadenscheiniger roter Spitze weniger bedeckt, sondern eher vage gestützt. Sie erinnerte mich an eine Frau, die ein Etablissement in Palion geführt hatte und deren Mädchen hundert Gulden die Stunde berechneten – ich hatte dort einmal eine geschäftliche Transaktion ausgeführt, weil ich sehr einsam war und es mir damals wie eine gute

Idee vorgekommen war. Die Gestalt vor mir trug an einem Arm einen Picknickkorb und hielt mit der anderen eine weiße Stakstange auf der Schulter. Ich sprang eiligst auf und verbeugte mich.

»Danolarian, Ihr habt einmal mit meinem Andry bei der Wanderpolizei gedient«, verkündete sie, während ich besorgt und verdutzt vor ihr stand. »Setzt Euch, junger Mann, setzt Euch. Sahnetorte? Ich mische immer etwas Honig unter die Sahne.«

»Ich... äh, danke. Ich weiß, Andry hatte ein Mädchen oder zwei, aber Euch hat er nie erwähnt, Madam Tod – oder heißt es Lady Tod?«

»Tatsächlich Fährmädchen. Früher war ich einmal Madam Jilli aus Palion.«

»*Daher* kenne ich Euch!«

»Oh, sehr gut! Ihr wart der junge Aufklärer, der gerade eine furchtbare Schlacht überlebt hatte und sein Überleben feierte. Ihr habt für Rositas Glücksseligkeits- und Heiterkeitsdienste bezahlt, um sie dann nur zum Essen auszuführen, sie wieder zurück zu meinem Haus zu bringen und ihr einen Abschiedskuss zu geben.«

»Äh, ich...«

»Ich habe mich deswegen wirklich schrecklich gefühlt, aber bis Rosita mir alles erklärt hatte und ich nach draußen gelaufen war, um Euch zum Bleiben zu überreden, wart Ihr bereits verschwunden.«

»Ich wollte nur Gesellschaft, keine Orgie...«

»Aber ich werde es wiedergutmachen, jetzt, wo ich gestorben und das Fährmädchen geworden bin. Wein?«

»Ja, bitte – nein, ich meine... Hört her, wie lange noch, bevor Ihr mich... dorthin bringt, wohin ich gehe?«

»Ungefähr sechzig Jahre.«

»Was? Ihr meint, ich bin nicht tot?«

»Nein.«

»Was mache ich dann hier?«

»Ich habe Euch doch gesagt, ich will Euch für die Nacht mit Rosita vor drei Jahren entschädigen. Wenn Ihr in Euren Körper zurückkehrt, wird Eure Migräne vorbei sein.«

»Und werden alle anderen ruhig sein?«

»Gewiss.«

»Auch die Albinodame und ihr blonder Bettgefährte?«

»O ja. Das arme Mädchen, so im Schatten ihrer Mutter und Schwester aufzuwachsen. Ihr würdet nicht glauben, was für eine Last sie niederdrückt.«

»Den Geräuschen nach war es Pelmore.«

»Pah, in einer anderen Zeit und in Eurer Wirklichkeit verlässt Pelmore Lavencis Bett bereits in Schande und Unehre.«

»Wirklich? Für mich hat es sich so angehört, als hätte er ihr den Ritt ihres Lebens verpasst.«

»Die Not dieses Mädchens ist schlimmer als Pelmores. Ihr könnt ihr helfen.«

»Was? Ich? Äh, was ist denn ihre Not?«

»Wärt Ihr tot, wäre ich vielleicht versucht, es Euch zu sagen... aber Ihr lebt noch, also kann ich es nicht.«

Mit diesen Worten rollte sich Madam Jilli auf dem schwarzen Gras umher, kicherte hysterisch und entblößte dabei einen großen Teil ihrer wohlgeformten knochenweißen Beine. Dann stützte sie das Kinn auf die Hand und lächelte mich auf eine sehr durchtriebene und unergründliche Art an.

»Eine Liebschaft ist so leicht wie sich auf mich zu wälzen, junger Mann. Ihr könnt es tun, wenn Ihr einen Beweis für meine Worte wünscht.«

»Unter den gegebenen Umständen könnte ich nicht mein Bestes geben. Ich meine, nichts gegen Euch, aber ich mag zuerst ein wenig Spaß und Verführung, nicht nur mechanisches Gerammel.«

»Was meint Ihr?«, fragte das Fährmädchen, und schaute dabei an mir vorbei.

»*Du kannst jetzt gehen*«, verkündete eine weiche, aber beängstigend starke Stimme hinter mir.

Das Fährmädchen verblasste und verschwand, und ich drehte mich um und sah... tja, ich kann nicht beschreiben, was ich sah. Es war wie Liebe machen: Ich spürte, sah, hörte und genoss sogar die Wesenheit vor mir.

»*Du weißt, wer ich bin, Danolarian.*«

»Ihr seid Liebe?«, mutmaßte ich.

»*Beinah, ich bin Romantik. Liebe und Verführung wollten auch kommen, aber gemeinsam hätten wir dich überwältigt.*«

»Äh, ist mir eine Ehre, Euch kennen zu lernen.«

»*Danolarian, sei ganz ruhig. Ich bin sehr zufrieden mit dir. Ich bin nur hier, um dir zu sagen, das es leicht ist, Liebe zu machen, aber sehr viel schwerer, sich Freunde zu machen.*«

»Mit Verlaub, Milady, in letzter Zeit waren die an mich gerichteten Einladungen, Liebe zu machen, eher selten«, brachte ich heraus und bereute meine ungehobelten Worte sofort.

»*Danolarian, du machst dir Gedanken darüber, was Leute empfinden, und das ist sehr selten. Du bist denen, die dir nahestehen, ein guter Freund... aber sogar du brauchst manchmal mehr als einen Freund. Du brauchst dies.*«

Ihr Gesicht tauchte vor meinen Augen auf und ich spürte Lippen auf den meinen. Wärme und lebendige Weichheit, prickelnd und seidenglatt.

»*Dein Körper hat das Schlimmste der Migräne überstanden*«, verkündete sie nach einer unbestimmten Zeit, »*und dein Leben hat seine schlimmsten Albträume hinter sich. Ich werde dich zurückschicken, aber zuerst habe ich noch eine Frage.*«

»Äh, ist es eines von diesen Rätseln, wo mir eine falsche Antwort eine Ruderpartie ins Jenseits einbringt?«, fragte ich nervös.

»*O nein, nur etwas, das ich wissen will. Nicht einmal eine Göttin kann alles wissen.*«

»Dann fragt.«

»*Warum hast du ›Der Abend ist nur zum Werben‹ gewählt,*

als du auf Alpindrak zum Sonnenuntergang gespielt hast? Wir Gottheiten haben alle gedacht, du würdest ›Verabschiedet den Tag‹ spielen.«

»Gibt es *irgendwo irgendjemanden*, lebendig oder tot, Gott oder Sterblicher, der nicht weiß, dass ich auf Alpindrak zum Sonnenuntergang gespielt habe?«, rief ich.

»Ich glaube, es war an mir, eine Frage zu stellen«, erwiderte Romantik etwas gereizt.

»Ja, gewiss, verzeiht. Tja, ich nehme an, ich mag ganz einfach keine Abschiede, ich ziehe es vor, mich auf Begegnungen und Verabredungen zu freuen.«

»Ich verstehe. Wie außerordentlich romantisch. Du stehst eindeutig in meiner Gunst. Für die Beantwortung meiner Frage gebe ich dir als Gegenleistung einen Rat. Handle ehrenhaft, auch wenn dir die ganze Welt zuruft, dass du vernünftig handeln musst.«

»Aber ich habe mein ganzes Leben nach der Vernunft ausgerichtet, Milady.«

»In der Tat, aber jetzt wird es Zeit, damit aufzuhören. Ich bin Romantik, weißt du noch? Vernunft und ich haben wenig gemeinsam. Vergiss auch nicht, was ich gerade zu dir gesagt habe: deine schlimmsten Albträume liegen hinter dir. Und jetzt kehre zurück, ich wache über dich…«

Ich erwachte davon, dass Pelmore in der Dunkelheit des Stallbodens über mich fiel. Im spärlichen Licht sah ich, wie er barfuss nach etwas trat, von dem er annahm, dass er darüber gestolpert war. Dies erwies sich als Holzeimer mit Pferdeäpfeln, und so verbrachte er im Anschluss eine Weile damit, zu ächzen, zu fluchen und mit dem Fuß in der Hand auf einem Bein herumzuhüpfen. Mir fiel auf, dass er nur mit seiner Hose bekleidet war, und spekulierte, er könne Lavencis Zimmer in großer Eile verlassen haben. Vielleicht hatte sie ihn sogar hinausgeworfen, hoffentlich im Zuge eines wie auch immer gearteten Versagens. Er sammelte seine verstreuten Habseligkeiten ein und zog dann Hemd, Jacke und Stiefel an. Schließlich hievte er sich seinen Rucksack auf die Schulter und humpelte auf die Mauer des Stallhofs zu, um dann darüberzuklettern. Der Morgen dämmerte bereits. Der weiche Schein am Osthimmel und die allgemeine Stille waren unverkennbar.

Ich hörte ein Kichern vom Heuboden – und erkannte dann, dass meine Kopfschmerzen verschwunden waren! Das Beste an einer Migräne ist, wie gut sich alles anfühlt, wenn sie vorbei ist. Sie ist auf gewisse Art das genaue Gegenteil eines Katers: zuerst die Schmerzen, dann die Glückseligkeit. Eine Zeitlang lag ich einfach nur da und dachte über einen lebhaften, ja sogar lebendigen Traum nach, der eine Begegnung mit dem Fährmädchen am Ufer des Flusses zwischen Leben und Tod und dann einen Kuss von der Göttin Romantik persönlich beinhaltet hatte. Ich gab mir alle Mühe, mich an ihre Gestalt zu erinnern, konnte mir aber nur wellige schwarze Haare vor Augen rufen, die sich über die Taille einer perfekten Figur ergossen, und Lippen, welche die ganze Welt ausfüllten.

Natürlich war es ein Traum, aber für einen Traum war es sonderbar wirklich gewesen. Meine Lippen schmeckten nach Honig und Süßigkeiten. Von Romantik geküsst. Warum ich? Seltsamerweise hatte ich geträumt, Pelmore würde sich wie ein begossener Pudel aus Lavencis Bett schleichen… aber war das so überraschend? In Liebe zu entbrennen, ist leicht, der schwierige Teil besteht darin, den Brand wieder zu löschen.

An dieser Stelle hatte ich eine andere Vision. Es war die einer Frau, zu deren Eskorte ich einmal gehört hatte, Terikel, und sie war wie eine Priesterin der Metrologen gekleidet. Schwaches blaues Licht quoll aus Mund und Augen, und der Schein veränderte ihr Gesicht so sehr, dass es kaum wiederzuerkennen war. Als sie eine Krallenhand ausstreckte und kurz über meinem Gesicht innehielt, spürte ich beträchtliche Hitze.

»Der junge und galante Aufklärer«, verkündete eine Stimme mit dem Klang trockener Blätter, die auf glühende Kohlen geworfen wurden. »Ihr seid nicht derjenige welche.«

Ich schloss in einem verlängerten Blinzeln ganz fest die Augen, und als ich sie wieder öffnete, war sie verschwunden. Hitze. Krallen. *Könnte sie etwas mit dem Mord an Gilvray zu tun haben?*, fragte ich mich. War sie überhaupt real gewesen?

Mit einem desorientierten Gefühl ging ich in die dunkle Taverne, erklomm die Treppe, ging den Flur entlang – und stolperte über Riellen, die anscheinend neben meiner Tür auf mich gewartet hatte und dort irgendwann eingeschlafen war.

»Herr Inspektor, Herr Inspektor, Norellie ist jetzt bereit für Sie«, flüsterte sie, als wir uns beide erhoben.

»Sind Sie sicher?«, murmelte ich. »Keine politische Theorie mehr, kein Wecken des Bewusstseins, keine Prinzipien der Repräsentantenwahl und auch keine organisatorische Solidarität für arbeitende Frauen gegen die von Männern beherrschten gesellschaftlichen Infrastrukturen?«

»Oh! Also waren Sie nah genug, um es zu hören?«

»Ja! Ich war unten im Stall, mit einer Migräne, die an eine Nahtoderfahrung heranreichte, und Sie hatten das Fenster geöffnet. Außerdem habe ich mehr gehört als mir lieb war von zwei kopulierenden Paaren, dem schnarchenden Roval, einem betrunkenen Pfeifenspieler, der versucht hat ›Die Heuhaufen von Balasra‹ zu lernen, einem jaulenden Kater namens Wallas und jemandem, der Flaschen nach ihm geworfen hat. Ach ja, und ein Pferd hat auf meinen Stiefel geschissen.«

»Herr Inspektor, es tut mir *so* leid. In meinem Eifer habe ich vergessen, dass Sie in großer Not waren – aber Madam Norellie hat gesagt, sie hätte einen starken Kräuteraufgussbeutel, den Sie beim nächsten Mal benutzen können. Sie ist noch in Ihrem Zimmer und liest meine Ausgabe von…«

»Ist sie das?«

»Gehen Sie nur hinein, Herr Inspektor, sie wartet darauf, Sie zu behandeln.«

»Riellen, wozu die Mühe? Meine Migräne ist vorbei. Im Augenblick fühle ich mich ein wenig ausgewrungen, aber ansonsten gut.«

Ich öffnete die Tür. Madam Norellie lag in meinem Bett. Riellens Buch lag neben ihr, aufgeschlagen auf der ersten Seite. Ich starrte sie mit den Händen in den Hüften einen Moment an und schüttelte dann den Kopf.

»Gibt es ein Problem, Herr Inspektor?«, flüsterte Riellen.

»Riellen, sie schläft.«

Riellen gab mir meinen Geldbeutel zurück. Ich zählte vier Silbergulden ab, legte sie neben dem Kopf der Heilerin auf das Kissen und ging dann zur Tür.

»Herr Inspektor, vier Gulden sind eine stolze Bezahlung für, nun ja, eigentlich gar nichts«, flüsterte Riellen. »Ich wecke sie einfach…«

»Nein! Sie sieht ziemlich süß aus, wenn sie schläft, es wäre mir lieber, sie nicht zu wecken – und *Sie* haben mehrere Stunden ihrer Zeit mit ihrem Unsinn von der kollektiven Elektokratie vergeudet.«

»Herr Inspektor, ich… oh. Ich bitte nochmals um Verzeihung.«

»Denken Sie beim nächsten Mal einfach nur nach!«

Ich nahm mir Kleidung zum Wechseln, packte Riellen am Kragen und marschierte mit ihr aus dem Zimmer.

»Es dämmert schon«, sagte ich, als wir an der Treppe angekommen waren. »Wir gehen jetzt in den Stall, wo *ich* diese Kleider ausziehe und *Sie* ein paar Eimer Wasser über mich ausgießen werden, während ich mich wasche. Dann bringen Sie meine Kleider zum Markt und lassen Sie waschen, als Ausgleich für das, was ich Ihretwegen vor ein paar Stunden ertragen musste.«

»Herr Inspektor, ich bezahle dafür aus eigener…«

»Riellen, halten Sie die Klappe.«

»Zu Befehl!«

»Danach reite ich zum Wald, um mir die abgestürzte Sternschnuppe von gestern Abend anzusehen. Sie kommen mit.«

Ich warf einen Blick in Rovals Zimmer, bevor ich zum Markt ging. Auf dem Boden lagen sieben leere Weinkrüge. Roval lag ebenfalls auf dem Boden. Ich entschied, dass jemand, der unfähig war, sein eigenes Bett zu finden, kaum fähig sein würde, eine Sternschnuppe zu finden.

5
DER ZYLINDER ÖFFNET SICH

Ich traf mich in der Stallgasse auf dem Markt mit dem Stallmeister Grem. Dort kaufte ich Frühstück für uns beide, er steuerte als Wegzehrung einen Krug Wein bei und ich mietete ein zusätzliches Pferd für Riellen. Wie es der Zufall wollte, lag die Stallgasse gleich neben einer Rednermauer. Mauern wie diese gab es auf allen Märkten im Reich. Sie waren dafür gedacht, dass dort Propheten, Verrückte und geistesgestörte Agitatoren rhetorischen Dampf ablassen konnten, ohne Schaden anzurichten, während müßige Zuschauer sich über sie lustig machten. Dort suchten auch öfter verkleidete Handlanger der lokalen Magistrate nach Leuten, die Hochverrat predigten. Riellen war dort, als ich eintraf, und wie üblich war Anstiftung zum Aufruhr ihre starke Seite.

Riellen betrachtete jede Menschenmenge mit beinah erotischem Sehnen. Wenn Leute versammelt waren, musste sie ihnen etwas erzählen. Es schien keine Rolle zu spielen, wie die Botschaft lautete, da es der Akt des Erzählens war, der sie ansprach. Das Verteilen von Pamphleten stand ebenfalls ziemlich hoch auf der Liste ihrer bevorzugter Laster.

Der Stallmeister und ich waren bereits bei unseren Pferden

und wollten gerade aufsteigen, als Riellen auf die Rednermauer kletterte und mit einem Stapel Pamphleten winkte. Sie trug ihre Wachtmeisterjacke auf links und ähnelte daher einem Kunsthandwerker, aber da ihre Haare nicht zusammengebunden waren, war für die Zuschauer ihr Geschlecht offensichtlich. Sie trug ihre Brille tief unten auf der Nase, wie eine Erklärung, dass sie lesen konnte – und daher mit größerer Autorität sprach. Eine Hand an der Hüfte, die andere mit den Pamphleten darin hoch erhoben, legte sie los.

»Brüder! Schwestern! Ihr alle kennt mich! Ihr alle wisst, warum ich hier bin!«

Tatsächlich kannte niemand sie, und ganz gewiss wusste auch niemand, warum sie da war. Gut ein Dutzend Müßiggänger zog es bereits in ihre Richtung, da sie nun herausfinden wollten, wer sie wohl sei und warum sie eigentlich da war. Außerdem waren weibliche Redner eher selten, also hatte sie einen gewissen Neuheitswert.

»Schon viel zu lange müsst ihr Steuern zahlen, ohne einen Einfluss darauf zu haben, wofür eure Steuergelder ausgegeben werden«, fuhr sie fort. »Was weiß der Regent über eure Bedürfnisse? Was weiß *irgendein* König über die Bedürfnisse *irgendeines* Gemeinen? Kümmert sich der Regent um das Schlagloch in der Federhaufengasse? Weiß er, dass das Nordende dieser Mauer bröckelt?«

Es gab das unvermeidliche Gejohle und Zwischenrufe, aber auch einige Kommentare wie: »Sie hat Recht!«.

»Wer weiß am besten, wofür die Steuern und Abgaben ausgegeben werden sollten?«, wollte Riellen von der Menge wissen, die mittlerweile auf etwa hundert Personen angewachsen war, weil eine Frau an der Grenze zum Hochverrat doch etwas Neues war. »*Ihr* wisst es am besten! *Ihr*, die Händler und Verkäufer, die ehrlichen Leute aus der Stadt, die hierher kommen, um zu kaufen und zu handeln. *Ihr* wisst, wie die Steuern ausgegeben werden müssen und wofür. *Nicht* der Regent. *Ihr*, die *Bürger*! *Ihr* müsst Einfluss darauf haben, wie eure Steuern ausgegeben werden. Jeder von euch muss eine *Stimme* haben. Wenn ihr abstimmen müsstet, ob ihr Steuern für eine neue Krone für den Regenten oder für die Reparatur dieser Mauer ausgeben wollt, wofür würdet ihr stimmen?«

Eine allgemeine Woge von »Die Mauer! Die Mauer!« wetteiferte jetzt mit dem Spottgejohle.

»Sollte es ein neuer Goldring für den Regenten sein oder lieber das Auffüllen des Schlaglochs in der Federhaufengasse?«

»Das Schlagloch! Das Schlagloch!« übertönte das Gejohle. Tatsächlich wurden einige der Johler von den Umstehenden gestoßen und geknufft.

»Also, wollt ihr nur dastehen und euch alles bieten lassen?«, wollte Riellen wissen. »Was muss getan werden? Fragt euch! *Was muss getan werden?*«

An dieser Stelle wollte Riellen ihr Publikum in sich gehen und nachdenken lassen. Die Pause sollte gerade lang genug sein, um die Leute erkennen zu lassen, dass sie keine Antwort hatten.

»Ihr müsst Folgendes tun!«, verkündete Riellen, während sie ihren Stapel handgeschriebener Pamphlete schwenkte. »Bildet eine Gruppe für Nachbarschaftsfragen. *Wählt* einen *Delegierten. Stimmt ab* darüber, was repariert werden muss. *Stimmt ab* über jede *Ungerechtigkeit*, die zur Sprache gebracht werden muss. *Schreibt* das Ergebnis als Bekanntmachung *nieder*. Schlagt sie hier an der Anschlagtafel am Markt an. Aber hier ist eine Warnung. Nehmt *niemals*, wirklich *niemals* eine Einladung zu einer Besprechung bei den Aristokraten an. Das ist ihre Methode, eure Anführer zu *finden*, eure Anführer zu *ergreifen* und eure Anführer zu *töten*.«

Jetzt warf Riellen ihre zehn handschriftlichen Pamphlete einzeln in die mittlerweile völlig gefesselt lauschende Menge.

»Aber was, wenn unsere Bekanntmachung nicht beachtet wird?«, rief ein Gemüsehändler aus den hinteren Reihen.

»Ja, wir haben keine Armee, die hinter unseren Worten steht«, rief ein Fischweib von vorne.

»Aber der Regent hat eine, Fräulein, äh…«, begann der Gemüsehändler.

»Riellen!«, rief jemand, der ein Pamphlet in der Hand hielt und offenbar lesen konnte.

»Dann, Brüder und Schwestern, müsst ihr *Wählermilizen* aufstellen, um euch zu verteidigen!«, rief Riellen, reckte beide Fäuste in die Luft und schwenkte sie.

»Aber wer würde uns sagen, was wir danach tun sollen?«, rief der Gemüsehändler.

»Ihr müsst einen *vorsitzenden Offizier wählen*, einen Anführer, der eure Entscheidungen in die Tat umsetzt. Einen *Vorsitzenden*! Aber das liegt noch in der Zukunft. Fürs Erste müsst ihr einen Marktdelegierten wählen und ein Marktdelegierten-Komitee.«

»Also ich stimme für Fräulein Riellen als Delegierte!«, brüllte der Gemüsehändler leidenschaftlich. »Wer stimmt noch mit ›aye‹ für Fräulein Riellen als Delegierte?«

»Aye, Fräulein Riellen als Delegierte!«, rief der größte Teil der Menge, die mittlerweile fast tausend Seelen zählte.

»Nein, nein, Brüder und Schwestern, ihr versteht nicht«, rief die plötzlich beunruhigte Riellen. »Ich bin keine von euch, ich verbreite nur die Botschaft der Elektokratie. Ihr müsst einen der Euren wählen, jemanden, den ihr kennt, dem ihr vertraut und der mit den hiesigen Problempunkten vertraut ist.«

»Die Stadtmiliz!«, schrie jemand über den Tumult. »Die Stadtmiliz kommt!«

»Haltet sie auf, lasst nicht zu, dass Fräulein Riellen festgenommen wird!«, rief der Gemüsehändler.

Keine einzelne Person hatte einen vollständigen Überblick darüber, was als Nächstes geschah. Der Stadtmiliz war vermutlich erzählt worden, ein Aufruhr sei im Gange, und als sie Riellens Zuhörerschaft erreichte, brach tatsächlich ein Aufruhr aus. Gehstöcke, Knüppel, Stäbe, Messer und Steine trafen auf die umgedrehten Straßenäxten, Speere und Schilde der Milizen. Da jedoch lediglich zwanzig Milizen gegen die vielen hundert Personen in Riellens Zuhörerschaft standen, war nur sicher, dass die Zuhörerschaft die Oberhand behielt und sich dann verlief, bevor hundert Lanzenreiter aus Burg Gatrov in voller Rüstung und mit Streitäxten bewaffnet angetrabt kamen.

Mittlerweile war es mir gelungen, Riellen zu erwischen, ihr die Haare zusammenzubinden, ihr ihre Wachtmeisterjacke auszuziehen, auf rechts zu drehen und sie ihr wieder überzustreifen, ihr Dreck ins Gesicht zu schmieren und sie auf ihr Pferd zu hieven. Wir ritten mit dem Stallmeister an den bestellten Feldern vorbei zum Wald, wurden aber nicht verfolgt.

»Glaubt Ihr diesen ganzen Unsinn wirklich?«, fragte der Stallmeister, als wir unterwegs waren.

»Ja, das tue ich!«, murmelte Riellen. »Eigentlich ist alles sehr vernünftig.«

»Es ist ein Wunder, dass auf dem Markt niemand getötet wurde«, knurrte ich. »Wenn der Stadtmagistrat Sie je in die Finger kriegt, gibt es eine sofortige Hinrichtung wegen Anstiftung zum Aufruhr.«

»Aufruhr ist, was man als Aufruhr definiert«, begann Riellen.

»Sofern man zufällig Magistrat ist«, konterte ich.

»Bitte, keine Politik mehr«, flehte der Stallmeister.

»Ich werde heute Abend eine neue Rede beginnen«, verkündete Riellen. »Sie wird einen Appell an das Volk enthalten, die Zauberer und Initiaten vor der Verfolgung durch die unwissenden und gierigen Monarchen zu schützen, welche die Magische Inquisition finanzieren.«

»Das klingt wie ein Grenzfall der Anstiftung zum Aufruhr«,

seufzte ich. »Worte wie Ihre heutigen werden sehr wahrscheinlich eine Menge wichtige Leute aufbringen.«

»Oh, das kann ich noch besser«, sagte Riellen stolz. »Hören Sie sich das mal an: *Die Wähler müssen begreifen, dass die Zauberer nicht ihre Feinde sind. Die Zauberer, welche die furchtbare Ätherwaffe Drachenwall gebaut haben, sind alle tot. Die Zauberer und Initiaten, die jetzt von der Inquisition verfolgt werden, sind genau diejenigen Zauberer, die sich gegen Drachenwall gestellt haben! Es sind gute Zauberer und Freunde der Wähler. Erlaubt der Inquisition, alle Zauberer zu töten, und wir sind der Gnade schurkischer Zauberer aus Ländern jenseits von Alberin und Scalticar ausgeliefert. Versteckt die tapferen, loyalen Zauberer von Scalticar und stellt euch gegen die repressiven Mörder, die auf Thronen sitzen und Steuern und Abgaben verprassen, für die sie die hart arbeitenden Wähler bluten lassen, die das Herz dieses Kontinents sind.*«

»Beweisführung abgeschlossen«, bemerkte ich dazu. »Nun denn, Wachtmeister Riellen, ich bin Ihr Vorgesetzter, und ich befehle Ihnen *nicht mehr über Politik zu reden*. Haben Sie verstanden?«

»Ja, Herr Inspektor«, erwiderte sie widerstrebend.

»Ist sie wirklich ein Wachtmeister der Wanderpolizei?«, zischte der Stallmeister, als Riellen ein wenig hinter uns zurückblieb.

»Kümmert Euch um Euren eigenen Kram«, murmelte ich.

»Ach, Herr Inspektor, ich habe heute Morgen mit Madam Norellie gesprochen«, rief Riellen. »Ihr hättet letzte Nacht bleiben und mit ihr reden sollen.«

»Riellen, wie hätte ich auch nur ein Wort mit ihr wechseln können, während Sie dasaßen und ihr erklärt habt, wie das Wahlverfahren für das Elektokratische Kollektiv der, äh...«

»Unterhaltenden und Therapeutischen Kunsthandwerker, Herr Inspektor. Ich habe noch eine Satzung für sie geschrieben, bevor ich schlafen ging.«

»Enthält diese Satzung auch eine Klausel für politische Gespräche auf Kosten des Kunden?«

»Nein, aber...«

»Haben Sie sie an irgendeiner Stelle gefragt, ob sie bereit sei zu bleiben und sich ohne Bezahlung radikale politische Theorien anzuhören?«

»Äh... nein. Aber, Herr Inspektor, sie schien wirklich und wahrhaftig interessiert zu sein. Ich werde Ihnen die vier Gulden aus meiner eigenen Tasche ersetzen, das heißt, wenn ich genug gespart habe, um...«

»Schon gut.«

Trotz der ärgerlichen Absonderlichkeit von Riellens Ideen und Überzeugungen unterhielt ich mich auch auf dem Rest des Ritts zur Sternschnuppe weiter mit ihr. Schweigen hätte bedeutet, dass Gedanken an Lavenci in mein Bewusstsein zurückkehren würden. Lavenci, wie sie auf der Bettkante saß und sich für ihren Liebhaber dieser Nacht auszog; Lavencis Keuchen bei jedem Quietschen des Betts, alles im 2/4-Takt; und, wie immer, wie meine Hand von ihrer Brust weggeschlagen wurde.

Der Zylinder war ungefähr sieben Meilen westlich der Stadt am Rande des Waingramwaldes auf die Erde gefallen. Er war in flachem Winkel abgestürzt und hatte eine dreihundert Schritt lange Schneise durch Ackerzäune, Hecken und vereinzelte Bäume geschlagen, bevor er in die fruchtbare dunkle Erde der gepflügten Äcker geklatscht war. Am Ende einer langen Furche, die er selbst gezogen hatte, war er halb begraben zur Ruhe gekommen.

Vielleicht zweihundert Leute hatten sich um den Graben versammelt, hauptsächlich Bauern von nahen Gehöften, aber auch mehrere Adelige und Kaufleute auf edlen Pferden. Ich schien von allen Anwesenden das höchstrangige Mitglied staatlicher Gesetzeshüter zu sein.

Riellen und ich wiesen uns vor einigen Mitgliedern der hiesigen Ackerwacht aus, während wir uns durch die Menge drängten. Die Leute machten uns nicht nur bereitwillig Platz, sondern murmelten sogar Sätze wie: »Habt euch aber Zeit gelassen, euch zum Tatort zu bequemen!« Ein Prediger der Skeptiker stand am Nordrand des Grabens und nahm einen Aberglaubensexorzismus vor, während auf der Südseite ein Priester der Bruderschaft des Großen Weißen Widders ein Heilgebet für die Wunde im Ackerboden sprach. Neben ihm stand ein ziemlich ernst aussehender Mann mit einem Schild, das verkündete DAS ENDE IST NAHE, und neben ihm stand eine gleichermaßen ernstblickende Frau, auf deren Schild lediglich BEREUET stand.

Soweit ich das erkennen konnte hatte der Zylinder einen Durchmesser von fünfzehn Fuß. Ich erinnerte mich vom Überflug noch an seine Form, und schätzte die Länge auf mindestens fünfzig Fuß. Die Form erinnerte an ein Ei, das auf ein Mehrfaches seiner ursprünglichen Länge gestreckt worden war. Eine Flussbarke hatte in etwa dieselbe Größe, aber die Idee, dass es sich um eine Art Gefährt handeln könne, kam mir nicht sofort. Der Zylinder war noch warm, denn der Lehm ringsumher dampfte. Seine grelle orange Farbe vermittelte den Eindruck, er glühe wie Grillkohle.

»Ich will nur wissen, wer für den Zaun und die Schattenbäume der Schafe bezahlt«, sagte ein Bauer im Kittel eines Schafscherers, während wir uns einen Überblick verschafften.

»Ja, genau, und das hier ist *mein* Land, das so zerfurcht wurde«, sagte ein ziemlich herausgeputzter Bauer neben ihm. »Ich will wissen, wer dafür verurteilt werden soll.«

»Ein Akt der Götter, Vicomte«, mutmaßte der Stallmeister.

»Alles schön und gut, Mann, aber Götter sind notorisch schwer zu belangen«, erwiderte der besser gekleidete Bauer. Aus seinem Kragenwappen schloss ich jetzt, dass er tatsächlich ein lächerlich gekleideter Vicomte war.

Ich hatte den Eindruck, dass der Mann nicht oft von seinem Besitz und seinen Lehenbauern fortkam. Er trug eine weinrote Arbeitsjacke aus feiner Wolle und darüber einen Halbkittel aus roter Seide, und seine schmutzigen Handschuhe waren aus Ziegenleder. Seine Arbeitsholzschuhe waren aus demselben Mahagoni aus Acrema, das auch für teure Sackpfeifen benutzt wurde. Ganz offensichtlich beeindruckte all das die Bauern, die ihn umringten, aber ich hatte den Verdacht, dass er nur deshalb nicht Gegenstand des Gespötts seiner Standesgenossen war, weil er wenig mit ihnen zu tun hatte.

»Was meinen Sie, Wachtmeister?«, fragte ich Riellen.

Ein Blick auf den Zylinder verriet jedem ohne schwere Augenprobleme, dass er kein Meteorit war. Meteoriten sind unregelmäßig geformt und mit kleinen Kratern übersät, aber dieses Objekt war glatt gerundet und symmetrisch.

»Sieht wie ein riesiges Ei aus«, war alles, was ihr dazu einfiel.

»Was für ein Vogel hat einen Hintern groß genug, um das zu legen?«, fragte der Stallmeister.

»Ein Drache vielleicht«, schlug ich vor.

»Ein Drache? Aber das sieht aus, als würde es fünf Schritt durchmessen. Wenn ein Drache ein Ei dieser Größe legen wollte, müsste er, äh…«

»Eine Henne, die zwölf Fingerbreit groß ist, kann ein Ei legen, das zwei Fingerbreit lang ist«, sagte ich. »Nachdem es gestern Abend über uns weggeflogen ist, würde ich schätzen, dass es drei- oder viermal so lang ist wie sein Durchmesser, also sind sechs mal fünfzig Fuß eine vernünftige Schätzung für das Wesen, das es gelegt hat.«

»Sechs mal fünfzig ist… äh…«

»Das wäre ein Dreihundert-Fuß-Drache, Herr Inspektor«, sagte Riellen diplomatisch.

Wir schauten alle einen Moment ängstlich zum Himmel, aber kein dreihundert Fuß großer Drache mit einer Flügelspannweite von einer halben Meile stieß auf uns herab. Jene, die nah genug gestanden hatten, um uns zu hören, liefen jetzt eiligst davon, um unsere Theorie jedem zu erzählen, der bereit war, zuzuhören.

»Ein Drache, sagt Ihr?«, fragte der Vicomte mit zitternder Stimme.

»Das lässt sich nicht mit Sicherheit sagen«, erwiderte ich hastig. »Wir brauchen einen Zauberer, der es sich ansieht.«

»Wusste immer, dass die Idee nicht gut war, alle unsre Zauberer zu töten«, sagte der Bauer in dem Kittel und zeigte dabei auf das Ding, das vom Himmel gefallen war.

»Ich will nur wissen, was die Kaiserin deswegen unternimmt«, sagte der Stallmeister.

»Sie ist verschwunden. Regent Corozan führt die Geschäfte des Landes«, erklärte ich.

»Na, was unternimmt dann der Regent deswegen?«

»Ich bin der Vertreter des Regenten«, sagte ich widerwillig.

»Na, was unternehmt *Ihr* dann deswegen?«

Ich stemmte die Hände in die Hüften und begutachtete die Szenerie mit dem professionellen Geschick von jemandem, dessen Leben oft von der möglichst raschen und akkuraten Einschätzung einer gefährlichen Situation abhängt.

»Riellen, gehen Sie zu diesen Jungen, die Steine auf das Ei werfen«, sagte ich, indem ich in den Graben zeigte. »Schicken Sie sie weg – und sorgen Sie dafür, dass dieser Witzbold aufhört, Exorzismusöl darüberzugießen.«

Vicomte, Stallmeister und Bauer begleiteten mich, als ich in den Graben stieg. Jemanden – *irgend*jemanden – zu haben, der das Kommando übernimmt, scheint die Ängste der Leute immer irgendwie zu beschwichtigen. Konfrontiert eine führerlose Menge von zweihundert Personen mit drei oder vier gut geführten Milizen, die Stöcke schwingen, und die Menge zerstreut sich. Gebt derselben Menge einen Anführer und konfrontiert sie dann mit einem dreihundert Fuß großen

Drachen, der weißglühendes Höllenfeuer speit, und sie greift an. Im letzteren Fall geht die Menge kollektiv in einer Rauchwolke auf, aber sie tut es heroisch. Also hatte ich jetzt das Kommando und war damit verpflichtet, zu untersuchen, was kein anderer aus der Nähe betrachten wollte. Aus irgendeinem perversen Grund wollte ich plötzlich der Erste sein, der den Zylinder berührte.

»Mit Verlaub, Milord, ich gehe besser voran«, sagte ich zum Vicomte. »Es hat keinen Sinn, einen Edelmann zu verlieren, sollte es zum Schlimmsten kommen.«

Das leuchtete ihm ein, und folglich war ich wirklich der Erste, der auf den Zylinder trat. Ich ging in die Hocke und senkte sehr langsam die Hand auf die Oberfläche. Sie war ungefähr so heiß wie ein Schieferdach in der Mittagssonne eines Sommertages und bedeckt mit einer Oxidationsschicht mit der Textur von durch Wasser erodiertem Granit. Die Farbe war ein uniformes dunkles Orange, und aus irgendeinem Grund ließ mich das an die Mondwelt Lupan denken. *Dieselbe Farbe wie Lupans Wüsten*, dachte ich. *Könnte es eine Verbindung geben? Vielleicht hat ein Drache von Lupan die Kluft zwischen unseren beiden Mondwelten durchflogen.*

»Scheint nicht gefährlich zu sein«, rief ich.

»Was haltet Ihr davon?«, fragte der Vicomte.

»Das könnte von Lupan stammen«, mutmaßte ich. »Gelehrte der kalten Wissenschaften glauben, dass dort Wesen leben könnten.«

»Ein Drache von Lupan? Warum sollte er den ganzen Weg hierherkommen, um ein Ei zu legen?«

»Sturmkraniche verbringen den Winter in Nordacrema und fliegen im Frühling zum Nisten hierher«, stellte ich fest. »Vielleicht fliegen Drachen von Lupan hierher, um ihre Eier abzulegen.«

»Wir hätten bemerkt, wenn das schon früher passiert wäre. Ich meine, ein dreihundert Fuß großer Drache erregt zwangsläufig Aufmerksamkeit.«

»Vielleicht tun sie es nur alle zehntausend Jahre.«

»Ja, und wo ist dann der Drache?«

»Vielleicht machen sie es wie Schildkröten. Die legen ihre Eier und überlassen sie dann sich selbst.«

»Wollt Ihr damit sagen, dass ein Drache von Lupan auf *meinem* Besitz schlüpfen wird?«, rief der Vicomte in einem Tonfall, der plötzlich jede Spur von Furcht verloren hatte.

»Könnte sein. Freundet Euch mit dem Küken an, dann könnt Ihr auf ihm bis nach Lupan reiten, wenn es groß ist.«

Meine Worte waren als Scherz gedacht, aber der Edelmann nahm sie ernst. Er sprang von der zerfurchten Erde auf den Zylinder. Sein Pachtbauer blieb dicht hinter ihm.

»Ich sage, dieses Ei von Lupan ist auf meinem Land heruntergekommen«, erklärte er uns, »also ist es mein Ei.«

»Ich habe das Land gepachtet!«, rief der Bauer und zeigte auf die Erde. »Also ist es *mein* Ei.«

»Hiermit beanspruche ich es nach dem Gesetz zur Maritimen Bergung von 2877 als mein Eigentum«, verkündete der Vicomte, obwohl das Objekt vom Himmel gefallen war, wir mehrere Tagesreisen vom Meer und sogar ein paar Stunden zu Pferde vom Fluss entfernt waren. »Alles weg von ihm!«

»Es hat meine Mauer zerschlagen«, verkündete der Bauer. »Ich verlang, äh… Beschädigung.«

»Ich könnte einen Sattel für Euch anfertigen, damit Ihr auf dem jungen Drachen reiten könnt«, schlug der Stallmeister dem Vicomte vor. »Natürlich wäre mehr Arbeit und Material erforderlich als bei einem gewöhnlichen Sattel.«

»Ach, tatsächlich? Wäre er auch sicher?«

»Milord, ich gebe Garantie auf meine Arbeit!«

»Ich hatte auf diesem Feld gesät, und jetzt ist alles hinüber!«, warf der Bauer ein.

»Dann will ich aber Goldbeschläge im Leder«, sagte der Vicomte.

»Und dann ist da noch der Schaden an meinen Bäumen und Hecken«, beharrte der Bauer.

Zu diesem Zeitpunkt spürte ich durch die Sohlen meiner Stiefel das erste Beben. Vicomte, Stallmeister und Bauer spürten es auch, denn sie verstummten sofort. Es gab ein weiteres Zittern oder vielmehr einen schweren Schlag. Die Schläge wurden regelmäßig und kamen etwa in dem Rhythmus, in dem man Holz hacken würde.

»Er schlüpft!«, rief der Bauer, sprang vom Zylinder und kletterte die Grabenwand empor. »Lauft um euer Leben! Schlüpfender Drache!«

Viele aus der Menge hatten das erste Gespräch darüber, dass es ein Drachenei sein mochte, mitgehört, und die Nachricht rasch verbreitet. Folglich vermittelte der Ausruf des Bauern »schlüpfender Drache!« im Nu ein starkes Gefühl der Beunruhigung. Die Menge wich zurück – floh aber nicht. Die eventuelle Bedrohung wurde durch die Gelegenheit, an einem Ort etwas Interessantes zu sehen, wo der Höhepunkt des gesellschaftlichen Kalenders das Bierfassrennen auf dem Jahrmarkt von Gatrov war, offenbar relativiert.

An dieser Stelle bemerkte ich, dass vom Ende des Zylinders die Oxidationsschicht abfiel. Ich trat auf die Erde daneben und schaute genauer hin. Das Ding hatte eigentlich die Form eines gestreckten Tropfens, und nun wurde ein rundes Endstück allmählich herausgeschraubt. Etwas zischte, und als ich die Hand ausstreckte, spürte ich Luft entweichen. Außerdem nahm ich neben etwas anderem auch den vertrauten Geruch von Teer wahr. Teer wurde zum Abdichten von Schiffsnähten benutzt, um sie wasserdicht zu machen. *Leiber*, dachte ich plötzlich. *Das ist der andere Geruch: abgestandener Schweiß.* Sehr ungewöhnlicher Schweiß, aber eindeutig Schweiß. So hatte es auf dem Schiff gerochen, als ich auf der langen Überfahrt von Torea nach Diomeda bei den anderen Besatzungsmitgliedern unter Deck geschlafen hatte.

Plötzlich wusste ich, was der Zylinder war. Das Ding enthielt Luft und war mit Teer versiegelt. Es war durch die

Leere zwischen den Mondwelten geflogen, wo es wenig oder gar keine Luft gab, und die Luft, die jetzt entwich, roch, als hätten Leute darin zwei Dutzend Tage gelebt. Riellen kam zu mir herunter und stellte sich neben mich.

»Herr Inspektor, dürfte ich Ihnen mit allem Respekt raten, aus dem Graben zu klettern und dann allen die Anweisung zu geben, sehr schnell wegzulaufen?«, sagte sie leise, während sie an meinem Arm zupfte.

»Ein Leerenschiff, das Leerenfahrer transportiert«, flüsterte ich ihr zu und prägte damit zwei Worte, indem ich sie zum ersten Mal auf unserer Welt aussprach. »Das ist eine Einstiegluke. Darin sind Leerenfahrer von Lupan, die aussteigen wollen.«

Ich bückte mich und hob ein paar Krümel der Oxidationsschicht auf, die auf die Erde gefallen waren. Rings um den Teil, der aufgeschraubt wurde, konnte ich etwas weißes erkennen, das wie Porzellan glänzte. Bei jedem Schlag von innen wurde mehr davon sichtbar.

»Den ersten, den das Küken sieht, nimmt es als Mutter an«, sagte der Stallmeister zum Vicomte.

»Ist das wahr?«, rief der Edelmann. »He, Ihr da! Ihr, Wachtmeister von der Wanderpolizei! Geht weg da, geht aus dem Graben! Das ist mein Drache, habt Ihr gehört? Meiner!«

Ich stieg mit Riellen aus dem Graben, ohne die Luke aus den Augen zu lassen.

»Die Lupaner scheinen Schwierigkeiten zu haben, die Luke zu öffnen, Herr Inspektor«, kommentierte Riellen das Geschehen.

»Das habe ich bei versiegelten Luken an Bord von Schiffen in den Tropen auch schon erlebt. Die Teerversiegelung wird in der Tageshitze weich und verklebt dann in der Kühle der Nacht. Einer der Leerenfahrer schlägt sie von innen mit einem Hammer auf.«

Meine Theorie wurde bestätigt, als ein dunkler Teerring sichtbar wurde, dann noch einer und schließlich ein dritter.

Mittlerweile war ungefähr ein halber Fuß verteertes Porzellan sichtbar. Es war ein Leerenschiff aus Porzellan, dessen Rumpf einen Fuß dick war.

Ich holte mein Fernrohr heraus und richtete es auf die Luke. In diesem Augenblick löste sich der Lukendeckel und fiel auf die Erde. Auf der Unterseite konnte ich drei Paar massive Schlaufen erkennen, die offenbar während der Reise an Hebeln im Schiff befestigt gewesen waren. Der Vicomte lugte in die Öffnung.

»Pieps, pieps, pieps, hallo!«, rief er. »Ich bin dein Papi. Hab keine Angst.«

Aus irgendeinem Grund hatte ich damit gerechnet, dass es in dem Leerenschiff dunkel sein würde, aber es war von innen beleuchtet, und ich konnte eine Andeutung von Mechanismen darin erkennen. Ich sah kurz eine Bewegung, dann tauchte eine Art Rohr am Ende eines segmentierten Arms auf. Ein einfacher Spiegel in dem Rohr betrachtete die Szenerie rings um die Öffnung. Schon in diesem frühen Stadium schloss ich, dass es sich um eine Sehvorrichtung wie ein Fernrohr oder ein Kinderperiskop handeln musste. Plötzlich peitschte ein Tentakel aus der Öffnung, wickelte sich um die Brust des Vicomte und riss ihn hoch in die Luft. Mit einem flinken Zucken schmetterte er ihm dann an der Seite des Leerenschiffs das Hirn aus dem Kopf.

Es dauerte einen Augenblick, bis die Zuschauer das Ereignis als solches registriert hatten, mich selbst eingeschlossen. Dann brach überall rings um mich ein Tumult aus Brüllen, Schreien und Kreischen aus. Mehrere Jäger aus dem Wald spannten eiligst ihren Bogen, während der Stallmeister zur Grabenwand sprang und daran emporkletterte. Die Menge wich zwar von dem Graben zurück, brach aber nicht in Panik aus oder floh. Der Stallmeister war zu seinem Pech von der Luke aus noch zu sehen. Gut dreißig oder vierzig Fuß lange Tentakel schossen hervor und wickelten sich um sein Bein. Ihm blieb gerade noch Zeit für ein einzelnes verängstigtes

Kreischen, bevor er auf dieselbe Art erledigt wurde wie der Vicomte.

Von den Jägern abgeschossene Pfeile prasselten gegen den Rumpf und mindestens zwei flogen durch die Luke. Mehr Tentakel kamen heraus, und zwei von ihnen hielten eine Kugel, mit einem Durchmesser von vielleicht achtzehn Fingerbreit. Aus irgendeinem Grund hatte ich angenommen, die Lupaner hätten keine Ahnung von Magie und seien uns lediglich in den kalten Wissenschaften massiv überlegen, aber diese Kugel war eindeutig ein Zauber. Sie erschien wie ein Gewirr aus leuchtenden orangefarbenen und roten Würmern, aber anders als die strahlend blauen Werke der Magie unserer eigenen Zauberer sonderte dieser einen leuchtend grünen Qualm ab und gab dazu ein leises, dunkles Grollen von sich, das auf gigantische aufgestaute Energien hindeutete.

Plötzlich ertönte ein zischendes Knistern, als falle ein Tropfen Fett auf heiße Kohlen. Dann gingen die Jäger am Rande des Grabens in Flammen auf und brachen zusammen. Meine Soldateninstinkte übernahmen das Kommando, und ich wandte mich zur Flucht. Ich sah Riellen ein paar Schritt entfernt, entschied, dass die halbe Sekunde, die mir blieb, bevor die Waffe herumschwang, um uns zu rösten, nicht für Erklärungen reichte, sprang los und brachte sie zu Fall. Wie sich herausstellte, rettete ich durch den Entschluss, Riellen das Leben zu retten, auch mein eigenes.

Mein Hechtsprung warf sie nicht nur zu Boden, er raubte ihr auch den Atem. Wir lagen still, als diejenigen, die an uns vorbeiliefen, verbrannt wurden, und ich spürte etwas erschreckend heißes über mich hinwegfahren. Durch die seitliche Lage meines Kopfes konnte ich sehen, dass die magische Kugel vom Fernrohr gelenkt hoch über den Grabenrand gehalten wurde und sich einmal im Kreis herumdrehte. Die linke Seite meiner Stirn war gegen Riellens Axt geprallt, die noch in ihrem Gürtel steckte, und verletzt worden. Das Knistern hörte abrupt auf, so dass nur noch das tiefe Grollen zurückblieb. Das Sehrohrding fuhr noch einen vollständigen Schwenk über das Feld, dann wurden beide Vorrichtungen wieder in den Graben abgesenkt.

Zuerst war alles still, dann hörte ich unten im Graben ein Klopfen und Scheppern.

»Riellen, nicken Sie, wenn mit Ihnen alles in Ordnung ist«, flüsterte ich.

Sie nickte. Sehr langsam drehte ich den Kopf. Ein Jahr als Söldner in Acrema und drei weitere als Wanderpolizist in Scalticar hatten mich gelehrt, mir grundsätzlich überall die nächste Deckung einzuprägen, wo immer sie auch war. Beim jährlichen Picknick der Wanderpolizei hielt ich nach Bäumen Ausschau, hinter die ich mich falls nötig zurückziehen konnte, und in Tavernen merkte ich mir den nächsten Tisch zum Darunterducken. Also war mir bewusst, dass ungefähr dreißig Schritte entfernt ein Bach durch das Feld floss. Der Wasserlauf lag etwa einen Fuß unterhalb des Feldniveaus, also sollte er uns Deckung geben.

»Riellen, Sie kriechen zu dem Bach voraus, direkt nach Norden«, flüsterte ich. »Stehen Sie nicht auf und bewegen Sie immer nur ein Glied. Ich versuche zwischen Ihnen und dieser Hitzewaffe zu bleiben. Alles klar?«

Sie nickte wieder, und wir fingen an zu kriechen. Es muss zwanzig Minuten gedauert haben, bis wir die Deckung erreichten, aber schließlich glitten wir in das kalte Wasser.

»Was ist passiert, Herr Inspektor?«, fragte Riellen, als wir geduckt davonwateten. »Ich habe gesehen, wie Tentakel aus dem Ei – äh, Leerenschiff gekommen sind.«

»Die Wesen von Lupan mögen intelligente Wesen sein, aber sie scheinen besonders gefährliche intelligente Wesen zu sein.«

Nach einer halben Stunde Waten gelangten wir zu einer Steinbrücke. In deren Schutz richteten wir uns auf und schauten zurück auf das Feld. Ein großer Teil des Waldes in der Nähe stand in Flammen, ebenso wie alle Hecken, Heuhaufen, Büsche, Bäume und Katendächer, so weit unser Auge reichte. Nichts bewegte sich. Alle Personen, Pferde, Schafe und Kühe waren niedergemäht worden. Grünlicher Rauch stieg aus dem Graben auf.

Plötzlich wurde ich mir der Anwesenheit eines Dritten neben uns bewusst.

»Was für eine verdammte Magie war das?«, grollte eine Stimme, die beinah zu tief für mich war, um sie zu verstehen.

Ich drehte mich um und sah mich einem Brückentroll gegenüber. Er hatte ungefähr meine Größe, war aber kräftiger gebaut und mit borstigen Haaren bedeckt. Um die Lenden hing ein Fetzen von etwas, das wie Reste von verfaultem Seegras aussah, wahrscheinlich aber Leder war. Er trug... nun ja, es gibt kein Wort für eine Waffe, die aus einem langen Stück Holz besteht, an dessen Ende mit faserigem Seil ein großer Stein festgebunden ist.

»Das sind Zauberer von der Mondwelt Lupan«, erwiderte ich.

»Oooh. Wissen sie denn nicht, dass Zauberei hier in Scalticar verboten ist?«

»Ihr könnt ja zu ihnen gehen und es ihnen sagen«, antwortete ich, während ich mich wieder dem Zylinder zuwandte.

»Lieber nicht. Die haben 'ne Furche in die Steine von meiner Brücke gebrannt.«

»Ich bezweifle, dass sie Euch eine Entschädigung bezahlen«, mutmaßte ich.

»Das sind imperialistische lupanische Zauberer, die gekommen sind, um die friedliebenden Leute – und Trolle – unserer Mondwelt zu unterdrücken«, verkündete Riellen.

»Und zu töten«, fügte ich hinzu. »Das Ding auf dem Feld ist ein leerentüchtiges Schiff.«

»Heda, Hrrglrrp, was is da oben los?«, rief eine Stimme aus den Binsen.

»Imperialistische Unterdrücker von Lupan«, rief der Troll zurück.

»Für mich sehen sie wie ganz gewöhnliche Leute aus.«

»Nein, die in dem leerentüchtigen Schiff, das letzte Nacht den Graben in den Acker gepflügt hat.«

Weitere sechs Trolle gesellten sich zu uns, die sich alle ziemlich ähnlich sahen – abgesehen von den unterschiedlichen Mengen von Schleim und Schlamm, die an ihnen klebten.

»Mich würd mal interessiern, was die Regierung deswegen unternimmt«, sagte einer der Neuankömmlinge.

Riellen holte tief Luft.

»Das Unterdrücker-Regime des Regenten in Alberin hat kein Interesse an einer Milderung der Leiden der friedliebenden Leute von – mmph!«

»Der Regent weiß noch nichts davon«, erklärte ich, während ich Riellen mit einer Hand fest den Mund zuhielt.

»Wer ist die denn?«, fragte der Troll, dessen Name klang wie ein Betrunkener, dem schlecht war.

»Wir sind Angehörige der Wanderpolizei«, erklärte ich und fügte dann hinzu. »Inspektor Danolarian und Wachtmeister Riellen von der Wanderpolizei.«

»Ach, seid Ihr das? Wir arbeiten auch im öffentlichen Dienst. Wir sind für die Erhebung von Zöllen und sonstigen Abgaben zuständig.«

»Also seid ihr Zolltrolle?«, fragte ich.

»Aye. Die Stelle wurde öffentlich ausgeschrieben. Warum einen Zöllner bezahlen, der ein Haus, Feuerholz, Urlaub und alles braucht, wenn wir Brückentrolle die Arbeit mit Freuden für fünf von hundert Teilen von den Einnahmen machen und glücklich und zufrieden im Uferschlamm leben? Jeder muss Brücken benutzen, und wir leben sowieso darunter.«

»Dann nehmt meinen Rat an und versucht nicht, diesen Leuten von Lupan Brückenzoll abzunehmen, sollten sie versuchen, diese Brücke zu benutzen«, sagte ich während ich meine Hand von Riellens Mund nahm. »Kommen Sie, Wachtmeister, es wird Zeit, dass wir weiterkommen.«

»Äh, Herr Inspektor«, rief Hrrglrrp mir nach. »Seid Ihr nicht der Bursche, der auf Alpindrak zum Sonnenuntergang gespielt hat?«

Wir folgten dem Bach, bis uns ein niedriger Hügel die Sicht auf den Graben und den lupanischen Zylinder nahm. Durchnässt, mit stinkendem Schlick bedeckt und vor Kälte zitternd, überquerten wir ein frisch gepflügtes Feld zu einer Straße. Dann liefen wir so schnell unsere Lunge und Beine uns dies gestatteten, um den Schutz des Glatzenbuckels, eines örtlichen Hügels zu erreichen. Dort requirierten wir einen älteren Ackergaul, der zum Grasen angehobbelt worden war. Das Pferd war nicht glücklich darüber, uns beide zu tragen, aber für Riellen und mich war es deutlich besser als Laufen.

Eine Meile vom Zylinder entfernt stand eine verlassene Burg mit einer Turmruine, und hier hielten wir an. Als wir die Steintreppe erklommen, die sich um die Außenseite des Turms wand, wies ich auf eine fingerdicke Linie an der Mauer. Die Hitzewaffe hatte den Stein glasiert und das darauf wachsende Moos zu Asche verbrannt. Mit meinem Fernrohr konnte ich den Graben beobachten und erkennen, dass der Arm mit dem Sehrohr jetzt vollständig ausgefahren war und über dem Zylinder Wache hielt.

»Ein Glück, dass wir weggekrochen sind«, sagte ich zu Riellen. »Sie haben jetzt ständig jemanden auf Wache.«

Inzwischen habe ich erfahren, dass der Steuermechanismus für die Tentakel bei dem anfänglichen Massaker noch im Leerenschiff war und die Luke blockiert hatte. Der Hitzezauber und das Sehrohr waren eingezogen worden, damit die Lupaner das Ding teilweise auseinandernehmen konnten, um es durch die Schleuse zu bekommen. Wäre das Rohr beständig auf Wache gewesen, hätten Riellen und ich niemals fliehen können. Mit der stumpfen Seite meiner Axt kratzte ich ein paar Proben des geschmolzenen Steins vom Turm ab, während Riellen die Beobachtung mit dem Fernrohr übernahm. Ich machte ein paar Zeichnungen und Notizen in meinem Feldtagebuch, dann fügte Riellen ihre eigenen Anmerkungen und Beobachtungen hinzu.

»Von Lupan, sagen Sie?«, fragte sie.

»Ja, und ich glaube, ich habe vor ein paar Wochen im Observatorium von Alpindrak seinen Start beobachtet. Insgesamt sind zehn geschickt worden.«

»Zehn, Herr Inspektor? Eins wäre schon genug.«

»Die übrigen müssten jeden Abend im Abstand eines Tages eintreffen. Wenn die anderen kommen, müssen wir Flammenwerfer bereithaben, die Höllenfeueröl auf die Zylinder blasen, sobald sich die Luke öffnet. Heute Morgen haben sie uns überrascht, aber das wird ihnen nie wieder gelingen.«

Wir ließen das Pferd stehen und mieteten in einem nahen Weiler für mehr Geld, als er wert war, einen Ponykarren. Wir versuchten die Bauern zu warnen und sagten ihnen, sie sollten sich bis zu unserer Rückkehr mit der Miliz vor den lupanischen Invasoren verstecken, aber ihre Reaktion war mehr ein kollektives »Auf den Arm nehmen können wir uns selbst«.

»Warum haben unsere Brüder von Lupan angefangen, Leute umzubringen?«, fragte Riellen mit einem nervösen Blick zurück, während ich das Pony zu größerer Eile antrieb.

»Das sind wahrscheinlich ihre Herrscher«, spekulierte ich. »Ritter, Vasallen, was auch immer. Sie sind zur Eroberung hier, und der Stärke ihrer Magie nach zu urteilen, wird es ihnen ein Leichtes sein.«

»Das lupanische *Establishment*? Hier?«

»Ja, und denken Sie nicht einmal daran, zurückzugehen und eine Protestdemonstration der Brückentrolle zu organisieren.«

Riellen riss einen Streifen von einem relativ schlammfreien

Bereich ihres Hemdes und verband mir die Stirn, um die Fliegen von der Wunde fernzuhalten. Den Rest des Weges war sie seltsam still. Das einzig Positive, was es zu vermerken gab, war, dass ich zum ersten Mal seit Wochen keine trübsinnigen Gedanken an Lavenci hegte.

6

WIE ICH MEIN ZIMMER ERREICHTE

Gatrov hatte etwas Surreales an sich, als wir in dem Karren durch das Westtor und auf die geschäftigen Straßen fuhren. Frauen hängten Wäsche zum Trocknen nach draußen, Handwerker arbeiteten in ihren nach vorn offenen Geschäften, Hausierer zogen mit ihrer Ware auf dem Rücken umher und am Straßenrand spielten Kinder. Nach ein paar Minuten hatten wir die Hafengegend erreicht, und ich befahl Riellen, Karren und Pony in einem Stall unterzubringen, während ich zum Hauptquartier der Miliz ging. Ich erstattete Meldung, war aber vernünftig genug, die Vorgänge als einheimische Invasion mit fantastischen Waffen zu beschreiben. Wie nicht anders zu erwarten, glaubte der Dienst habende Feldwebel dennoch, ich könnte etwas übertreiben.

Danach hatte ich mit dem Fall nichts mehr zu tun. Wenn sie nicht zum Dienst gepresst werden, haben die Wanderpolizisten eine eher zivile als militärische Funktion, und dies war eindeutig eine militärische Angelegenheit. Die Behörden würden ein paar hundert Männer mit Armbrüsten und Flammenwerfern voller Höllenfeueröl schicken, und der Spuk wäre in einer Stunde vorbei – jedenfalls versicherte man mir das. Ich ging zum *Barkenschifferfass*, und die einzige Uhr der Stadt schlug gerade eine Stunde nach Mittag, als ich den Schankraum betrat. Wegen des mittäglichen Andrangs dauerte es eine Weile, bis ich einen dringend benötigten Krug Bier vor mir stehen hatte. Während der Wartezeit bekam ich Fetzen einer Unterhaltung mit, die sich um ein silberhaariges Mädchen und einen hiesigen Hafenmeister mit goldenen Locken drehte. Wie seltsam es doch ist, dass ein Mädchen, das seine Gunst verschenkt, als Schlampe betrachtet wird, während der Kerl, der es besteigt, als schneidiger junger Bursche, ja sogar als Held dargestellt wird. Ich hatte ungefähr die Hälfte meines Kruges geleert, als ich ein Gespräch mithörte, das sich weitaus spezifischer mit den Ereignissen der vergangenen Nacht beschäftigte.

»… wischt die weißhaarige Schlampe die Tische sauber.«
»Er hat sie genagelt und ist dann abgehauen, sagst du?«
»Ja, er hat's ihr die ganze Nacht besorgt, bis sie völlig fertig war, und hat sie dann schlafend und ohne Klamotten zurückgelassen. Hat sich mit ihrer Börse, Rucksack, Sachen und allem aus dem Staub gemacht. Ist 'n gewieftes Bürschchen, unser Pelmore. Hab gehört, er war heute Morgen schon auf dem Markt. Hat seinem Mädchen ein neues Kleid gekauft.«
»Ach, aye? Tja, der Bursche hat ein paar Stunden hart dafür gearbeitet.«

Sie gackerten, und ich sah mich diskret im Schankraum um. Es dauerte nicht lange, bis ich Lavenci erblickte. Sie sammelte auf einem Tablett Krüge ein, wischte die Tische sauber, und trug ein Kleid, das aussah, als habe sie es sich von jemandem mit einer üppigeren Figur geborgt. Sie wirkte gehetzt und jämmerlich, aber auch trotzig.

Ich überdachte meine Möglichkeiten. Hier war eine Frau gedemütigt worden. Das allein machte mich schon wütend. Ich bin zwar zu schüchtern, um selbst ein großer Verführer zu sein, verdamme solches Verhalten bei anderen jedoch keineswegs. Für mich ist Sex der ultimative Akt des Vertrauens, und dieses Vertrauen zu enttäuschen ist Grund genug für eine ernste Bestrafung. Ich erinnerte mich an den Traum, in dem mir die Göttin Romantik begegnet war. Handelte es sich hier um eine Gelegenheit, alle Vernunft fahren zu lassen? Hier war eine Katze, die mich gekratzt hatte, und jetzt war sie von Terriern umzingelt.

Lavencis Habseligkeiten zurückzubekommen, würde schwierig sein und die Wiederherstellung ihres guten Namens traumatisch für alle Beteiligten, entschied ich. Am Ende würde sie mich verachten, weil ich mich gnädig erwiesen hatte. Ja, Vernunft war hier eindeutig nicht im Spiel, nicht einmal persönliche Ehre. Nur Mitgefühl schien mich zu leiten – aber schließlich bin ich auch ein mitfühlender Bursche, obwohl ich es zu verbergen versuche. Ich baute mein Vorgehen auf Ehre so rein sie Schnee... doch als zusätzliche Dreingabe bestand hier auch noch die Möglichkeit, einem Mitglied der Inquisitionspolizei richtig übel mitzuspielen.

Riellen trat ein, kam direkt zu mir und fragte mich, ob ich Befehle für sie habe.

»Erinnern Sie sich noch an den jungen Burschen namens Pelmore von letzter Nacht?«, fragte ich. »An diesen Hafenmeister?«

»Wie hat er noch ausgesehen, Herr Inspektor?«

»Vielleicht fünfundzwanzig, strohblonde Locken, breite Brust, blaue Augen. Er hat das Tanzturnier gewonnen.«

»Hat er mit diesem Oberschichtsmitglied der Verschwörung, den Massen oligarchische Unterdrückung – mmmpf!«

»Ja, genau der«, sagte ich, als ich ihr die Hand auf den Mund legte und dann wieder wegnahm.

»Und dann die Nacht mit ihr in Zimmer zehn verbracht, wo sie – mmrff.«

»Ja, ja, ja, den meine ich! Mir ist zu Ohren gekommen, dass er Revolutionsschwester Lavenci... ach, verdammt, Riellen, jetzt sage ich es auch schon! Er hat *Milady Vasallin Lavenci Si-Chella* beraubt und entehrt. Suchen Sie ihn, nehmen Sie ihn fest und bringen Sie ihn zu mir. Beginnen Sie ihre Suche auf dem Markt.«

Ich ließ Riellens Mund wieder los.

»Aber, Herr Inspektor, Ehre ist nur ein Kodex der Oberschicht und oberen Mittelschicht, und Raub ist ein Provinzvergehen und kein Reichsvergehen und fällt daher nicht in unsere Jurisdiktion, es sei denn wir werden tatsächlich Zeuge des Vergehens. Die Stadtmiliz – mmmmrng.«

»Riellen, jedes Mal, wenn *Sie* auf einem Fass stehen und eine Ihrer Reden halten, predigen Sie genug Anstiftung zum Aufruhr, um selbst gehängt zu werden, also streiten Sie nicht mit mir über Spitzfindigkeiten bei der Gesetzesauslegung. Außerdem wird jedes Vergehen gegen ein Mitglied des Adels als Reichsvergehen betrachtet, nicht als Provinzvergehen. Was Pelmore getan hat, unterliegt sehr wohl unserer Jurisdiktion.«

»Aber, Herr Inspektor, nur wenn die örtlichen Behörden nicht fähig sind – mmrff.«

»Riellen, ich hatte einen sehr, sehr schlimmen Morgen und will ihn an jemandem auslassen, der keine Waffe besitzt, die auf eine Meile Entfernung Gestein schmelzen kann! Pelmore eignet sich hervorragend. Suchen Sie ihn, nehmen Sie ihn fest, bringen Sie ihn her!«

»Herr Inspektor, warum haben Sie nicht gleich gesagt, dass es Erholungszwecken dienen soll?«, fragte sie plötzlich strahlend und mit einem zackigen Gruß. »Ich bin gleich zurück.«

Nachdem ich meine siebenundachtzig Pfund schwere Waffe losgeschickt hatte, ging ich zum Wirt und besprach Lavencis gegenwärtige Umstände mit ihm. Dann gab ich ihm den halben Inhalt meiner Börse. Schließlich ging ich dorthin, wo sie arbeitete, und ließ mich, immer noch schlammverkrustet und stinkend wie der Abort eines Trolls, vor ihr auf ein Knie nieder.

»Inspektor Danol Scryverin von der Wanderpolizei, Westquadrant, zu Euren Diensten, Milady!«, sagte ich schneidig.

Lavenci funkelte mich an, offenbar in der Annahme, ich verspotte sie, aber ohne den nötigen Kampfgeist, um sich zu wehren.

»Habt Ihr es noch nicht gehört?«, murmelte sie, während sie das nasse Wischtuch zusammenballte.

»Doch«, erwiderte ich schlicht, in der Hoffnung, dass ein einzelnes Wort wenig Raum für Fehlinterpretationen bot. Zur Abwechslung hatte ich einmal das Richtige gesagt. Ihre Züge wurden ein wenig weicher.

»Er hat meine Schulterwappen genommen, dazu Börse, Messer, Medizin, Siegel, Schreibzeug, Grenzpapiere, Kleider, alles! Ich musste mein Zimmer in ein Laken gehüllt verlassen und mir dann von einer Schankmaid dieses Kleid borgen, und jetzt muss ich meine Schulden abarbeiten. Ich spüle selbst als Schankmaid Krüge, um für mein Zimmer zu bezahlen, und spüle dann noch mehr, um mich auf eine Barke zurück nach Alberin einschiffen zu können.«

»Ich habe…«

»Aber das Schlimmste ist, dass ich mir kein Bad leisten kann, und… ach, ich wollte, ich bekäme jedes Mal einen Gulden, wenn irgendwo ›Neunmal auf ihr‹ gesungen wird. Irgendein verwünschter Trinker hat es heute Morgen komponiert.«

»Nach allem, was ich durch die Wand gehört habe, war Pelmore sehr, äh, beharrlich.«

»Inspektor, ein dickes Buch erfordert auch Beharrlichkeit, aber wenn man gezwungen ist, im Bett zu liegen und es nach einem schlimmen Tag von vorne bis hinten zu lesen, wird es unerträglich langweilig. Er hielt nichts von Zärtlichkeiten und Liebkosungen, sondern hatte nur rohe, schlabberige Küsse für mich und… Inspektor, Ihr Männer habt ja keine Ahnung, was für eine Plackerei übermäßige Beharrlichkeit sein kann.«

»Ich vertraue ganz auf Euer Wort. In meinem Liebesleben herrscht seit einiger Zeit Dürre.«

»Aber er hat mich nicht nackt gesehen, das ist ein Fetzen Selbstachtung, an den ich mich klammern kann. Ich habe noch nie jemandem *all* meine makellose Haut gezeigt.«

»Milady, wir müssen etwas Geschäftliches besprechen.«

»Gewiss, was kann ich für Euch tun, Inspektor? Ein Mass Ale? Eine Fleischpastete? Für eine Kupfermünze Trinkgeld schreie ich auch nicht, wenn Ihr mir in den Hintern kneift.«

»Ich bin im Dienst, Milady, aber trotzdem vielen Dank. Es werden Schritte unternommen, Euer Eigentum zurückzubeschaffen, und Eure Schulden beim Wirt habe ich beglichen. Ihr könnt also jederzeit gehen.«

»Inspektor!«, keuchte sie, zu schockiert, um auch nur zu lächeln. »Das habt Ihr getan?«

»Aber Ihr solltet Gatrov besser noch heute verlassen. Eure Reputation und so.«

»Inspektor Danolarian, Ihr verachtet mich, und doch habt Ihr das für mich getan?«

»Ich verachte Euch nicht, Milady. Eine Katze kann nicht anders, als sich wie eine Katze zu verhalten, und Katzen können manchmal sehr grausam zu Mäusen sein. Quietsch, quietsch und all das. Wenn es Euch beliebt, meine Hand von Eurer Brust zu schlagen und dann Pelmore in Euer Bett zu nehmen…«

Meine Reflexe sind sehr schnell, aber selbst ich sah den Schlag nicht kommen, der meine Wange traf. Sofort nach der Ohrfeige zuckte Lavenci zusammen, griff sich an den Kopf, als explodiere er gleich, und schien dann ihre Selbstbeherrschung wiederzufinden. Unter dem Gelächter der anwesenden Gäste schaute sie mir ins Gesicht.

»Vergesst niemals, wirklich *niemals*, dass ich Euch letzte Nacht meinen Körper auf einem *Silbertablett* angeboten habe, Inspektor, und Ihr das Angebot abgelehnt habt«, rief sie, so dass alle es hören konnten. »Ich habe Eure Hand selbst auf meine Brust gelegt und euch zweimal eingeladen, die Nacht in meinem Bett zu verbringen. Pelmore war ein

Klumpen ranziges Fleisch, und verglichen mit Euch eine sehr schlechte zweite Wahl.«

»Ich bitte demütigst um Vergebung, Milady«, sagte ich aufrichtig zerknirscht, während ich meine Wange rieb. »Ich habe die Fakten vergessen. Das sollte ein Inspektor niemals tun, die Fakten vergessen.«

Lavenci ließ sich jetzt auf eine Bank sinken, nahm einen leeren Weinkrug hoch, wischte den Tisch sauber und stellte den Krug dann wieder ab. Die Erkenntnis meiner eigenen Rolle bei alledem, zusammen mit dem daraus resultierenden Schuldgefühl, nagte gewaltig an meinen Nerven. Als der Feigling, der ich nun einmal bin, versuchte ich, das Thema zu wechseln.

»Ich habe Wachtmeister Riellen beauftragt, Pelmore aufzuspüren und festzunehmen.«

»Riellen, Euren mageren Wachtmeister? Gegen *Pelmore*?«

»O ja, und mögen die Götter Mirals seiner Seele gnädig sein, wenn sie ihn erwischt.«

»Riellen ist ein *Mädchen*?«, rief Lavenci.

»Ja, die Wanderpolizei wirbt ganz bewusst Frauen als Wachtmeister an. Die Kaiserin war für diese Initiative verantwortlich.«

Die Tavernengäste warfen uns immer noch Seitenblicke zu, und es herrschte erwartungsvolle Stille, die mit Gekicher unterlegt war. Mir machte das nichts aus. Ich hatte für alle Anwesenden im Schankraum Pläne. Ich musste Lavenci jedoch noch eine Weile an diesem verhassten Ort festhalten, also redete ich weiter.

»Milady, würdet Ihr einen kleinen Rat annehmen?«, fragte ich in einem, wie ich hoffte, sanften Tonfall.

»Rat?«

»Wenn Euch das nächste Mal ein Junge, den Ihr aufrichtig schätzt, die Brust streichelt, schlagt seine Hand nicht weg. Nehmt sie einfach mit einem liebevollen Druck und einem sanften Streicheln weg. Er wird es verstehen.«

»Dieser Schlag«, flüsterte sie, während sie die linke Hand hob und stirnrunzelnd ansah.

»Er könnte Angst bekommen und sich schämen, verwirrt sein, weil Ihr von seiner Berührung abgestoßen werdet, während Ihr Anderen die Intimität Eures Körpers gewährt.«

»Ein kleiner Schlag«, sagte Lavenci. »So viel Schmerz wegen eines kleinen Schlages.«

Als Offizier der Wanderpolizei erlebe ich viele Leute in Situationen extremer Gefühlsregungen. Das Licht des Wahnsinns flackert dann hinter ihren Augen auf, und dieses Licht leuchtete hell hinter Lavencis schwarzen Augen, als sie sich dem Tisch neben uns zuwandte und ihr Handtuch ablegte.

»Milady, fünfzehn Gulden dürften die Reisekosten per Barke zurück nach Alberin abdecken«, plapperte ich jetzt in dem hektischen Bemühen, das Thema zu wechseln.

»Ungezogene linke Hand«, kicherte sie, während sie die Hand vor dem Gesicht hin und her drehte.

»Ihr könnt meine Börse nehmen, ich verwahre meine restlichen Gulden im Stiefel.«

»Du hast meine wahre Liebe weggeschlagen, du hast mir für Pelmore die Kleider ausgezogen und du hast Pelmore sogar gestreichelt. Ungezogene Hände müssen bestraft werden, damit andere Hände achtsamer handeln.«

Bevor ich ihre Absicht erkannte, legte sie die linke Hand auf den Tisch, nahm mit der Rechten den leeren Weinkrug und schmetterte ihn sich auf den Handrücken. Der Krug zerbrach. Ich sah Blut und gebrochene, scharfkantige Knochen, hörte aber keinen Schmerzensschrei von Lavenci. Die Zuschauer keuchten und schrieen auf. Ein paar von ihnen gackerten. Ich nahm das Handtuch und versuchte ihr die Hand zu verbinden, aber sie zuckte zusammen und schrie auf, sobald ich sie berührte.

»Irgendein Fluch, eine Krankheit«, ächzte Lavenci. »Seit heute Morgen zucken mir Stiche wie von heißen Nadeln durch den Kopf, wenn mich ein Mann auch nur streift.«

In diesem Augenblick gab es einen Tumult an der Tür. Von Jubel und Applaus begleitet wurde Pelmore durch die Menge gestoßen, bis er vor uns stand. Riellen war mit gezogener Axt hinter ihm.

»Passt auf und hört gut zu, Milady«, sagte ich in leisem, hartem Tonfall, als ich mich erhob. »Ich schwöre, dass Ihr in einer Viertelstunde sowohl Euren guten Namen als auch Eure Besitztümer wiederhabt.«

Ich ging auf Pelmore zu.

»Lasst ihn frei!«, rief jemand hinter mir.

»Aye, ist keine Schande zu tun, was Jungens tun!«, rief ein anderer.

»Herr Inspektor, ich muss erklären, dass…«, begann Riellen.

»Ist ja nichts passiert, sie ist doch nur 'ne Schlampe«, brüllte ein Trinker mit einem buschigen schwarzen Bart, einer von Pelmores Kollegen aus dem Hafen.

»Hervorragende Arbeit, Wachtmeister Riellen, manchmal versetzen Sie mich wirklich in Erstaunen«, verkündete ich, so dass alle mich hören konnten. »Das ist die schnellste Festnahme, die ich je erlebt habe. Jetzt bewachen Sie die Tür und sorgen Sie dafür, dass niemand kommt oder geht.«

»Zu Befehl!«

Eigentlich stehe ich nicht gern im Mittelpunkt der Aufmerksamkeit, aber ich war nicht mehr ganz ich selbst. Ich hatte bewusst die Entscheidung getroffen, jenen Teil von mir von der Leine zu lassen, den ich von meinem Vater geerbt hatte, und somit schwebte jeder andere Mann im Schankraum in höchster Gefahr. Langsam umkreiste ich Pelmore, der bereits unterwürfig und sogar verängstigt aussah. Einen Moment fragte ich mich, was Riellen wohl mit ihm angestellt hatte.

»Der Raub von Adeligen wird streng bestraft«, sagte ich leise, aber deutlich.

Ich rammte Pelmore mein Knie in den Schritt und schmetterte ihm, als er sich krümmte, den Ellbogen gegen das Kinn. Als daraufhin seine Hände zu seinem Gesicht fuhren, packte ich sein rechtes Handgelenk mit beiden Händen. Ich beugte meine Knie, als ich seinen Arm über meinen Kopf drehte. Dann, als sein Rücken über meinen rollte, streckte ich die Beine mit einiger Mühe und schleuderte ihn in einem vollen Kreis herum – ohne sein Handgelenk loszulassen. Seine Füße trafen den Kerzenleuchter, der von der Decke hing, dann krachte sein Rücken auf einen Tisch, der Tisch zerbrach. Pelmore gab Geräusche von sich, als ersticke er, dann spie er Blut und ein paar Zähne.

Zwei Tavernengäste, die sich durch den meiner Ansicht nach beeindruckenden Wurf nicht einschüchtern ließen, griffen mich an. Ich fuhr herum und riss in der sicheren Erwartung, dass sich jemand von hinten an mich anschleichen würde den Fuß hoch. Mein Fuß verfehlte eine Hand mit einem Messer, traf aber eine Kopfseite. Mit einem Fußwechsel im Sprung drehte ich mich weiter und traf einen von vorne kommenden Angreifer mit dem Stiefelabsatz an der Schläfe. Sein Kamerad hatte mittlerweile ein Messer gezückt, und ich ließ zwei Hände auf sein Handgelenk herabsausen, während ich mich zur Seite verdrehte, und wirbelte dann wieder herum, wobei ich seine Messerhand über meinen Kopf hielt. Dann verdrehte ich seinen Arm und schlug ihm mit der Seite meiner Faust auf den Ellbogen. Es knackte hörbar, dann folgte ein Aufschrei.

In Tavernenkämpfen geht es darum, sich möglichst schnell zu drehen, also tat ich es erneut. Ein Messer schlitzte mir Manschette und Ärmel auf, aber mein Stiefel traf die Seite eines Knies und bewirkte ein angenehm lautes Knacken, dem ein schmerzgepeinigtes Heulen folgte. An dieser Stelle versuchte der Wirt zu intervenieren, und stürmte mit einem Knüppel auf mich los. Obwohl sie kaum mehr als ein Drittel seines Gewichts haben konnte, trat Riellen ihm in den Weg, nahm seinen Arm in einen Haltegriff, stellte ihm ein Bein, während sie ihn im Bogen herumzog, und rollte ihn dann über die Hüfte ab, so dass er sich mitten in der Luft drehte, während er davonflog. Er traf die Fachwerkwand mit den Füßen voran. Der Knall seines Aufpralls ließ die Taverne erzittern wie ein Erdbeben.

Meiner Schätzung nach waren neun Sekunden vergangen, seit ich Pelmore das Knie in den Schritt gerammt hatte. Absolute Stille hatte sich in der Taverne ausgebreitet. Der Wirt steckte in der Wand, aus der nur noch Kopf, Brust und Arme ragten. Es wurde Zeit, Autorität geltend zu machen, blindes Grauen zu erzeugen und Legenden zu erschaffen.

»Riellen, Mädchen, wie oft habe ich es Ihnen schon gesagt? Werfen Sie bei einem Kampf *niemals* so mit Leuten herum. Sie könnten einen unschuldigen Zuschauer treffen.«

Sie nahm Haltung an. »Verzeihung, Herr Inspektor, ich weiß nicht, was über mich gekommen ist.«

»Ich weiß Ihre Sorge um meine Sicherheit zu schätzen, aber hier besteht keine Gefahr. Das sind hier alles nur Leute vom Lande.«

Der Kreis der Tavernengäste schrak zurück. Das war gut. Es bedeutete, dass ich jetzt ihren Verstand beherrschte. Pelmore lag noch inmitten der Überreste des Tisches auf dem Boden.

»Nun denn, Leute, ich bin sicher, ihr seid allesamt robuste, starke Burschen vom Land und viel größer, gesünder und stärker als wir Stadtflegel. Wahrscheinlich könnt ihr alles besser als wir, vom Tanzen eines Doppeljigs bis zum Schweinewerfen. Aber vergesst nicht, dass Riellen und ich dafür bezahlt werden, Leute umzubringen, und darin sind wir *sehr* gut.«

Einen Moment war es in der Taverne vollkommen ruhig und still. Dann trat Roval mit einem Krug Wein in der Hand aus der Menge. Er schaute nach unten, als er Pelmore passierte, murmelte, »von einer Frau erniedrigt«, und erklomm dann die Treppe zu seinem Zimmer.

Niemand schien mehr daran interessiert zu sein, zugunsten des Wirts oder Pelmores zu intervenieren. Ich schnippte mit dem Finger nach einem Krug Ale. Eine Schankmaid eilte mit einem herbei, knickste ängstlich und bot ihn mir an. Es war dasselbe Mädchen, das mir in der Nacht zuvor einen Krug Wein ins Gesicht geschüttet hatte, und ihr quollen vor Entsetzen beinah die Augen aus dem Kopf. Ich tastete nach einer Kupfermünze, bezahlte sie und trank einen Schluck.

»Mein Herr, ich entschuldige mich, für letzte Nacht...«, begann sie mit kalkweißem Gesicht.

»Kennst du Norellie, die Heilerfrau?«, schnauzte ich. »*Die Heilerfrau, die Wachtmeister Riellen letzte Nacht auf mein Zimmer geholt hat, um meine KOPFSCHMERZEN zu behandeln?*«

»Ich, äh, oh, aye... mein Herr!«, brachte sie hervor, als ihr Schrecken sich nun mit Zerknirschung mischte.

»Geh und hol sie. Einige hier werden ihre Dienste benötigen. Wachtmeister Riellen, lassen Sie sie durch.«

Das Mädchen knickste, entschuldigte sich noch einmal und eilte an Riellen vorbei nach draußen. Als Nächstes trat ich Pelmore in die Rippen, und das wirklich fest.

»Auf die Knie«, befahl ich.

»Milord...«

»Maul halten!«, blaffte ich. »An dieser Stelle würde ich gern festhalten, dass ich zwar nur ein Inspektor sein mag und lediglich fünfzig Gulden plus Spesen die Woche verdiene, aber ich kenne alle Manieren, Konventionen und Protokolle des Adels. Zu meinen Aufgaben gehört manchmal auch, Adeligen Begleitschutz zu geben, also erwartet man von mir ziemlich und kultiviertes Benehmen.«

Ich drehte mich langsam, während ich sprach, und sorgte dafür, dass alle ehrerbietig zu Boden starrten.

»Leute von Stand gehen mit Liebschaften ganz anders um als Bauern, Handwerker und andere Arbeiter.« Eigentlich erfand ich gerade aus dem Stegreif einen Moralkodex für die alberiner Adelsschicht – obwohl ich mich, was manche Haushalte betraf, gar nicht allzu weit von der Wahrheit bewegte. »Als seltenes Zeichen extremen Vertrauens und großer Wertschätzung tanzt ein Mitglied des Adels manchmal mit jemandem, der ihm gefällt. Die junge Dame mit den schwarzen Augen und den milchweißen Haaren hat diesem Eimer voll Schweinepisse hier beim Turniertanz gestern Abend diese Ehre zuteil werden lassen. Er hat sich dafür bedankt, indem er auf ihre Wertschätzung gepisst und sie entehrt, beraubt und in demütigenden Umständen zurückgelassen hat.«

Ohne jede Vorwarnung verpasste ich Pelmore einen heftigen Tritt in den Schritt. So verlieh ich dem Argument Nachdruck und erinnerte alle daran, dass ich nicht nur ein klein wenig rachsüchtig, sondern auch gefährlich war. Er krümmte sich und kippte auf die Seite, während seine Beine sich bewegten, als wolle er davonlaufen.

»Ihr werdet *alles* zurückgeben, was Ihr Milady gestohlen habt. *Sofort!*«

Mit einigen Schwierigkeiten faltete Pelmore seinen Körper auseinander und fummelte dann an den Verschlussbändern seines Rucksacks herum. Er zückte eine Börse und hielt sie mir hin.

»Ich... habe, äh, fünf Goldstücke ausgegeben. Dafür. Nehmt sie. Nehmt alles.«

Eine Bestandsaufnahme ergab ein teures, gold-violettes Kleid, zwei Goldringe, einen grünen Ledergürtel, ein Paar Tanzschuhe, ebenfalls aus grünem Leder, zwei aus Knochen geschnitzte Haarkämme und eine Spitzentischdecke. An dieser Stelle trat die Schankmaid mit Norellie ein.

»Alles mein Werk«, sagte ich mit einer Geste, die jene am Boden einschloss. »Aber Milady Lavenci hat einen Unfall erlitten und bedarf Eurer Aufmerksamkeit dringender. Ich bezahle für sie.« Ich richtete meine Aufmerksamkeit wieder auf Pelmore.

»Nur drei Kronen, ein Nobel und sechs Gulden übrig«,

stellte ich fest, als ich den Inhalt der Börse auf meine Hand ausleerte.

»Ich verkaufe alles wieder. Ich verkaufe meinen Rucksack, mein Messer, alles.«

»Und wo sind Miladys Kleider, Papiere, Wappen, Börse, Messer, Schreibzeug, Grenzpapiere, Medizin und Rucksack?«

»Verkauft, auf dem Markt, aber ich hole alles wieder zurück. Aber zuerst soll sie bitte, bitte, den…«

»Maul halten!«, fauchte ich wieder und schüttelte dann seinen Rucksack aus. »Was haben wir denn hier? Mehr Kämme, ein Krug mit teurem Wein und, äh…« Ich hielt irgendein Unterwäschestück in die Höhe, das hauptsächlich aus dünnen Streifen Spitze und Rüschen zu bestehen schien. »Es scheint nicht Eure Größe zu haben, was immer das ist.«

»Es ist für meine wahre Liebe.«

»Ah, Ihr habt eine wahre Liebe?«

»Ja, hoher Herr, die Tochter des Marktaufsehers.«

»Aha, Ihr beraubt also eine Dame von Stand, lasst sie unter schlimmsten und demütigendsten Umständen zurück und geht anschließend auf den Markt, um Geschenke für Eure wahre Liebe zu kaufen?«

In Wahrheit hatte er Lavenci wahrscheinlich so schwer demütigen wollen, dass sie sich zu sehr schämte, das Verbrechen anzuzeigen. Ich hatte bereits in zwei Fällen den Vorsitz geführt, wo das Adeligen mit Bauersfrauen passiert war. Hier waren die Rollen zwar vertauscht, aber im Prinzip schien es dasselbe zu sein.

»Ah, ich verstehe«, sagte ich, während ich ihn wieder umkreiste, um mich dann dem Kreis der Gesichter zuzuwenden. »Ihr zwei: Kahlkopf und Augenklappe. Ich habe euch vorhin über Milady reden hören, und was ich gehört habe, hat mir nicht gefallen. Leert eure Börsen vor Wachtmeister Riellen auf dem Boden aus, sofort! Und du, und du und ihr drei, euch habe ich reden hören, während ich auf mein Ale gewartet habe. Ihr vier auf dem Boden, die mich angegriffen habt, ihr seid ganz offensichtlich Komplizen, also müsst ihr eure Hemden, Jacken und Stiefel abliefern. Wollen mal sehen, wer sonst noch?«

Ich ging an dem bärtigen Hafenarbeiter vorbei und schien ihn gar nicht zur Kenntnis zu nehmen – bis ich plötzlich herumfuhr und ihm die Faust ins Gesicht schlug. Mehrere von seinen Zähnen schnitten ziemlich heftig in meine Hand, als sie abbrachen. Er fiel rückwärts zu Boden, den Bart mit rotem Blut und gelben Zähnen besprenkelt.

»Das ist nur ein Bruchteil von dem, was jedem in dieser Stadt widerfährt, sollte ich hören, dass jemand noch mal das Wort ›Schlampe‹ ausspricht. Als Strafe wird *dir* alles aberkannt, was du bei dir hast, auch deine Kleidung.«

Nach kurzer Zeit lagen fünfhundertzweiundsiebzig Silbergulden auf einem kleinen Haufen zu Riellens Füßen. Ich wandte mich wieder an Pelmore. Es war mir gelungen, Lavencis Indiskretion mit ihm zu entschuldigen und einen Bruchteil ihrer Ehre wiederherzustellen, doch nun war es an der Zeit, Pelmores Ehre vollkommen zu zerpflücken.

»Meister Pelmore, unter Berücksichtigung der Tatsache, dass meine Arbeit auch beinhaltet, Leute zu töten, und der Tatsache, dass ich sehr, sehr ungehalten mit Euch bin – und nicht weit davon entfernt, Euch Riellen zu übergeben, die etwas so sinnlos Grauenhaftes mit Euch anstellen würde, dass niemand in diesem Raum je wieder in der Lage wäre, an einem Metzgerstand vorbeizugehen, ohne sich zu erbrechen –, beantwortet mir doch bitte noch eine weitere Frage. Milady hat mir verraten, dass sie etwa auf der Hälfte ihres linken Oberschenkels ein Muttermal in Gestalt eines Halbmondes hat. Welche Mondweltenfarbe hat es?«

»Lupan, es ist rot wie Lupan!«, rief Pelmore sofort und blickte dabei erleichtert drein.

Das war eine sehr vernünftige Antwort. Muttermale waren in der Regel bräunlich, orange oder sogar rot.

»Milady, würdet Ihr…?«, begann ich, aber Lavenci hob bereits ihre Röcke und entblößte den linken Oberschenkel. Die Haut war makellos. Sie ließ ihre Röcke wieder fallen.

»Also, Ihr *behauptet* zwar, Ihr hättet die Nacht mit Milady verbracht, Ihr *behauptet*, Ihr hättet sie im Morgengrauen nackt zurückgelassen, aber Ihr wisst nicht, wie sie ohne Kleider aussieht? Wer hätte je von einem Liebhaber gehört, der sein Mädchen nicht nackt sehen durfte?«

Pelmores Gesicht rötete sich, doch er gab keine Antwort.

»Ich unterstelle, dass Ihr Milady zu ihrer Zimmertür begleitet habt, wo sie Euch allerhöchstens einen Abschiedskuss gewährt haben mag, bevor sie Euch die Tür vor der Nase zugeschlagen hat. Dann habt Ihr im Stall eine Leiter gefunden, gewartet, bis sie eingeschlafen war, und seid durch ihr Fenster gestiegen, das wegen der warmen Nacht geöffnet war. Ihr habt damit geprahlt, Milady neunmal bestiegen zu haben, aber ich würde einen Monatssold darauf verwetten, dass Euer einziges Liebeserlebnis gestern Nacht eine Runde Wichsen im Stall war. Was habt Ihr dazu zu sagen?«

Im Schankraum herrschte angespannte Stille, während Pelmore seine möglichen Antworten durchdachte und die möglichen Konsequenzen einer falschen Antwort.

»Ich gebe es zu, ich habe Milady beraubt, ihr aber nicht beigewohnt«, sagte er, während er zu Boden starrte. »Und ich habe damit geprahlt, das Bett mit ihr geteilt zu haben, damit die Leute besser von mir denken.«

»Gut, gut, ich bin froh, die Sache richtiggestellt zu haben. Nun denn, über Eure Lügen ist den ganzen Morgen ein Lied gesungen worden, das mit dem Wort ›neun‹ anfängt. Der Komponist dieses Liedes möge bitte vortreten.«

Ein Mann mit rötlich braunen Haaren und einem struppigen Bart wurde von den Umstehenden nach vorn gestoßen. Ohne Aufforderung ließ er sich auf die Knie sinken und leerte seine Börse.

»Sehr gut«, sagte ich leise. »Jetzt verlass diese Taverne

und fang an zu laufen – und hör nicht damit auf, außer zum Schlafen. Nie. Wenn du doch anhältst, und ich höre davon, wirst du keinen weiteren Abend erleben. Das gilt auch für diejenigen, die dein Lied singen.«

Er eilte nach draußen. Ich habe ihn nie wiedergesehen. Ich wandte mich wieder Pelmore zu.

»Wie oft ist es Euch bei den hiesigen Mädchen bisher in einer Nacht gelungen, ihn hochzukriegen, was war Eure beste Leistung?«, fragte ich, mit einer kleinen Pause nach jedem Wort um den Worten mehr Gewicht zu verleihen.

»Ich, äh, das waren… zweimal?«

»Du meine Güte! So wenig? Ich kann mir nicht vorstellen, wie Ihr eins und eins zusammengezählt habt und auf neun gekommen seid. Die Leistungen im Rechnen scheinen schwer im Argen zu liegen, ich schiebe das auf die Kürzungen der Tempelschul-Zuschüsse, die der Regent vorgenommen hat. Wachtmeister Riellen?«

»Herr Inspektor!«

»Sammeln Sie Miladys Geld auf und begleiten Sie anschließend Pelmore zum Markt, um sämtliches gestohlenes und verkauftes Gut zu identifizieren und zurückzukaufen. Ach, und lassen Sie Pelmore den Wirt aus der Wand ziehen. Nehmen Sie ihn dann mit, um Miladys Sachen zu tragen. Ich lasse nicht zu, dass dieser degenerierte Dreckhaufen von Pelmore noch einmal etwas von ihren Sachen anrührt. Ihr anderen seid entlassen und könnt gehen. Pelmore, sobald die gestohlen Gegenstände wieder herbeigeschafft wurden, betrachten Sie Ihre Schuld der Gesellschaft gegenüber im Allgemeinen und Milady gegenüber im Besonderen als beglichen.«

Vielleicht ein Dutzend Herzschläge verstrichen, nachdem Riellen die Tür freigab, bis die unverletzten Tavernengäste aus dem Schankraum verschwunden waren. Ich hatte damit gerechnet, dass die Schankmaid bei erster Gelegenheit das Weite suchen würde, aber stattdessen kam sie zu mir.

»Herr Inspektor, wegen letzter Nacht…«, begann sie.

»Ja?«

»Wie kann ich je wiedergutmachen, dass ich Euch den Wein ins Gesicht geschüttet habe?«

»Wie heißt du?«, fragte ich, und fühlte mich plötzlich sehr, sehr müde.

»Mervielle.«

»Sei so nett und hol mir bitte ein Handtuch.«

Ich ging zu Lavenci, die von Madam Norellie gestützt wurde.

»Euer Name und Eure Ehre sind wiederhergestellt«, sagte ich mit einer Verbeugung.

»Ich... ich kann kaum glauben, was Ihr gerade getan habt«, erwiderte sie und klang dabei so, als sei sie in einer Zaubertrance.

»Madam Norellie, was sagt Ihr zu Milady?«, fragte ich.

»Sie wird mit zu mir nach Hause kommen müssen. Sie hat in der ganzen Hand tiefe Wunden und gebrochene Knochen.«

»Zuerst ins Badehaus«, sagte Lavenci verträumt. »Der Gestank von Pelmores Leib ist schlimmer als der Schmerz.«

»Ich habe eine Badewanne, Milady«, sagte Madam Norellie. »Jetzt begleitet mich.«

Damit gingen sie, und von Lavencis Hand tropfte Blut auf den Boden des Schankraums. Ich stand allein da, an die Wand gelehnt, Kraft und Emotionen vollkommen verbraucht, nachdem ich meinen Vater in mir wieder an die Leine genommen hatte. Mervielle kam mit dem Handtuch zurück.

»Dieses Kleid, das Milady trägt, sieht aus, als wäre es dein Stil«, stellte ich fest.

»Aye, Herr Inspektor, sie tat mir leid, irgendwie, da habe ich ihr eins von meinen geliehen.«

»Du hast ein gutes Herz. Nimm einen Gulden von mir.«

»Von Euch, mein Herr? Aber die Dame...«

»Kann jetzt gerade ihre Geldbörse schlecht öffnen.«

Ich ging nach draußen in den Stall und wusch mich im Pferdetrog. Dann ging ich nur mit einem Handtuch bekleidet zurück in mein Zimmer, und trug meine dreckigen Sachen in einem Spreusack. Nachdem ich mich umgezogen hatte, ging ich zu Madam Norellies Haus. Mehrere verwundete Gäste aus dem *Barkenschifferfass* waren draußen und warteten auf ihre Dienste, aber bei meinem Anblick wichen sie zurück und zeigten auf die Haustür.

Ich klopfte und rief meinen Namen. Madam Norellie bat mich herein. Die Haustür öffnete sich direkt in die Küche, wo Lavenci in einem Bottich mit dampfendem Seifenwasser lag. Ihre verbundene Hand hing über den Rand und ruhte auf einem Hocker. Als ich eintrat, begrüßte sie mich verschlafen.

»Ich habe ihr einen Trank gegeben, der die Sinne betäubt«, erklärte Norellie. »Sie ist ziemlich schläfrig.«

Norellie ließ mich am Tisch Platz nehmen. Nachdem sie Arm und Stirn untersucht hatte, trug sie Schüsseln, Krüge und Tücher zusammen.

»Zum Glück hatte ich gerade kochendes Wasser auf dem Herd«, sagte sie, während sie mir das Gesicht mit einem heißen, feuchten Lappen abwischte. »Und zu eurem Glück ist nach Miladys Bad noch etwas übrig. In ungekochtem Wasser schwimmen üble Säfte. Säubert nie eine Wunde mit Wasser, das nicht vorher abgekocht wurde.«

»Was ist mit all den Leuten draußen?«, fragte ich.

»Die können warten. Ihr habt eine ziemlich schlimme Schramme in der Stirn, Inspektor, und eine nicht ganz so schlimme am Arm. Haltet still, ich nähe Euch schneller zusammen, als Ihr braucht, einen Hafenmeister windelweich zu prügeln.«

Ich saß mit aufgestützten Ellbogen am Tisch, das Kinn auf den Händen. Norellie betupfte meine Wunden mit etwas, das stechend roch und heftig brannte. Sie fing an zu nähen.

»Ich sollte Euch die vier Gulden wirklich zurückgeben«,

sagte Norellie bei der Arbeit. »Ich habe Eure Kopfschmerzen letzte Nacht nicht behandelt.«

»Nein, aber Ihr habt ein paar Stunden Riellen zugehört«, sagte ich, während ich mich bemühte, nicht zu zucken. »Denkt ab und zu an mich, ich muss ihr schon seit drei Jahren zuhören.«

»Die ganze Stadt redet über das, was Ihr für Milady getan habt.«

»Tja, Ihr wisst ja, wie das mit diesen adligen Damen ist. Sie haben von nichts eine Ahnung und brauchen immer einen Helden, der auf sie aufpasst. Ein Held war nicht zur Hand, also musste sie mit einem Wanderpolizisten Vorlieb nehmen.«

Ich winkte Lavenci kurz zu und wurde mit einem Lächeln belohnt.

»Sitzt still«, schalt Norellie, während sie von meinem Arm abließ und sich meiner Stirn zuwandte. »Das ist eine ziemliche Schramme.«

»Ich hatte schon schlimmere.«

»Wie ist das passiert?«

»Ich bin auf eine Axt gefallen.«

»Das scheinen eine Menge Leute zu tun. Inspektor, ich muss darauf bestehen, dass Ihr zwei Gulden zurücknehmt.«

»Behaltet sie für diese Arbeit. Ihr näht Wunden sanfter als Riellen.«

Schritte näherten sich hastig der Tür. Als sie verstummten gab es einen hektischen Wortwechsel mit den Männern, die draußen auf Behandlung warteten. Jemand klopfte und weil ich den Riegel nicht vorgelegt hatte, schwang die Tür auf. Pelmore stand vor uns, die Faust zu weiterem Klopfen erhoben, während sein Mund halb offen stand. Norellie gab ein überraschtes Geräusch von sich und fuhr dann fort, ihre Naht zu verknoten.

»Kommt herein«, sagte Norielle. »Was führt Euch ausgerechnet hierher?«

»Madam, ich habe ein fürchterliches Gebrechen«, plapperte er, während sein Blick nervös zwischen Lavenci, Norellie und mir hin und her huschte.

»So hart habe ich Euch doch gar nicht geschlagen, oder?«, rief ich. »Ach, wie unhöflich von mir. Darf ich vorstellen? Madam Norellie, das ist Pelmore.«

»Ja, wir kennen uns bereits«, sagte Norellie. »Letzten Monat habe ich ihn von den Liebespocken geheilt. Ich hoffe, Ihr wart inzwischen vorsichtiger, wohin Ihr Euer Ding steckt, Pello.«

Plötzlich sank Pelmore neben dem Tisch auf die Knie, die Hände erhoben, als bete er zu mir.

»Mächtiger, kluger und barmherziger Inspektor, vergebt mir, vergebt mir!«, rief er. »Nehmt diesen Fluch von meinem Körper.«

»Wie meint Ihr das?«, fragte ich. »Ich bin ein Inspektor der Wanderpolizei. Wir sollen Leute festnehmen, die Magie wirken, nicht selbst zaubern.«

»Aber mein Fluch, meine Not, meine Entstellung!«, rief er mit Entsetzen in der Stimme.

»Ich habe keine Ahnung, was Ihr meint«, erwiderte ich.

»Große und mächtige Zauberin«, schluchzte Pelmore, während er auf den Knien zu Lavencis Wanne rutschte. »Habt Erbarmen mit mir, nehmt Euren Fluch von mir.«

»Geht weg«, murmelte Lavenci und spritzte mit der rechten Hand Wasser nach ihm. »Verklage Euch... wenn Ihr mich Zauberin nennt...«

»Madam Heilerin, könnt *Ihr* mir helfen?«, flehte Pelmore, als er immer noch auf Knien wieder zum Tisch rutschte.

»Vielleicht, aber bevor ich Euer Geld nehme, muss ich das Problem sehen«, erwiderte Norielle, während sie den fünften Stich in meiner Stirn verknotete.

Pelmore erhob sich und zog an den Schnüren seiner Hose. Sie fiel zu Boden. Pelmores Penis sah aus wie eine halbe kleine rosa Feige.

»Das war ich nicht«, sagte ich, als ich wieder sprechen konnte.

»Wünschte, ich wär's gewesen«, sagte Lavenci, um dann ausgiebig zu gähnen.

»Pelmore, Ihr braucht was zu trinken«, sagte Norellie. »Auf dem Regal unter dem Fenster stehen Becher und ein Krug.«

»In diesem Becher sind Ameisen.«

»Wahrscheinlich sind sie betrunken und können nicht rausklettern.«

Pelmore schüttelte die Ameisen heraus und goss sich eine großzügige Menge Wein ein. Er leerte den Becher in einem Zug.

»Ein Beständigkeitsblendwerk«, stellte Norellie fest, während sie meinen sechsten Stich verknotete. »Das lässt sich nur mit Heckenzauberei wieder aufheben, und ich praktiziere keine Art von Zauberei.«

An dieser Stelle trat Riellen ein. Sie schritt durch die offene Tür, ohne auch nur anzuklopfen und trug einen großen, prall gefüllten Rucksack auf dem Rücken.

»Herr Inspektor, Revolutionsschwester Merville sagte, Ihr wärt hier. Ich melde gehorsamst, dass die meisten Besitztümer von Lady Lavenci wieder da sind und… Ach du meine Güte!«

»Riellen, Sie kennen Pelmore«, sagte ich, immer noch mit Nadel und Faden im Kopf. »Was halten Sie von seinem, äh, Zustand?«

»Äh, meine Mutter hat mir gesagt, ich könnte mit etwas Größerem rechnen«, brachte Riellen heraus.

»Beständigkeitsbrennwert?«, fragte Pelmore und starrte Norellie argwöhnisch an.

»Aber, Herr Inspektor, Sie, Sie, Sie…«, stammelte Riellen, während sie in meine Richtung zeigte.

»Norellie vernäht meine Wunde.«

»Milady!«, kreischte Riellen, als sie Lavenci erblickte. »Ihr seid unbekleidet.«

»Das wird Bad genannt, junge Frau«, sagte Lavenci. »Die meisten Leute… nehmen nicht genug davon.«

»Aber, aber, die Leute können, äh, alles Mögliche von Euch sehen!«

»Alberne prüde…«

Riellen fasste sich mit einer Hand an den Kopf, schwankte und stützte sich dann an der Wand ab.

»Riellen, Ihr braucht etwas zu trinken«, sagte Norellie. »Wein und Becher sind unter dem Fenster.«

»Aber ich bin im Dienst.«

»Betrachten Sie es als Medizin«, schlug ich vor.

»In diesem Fall, vielen Dank, Herr Inspektor, ich nehme an.«

Riellen nahm einen Becher, starrte auf die Ameisen darin, trank ein paar Schlucke Wein direkt aus dem Krug und ließ sich dann zu Boden sinken, wo sie mit untergeschlagenen Beinen sitzen blieb, Lavencis Rucksack immer noch auf ihrem Rücken.

»Was haben Sie also zu melden, Riellen?«, fragte ich.

»Alle Gegenstände, die Lady Lavenci gestohlen wurden, konnten wiederbeschafft werden mit Ausnahme der medizinischen Öle in einigen Phiolen. Die Öle waren ausgegossen worden, und man hatte die Phiolen leer zum Verkauf angeboten.«

»Ist egal«, sagte Lavenci, die unter dem Einfluss des warmen Badewassers und Norellies Trank Mühe hatte, wach zu bleiben. »Kann eine Woche… ohne auskommen.«

»Öle?«, rief Pelmore. »Könnten die benutzt worden sein, um dieses, äh, Behendigkeitsklemmschwert zu verursachen?«

»Ehrbare Frau«, murmelte Lavenci. »Keine Zauberin.«

»Aber *irgendjemand* hat das getan!«, rief Pelmore.

»In der Tat«, sagte Norellie, während sie ihre Nadel für den letzten Stich durch meine Haut bohrte, was mich zusammenzucken ließ. »Und die korrekte Bezeichnung lautet Beständigkeitsblendwerk.«

»Wart Ihr es?«, fragten Lavenci und Pelmore gemeinsam.

»O nein«, sagte Norellie. »Ich bin nur eine Heilerin. Ich mache keine Blendwerke.«

»Ihr meint Zauber?«, fragte ich.

»Nein, es ist ein Blendwerk«, sagte Norellie.

»Von Blendwerken habe ich noch nie etwas gehört«, sagte ich. »Sind die eine Art Zauber?«

»Ja und nein. Früher hat es einmal auf der Insel Helion weit weg im Plazidischen Ozean einige sehr fähige Heilerinnen gegeben. Die Männer von Helion waren Fischer und fahrende Kaufleute, Seemänner, die oft lange von zu Hause weg waren. Manche missbrauchten das Vertrauen ihrer Ehefrauen in weit entfernten Häfen, und das ärgerte diese Frauen. Dann entwickelte eine dieser Heilerinnen eine Art... tja, es ist schwierig, ein Blendwerk zu beschreiben. Es reicht, wenn ich sage, dass die Heilerin in der Lage war, Paare durch einen Akt der Intimität miteinander zu verbinden.«

»Wie meint Ihr das, zu verbinden?«, fragte Pelmore, während er sich die blonden Locken kratzte.

»Haltet die Klappe«, murmelte Lavenci.

»Die Frau ging zu einer Heilerin, die ein Beständigkeitsblendwerk gestaltete. Dieses Blendwerk sorgte dafür, dass die Frau und ihr Mann einander nicht betrügen konnten. Die Frau litt bei der Berührung jeden Mannes unter heftigen Kopfschmerzen, außer es war der Mann, der sie als Letzter auf die intimst mögliche Art erregt hatte. Dieser Mann bekam dadurch eine, nun ja... *körperliche* Beschränkung.«

Einen Moment herrschte Stille. Norellie verknotete den letzten Stich in meiner Stirn und verband mich dann.

»Inspektor?«, sagte Lavenci. »Als ich... Euch geschlagen habe. Wisst Ihr noch? Da hatte ich Kopfschmerzen, wie von heißen Nadeln.«

»Bitte um Vergebung«, war alles, was mir dazu einfiel.

»Wie lange... dauert es?«, fragte Lavenci.

»Bis jemand, der sich damit auskennt, das Blendwerk

aufhebt oder sieben Jahre über den Tod eines der beiden hinaus«, erklärte Norellie. »Solltet Ihr und Pelmore natürlich wieder miteinander ins Bett gehen, könntet Ihr einander vollständig genießen...«

»Niemals!«, ächzte Lavenci, und funkelte Pelmore böse an.

»Aber wie *könnte* ich es überhaupt tun?«, wollte Pelmore wissen, während er auf seinen Schritt zeigte.

»Alles erledigt, Inspektor«, sagte Norellie, und tätschelte meine Wange.

»Was ist mit mir?«, wollte Pelmore wissen.

»Pelmore, sobald Ihr mit Eurer Partnerin im Beständigkeitsblendwerk körperlichen Kontakt habt, werden Eure, äh, männlichen Talente zeitweilig wiederhergestellt.«

»Ich glaube, ich ziehe die Sterbe-Option vor«, sagte Lavenci.

»Es gibt Vorkehrungen gegen derart simple Lösungen«, sagte Norellie. »Eine ganze Menge sogar. Vergesst nicht, sollte einer von Euch sterben, dauert es noch sieben Jahre, bis das Blendwerk erlischt.«

»Also... Pelmore stirbt... ich muss sieben Jahre warten?«, fragte Lavenci.

»Ja.«

»Das wäre es beinah wert.«

»Ihr werdet verzeihen, wenn ich nicht aufstehe«, sagte ich zu niemandem im Besonderen. »Nach dieser ganzen Näherei fühle ich mich ein wenig schwach. Also, ein Beständigkeitsblendwerk ist kein magischer Zauber?«

»Nicht wirklich magisch«, sagte Norellie fast unbeteiligt. »Jedenfalls nicht magisch in dem Sinn, den wir kennen. Heckenzauberei. Das hat nichts mit ätherischen Zaubern und Kräften zu tun. Blendwerke sind Magie, die... einfach magisch sind. Man braucht kein Talent, nur das Wissen um Beschwörungen, Kräuter und Gesten, sowie den Glauben, dass die Blendwerke funktionieren.«

»Der diomedanische Ausdruck ist *enthre d'han*«, sagte Lavenci. »Seltsamer Schein. Das ist ein... Blendwerk.«

»Also habt Ihr schon davon gehört?«

»Ja. Zauberer hassen sie. Können nicht kontrolliert werden. Jeder... kann sie benutzen.«

»Wie ich schon sagte, die Fischweiber auf Helion haben sie auf ihre Ehemänner angewendet, aber diese Praxis ist aus wahrscheinlich offensichtlichen Gründen ausgestorben«, sagte Norellie.

»Kein Mann wollte wahrscheinlich noch ein Mädchen von Helion heiraten«, mutmaßte ich.

»In der Tat. Die jungen Männer sind bei jeder Gelegenheit von der Insel geflohen, um nie mehr zurückzukehren. Es kam so weit, dass auf jeden helionischen Mann fünf Frauen kamen. Dann wurde ein Wachsamkeitskomitee von Frauen gebildet. Eines Nachts durchkämmten sie die Insel und töteten alle Heiler, ob sie sich mit Blendwerken auskannten oder nicht. Vorher folterten sie sie und entlockten ihnen die Namen derjenigen, die Beständigkeitsblendwerke gekauft hatten. Diese Frauen wurden ebenfalls getötet. Ich glaube, dass bei diesem Gemetzel gut zwölf Dutzend Frauen durch die Hände ihrer Schwestern gestorben sind. Danach wurde Helion als eine Insel voller Frauen angepriesen, die alle nur darauf bedacht seien, die Männer zu unterhalten und in einem strikt nichtmagischen Sinn zu verzaubern. Es war jedoch kein guter Ort, um krank zu werden, zumindest, bis neue Heiler zugewandert waren.«

»Aber *Ihr* kennt die Praxis des Blendwerks«, sagte ich und blickte Norellie ins Gesicht.

»Stimmt. Ein Freudenmädchen, eine Dirne, hatte sich von einer Heilerin ohne deren Wissen ein Buch geliehen. Sie hatte vor, sich durch eifriges Lernen zu bilden und schließlich selbst Heilerin zu werden, aber sie stand nicht im Gildenverzeichnis. Also überlebten sie und das Buch die furchtbare Nacht. Anscheinend hat jemand in Gatrov das Buch gelesen.«

»Aber was soll *ich* jetzt tun?«, wollte Pelmore wissen.

»Ach, Ihr braucht nicht zu verzweifeln«, sagte Norellie. »Ihr könnt immer noch unbeeinträchtigt pissen, und sollte Euch diese Dame hier berühren, wird Eure Männlichkeit sich erheben.«

»Lieber bade ich in Schweinescheiße«, sagte Lavenci, die dann tiefer in ihr Badewasser eintauchte und ein paar Luftblasen erzeugte. »In kalter Schweinescheiße.«

»*Ihr* wisst doch so viel über Blendwerke«, rief Pelmore und zeigte auf Norellie. »Ich wette, *Ihr* wisst, wie man sie wirken und aufheben kann!«

»Das könnte jeder«, erwiderte Norellie gelassen. »Blendwerke sind wie Knoten. Zieht am richtigen Faden, und das Ganze löst sich auf. Zieht am falschen, und der Knoten wird fester. Ich könnte wahrscheinlich eine Vermutung äußern, was der richtige Faden ist.«

»Na, dann zieht daran!«, verlangte Pelmore.

»O nein, die Ausübung von Magie ist eine strafbare Handlung, selbst zum Zwecke der Heilung. Danol ist ein Wanderpolizist, also ist er verpflichtet, die Inquisition zu verständigen, die mich sofort festnehmen ließe...«

»Das könnt Ihr nicht machen!«, rief Pelmore wütend, lief rot an und ballte die Fäuste.

»Riellen, wenn er gewalttätig wird, töten Sie ihn«, sagte ich gelassen. »Ich vermerke es dann als Widerstand gegen eine Festnahme oder so.«

Riellen schüttelte Lavencis Rucksack ab, stand auf und zog ihre Axt. Pelmores Aggression verflüchtigte sich.

»Aber das ist nicht gerecht«, jammerte er.

»Das gilt auch für Diebstahl und die Demütigung der Geliebten der letzten Nacht«, stellte ich fest.

»Ich war ihr unermüdlich zu Diensten«, murmelte Pelmore.

»Das waren... auch die Pferde vor der Kutsche... die mich hergebracht hat«, erwiderte Lavenci, die darum rang wach zu bleiben. »Das heißt aber nicht... dass sie im Bett... nette Gesellschaft sind.«

»Könnte ich einen Vorschlag machen?«, warf ich ein. »Ein Feldmagistrat kann unter extremen Umständen die Erlaubnis zur Ausübung von Magie geben. In diesem Fall würde dadurch ein Blendwerk aufgelöst, das in böser Absicht gewirkt wurde, also hätte ein entsprechender Antrag Aussicht auf Erfolg.«

»Wo können wir einen Feldmagistrat finden?«, fragte Pelmore.

»In Alberin gibt es reichlich«, sagte ich.

»Was?«, kreischte Pelmore. »Das bedeutet eine Barkenfahrt von zwei oder drei Tagen, selbst unter günstigsten Umständen.«

»Und er könnte zuerst eine Untersuchung verlangen, was die Inquisition einschalten würde. Es könnte Monate dauern.«

»Aber morgen findet meine Hochzeit statt!«

»Tja, Euer Zustand dürfte Eure Braut sehr überraschen«, sagte Norellie.

»Ich sende eine Nachricht, wenn wir nach Alberin aufbrechen«, sagte ich, mit einer Geste zur Tür. »Und jetzt raus mit Euch, Pelmore.«

Pelmore machte einen Schritt, hatte aber vergessen, dass seine Hose noch um seine Knöcheln hing. Er fiel um wie ein Baum. Eine Minute später hatte er sich die Hose hochgezogen und war nach draußen verschwunden.

»Natürlich können manche Wanderpolizei-Inspektoren auch Feldmagistrate sein«, sagte Norellie.

»Tatsächlich habe ich die Eignungsprüfung dafür erst kürzlich bestanden«, erwiderte ich. »Herrje, wie konnte ich das nur vergessen.«

Norellie reichte mir einen daumengroßen Beutel mit getrockneten Kräutern.

»Inspektor, Riellen hat mir erklärt, dass Ihr am Ende eines

Auftrags in Diensten der Wanderpolizei immer eine starke Migräne bekommt«, sagte sie. »Es tut mir leid, dass ich Eure Not letzte Nacht nicht gelindert habe. Riellen hat mir einige sehr interessante Dinge erzählt, und ich muss gestehen, dass wir Euch darüber vergessen haben. Ihr hättet stöhnen und wehklagen müssen, wie andere Patienten es auch tun. Wenn sich nächstes Mal die Migräne ankündigt, haltet diesen Kräuterbeutel in einen Becher mit kochendem Wasser, dann trinkt den Aufguss so heiß Ihr könnt. Den meisten hilft das, aber nicht allen.«

»Nochmals vielen Dank«, sagte ich. »Und übrigens, seid *Ihr* die Frau von Helion?«

»Nein.«

»Wer seid Ihr dann?«

»Es gibt keinen Namen für das, was ich bin, und ich mache viele Dinge. Manchmal heile ich, manchmal verursache ich Leid und manchmal bringe ich Freude. Als ich nach Gatrov kam und die Leute mich fragten was ich könne, antwortete ich, *gut helfen*, und nach einer Weile entschied ich, dass mir der Name gefiel, also schrieb ich ihn auf meine Karte. Würdet Ihr mir wohl meine Tasche herüberreichen, junge Wachtmeisterin? Liebes Mädchen. Hier ist meine Karte, Danol.«

Ich las die Karte, und sie stellte sie als NORIELLE GUTHEXEN – HEILERIN FÜR ANSPRUCHSVOLLE LEUTE IN NOT vor.

»Eingängig«, kommentierte ich, »aber Ihr habt ›helfen‹ falsch geschrieben.«

»Ich weiß, aber als ich den Namen aufschrieb, kam mir der Gedanke, gut heilen wäre vielleicht noch besser, und ich kreuzte die Mittelbuchstaben mit einem X aus, um sie zu ändern, aber dann gefiel mir die Lösung mit dem X am besten. Sie gibt dem ganzen mehr Biss.«

In diesem Augenblick trat Halland ein, der Kommandant der Stadtmiliz. Er war etwa vierzig und hatte einen ordentlichen, ergrauenden Bart und das selbstsichere, aber auch wachsame

Gebaren jener, die ihre Männer in wirkliche Kämpfe führen. Drei Frauen und ein Mann in einem Raum bedeuten entweder extreme Schuld oder extreme Unschuld. Offenbar entschied er, dass extreme Unschuld leichter zu handhaben sei als die Alternative. Er salutierte. Ich erwiderte den Salut, so gut ich dies angesichts meiner Stirn und meines Arms konnte.

»Kommandant, wie reizend, Euch zu sehen«, sagte Norellie.

»Madam Norellie! Ihr, äh, kennt den Inspektor?«

»Nur rein beruflich. Er hat mir heute eine Menge Arbeit beschert, und ich habe ihm die Stirn und den Arm genäht. Werdet Ihr mich wieder festnehmen?«

»Pardon?«, fragte ich.

»Mein Status in dieser Stadt entspricht dem eines Freudenmädchens«, erklärte Norellie. »Die Leute wollen meine Dienste in Anspruch nehmen, aber es gefällt ihnen nicht, wenn ich in ihrer Wohngegend arbeite.«

»Ich bitte um Verzeihung, Madam, aber der Vertreter der Inquisition hat gemeldet, dass Eure Heiltechniken an Zauberei grenzen, und man verlangt von mir, dass ich den Gesetzen gegen Zauberei Geltung verschaffe«, sagte Halland und klang dabei fast verlegen.

»Nun, ich bin fertig mit dem Inspektor. Sollen wir uns dann auf den Weg ins Kittchen machen?«, fragte Norellie.

»Bleibt, bleibt«, sagte Halland. »Ich bin wegen Inspektor Danolarian hier.«

»Meinetwegen?«, rief ich. »Ich habe noch nie Zauberei praktiziert.«

»Sie verstehen nicht, Inspektor, ich habe eine Nachricht aus der Burg. Der Baron will Sie sprechen. Sie sollen umgehend zu ihm kommen. Anscheinend plant er einen Angriff auf die, äh Lupaner aus der Sternschnuppe, aber zuerst will er alles hören, was über sie bekannt ist.«

Ich war dem Baron nie begegnet, aber seine Herangehensweise erschien vernünftig.

»Haben Sie die Proben, die ich Ihnen gegeben habe, von einem Gelehrten der kalten Wissenschaften untersuchen lassen?«, fragte ich.

»Inspektor, das ist hier ein Flusshafen. Wir haben keine Akademie und auch nicht die nötigen Instrumente oder Bücher.« Er hielt einen kleinen Beutel in die Höhe. »Ich habe die hier von meinem Rüstmeister untersuchen lassen, aber er war keine große Hilfe. Das ist ein weiterer Grund für meinen Besuch.«

»Habe ich etwas nicht mitbekommen?«, fragte Norellie.

»Die Lupaner sind sehr, sehr gefährlich, und ein eingehendes Studium meiner Proben könnte uns sehr viel über sie verraten«, sagte ich in bemüht neutralem Tonfall. »Es spielt eigentlich keine Rolle ob das Studium wissenschaftlicher oder magischer Natur ist, solange etwas dabei herauskommt.«

Norellie sah Halland an. Halland blickte hastig zu mir. Ich nickte.

»Die im letzten Monat aus Madam Norellies Haus beschlagnahmten Materialien, Amulette und Vorrichtungen mussten zerstört werden, und zwar in Anwesenheit eines Magistrats«, murmelte Halland, dann ließ er sich vor ihr auf ein Knie sinken. »Madam Norellie, liebe Dame, könnte es sein, dass uns irgendetwas entgangen ist? Vielleicht eine Vorrichtung, mit der Ihr diese lupanischen Gegenstände untersuchen könnt?«

»Ihr erwartet von *mir*, dass ich es *Euch* sage?«

Halland dachte einen Moment darüber nach. »Madam Norellie, ich entschuldige mich vom Grunde meiner Seele für die Razzia. Ich werde einen Befehl für die Stadtmiliz ausstellen, Euch nie mehr zu belästigen. Das ist der *absalver no trestipar*.«

»Das bedeutet, dass Ihr von nun an für alle Übertretungen der Zaubereigesetze verantwortlich seid, die ich vielleicht begehe!«, rief Norellie. »Ihr legt Euer Leben in meine Hände.«

»Madam Norellie, ich mag gezwungen gewesen sein, eine Razzia in Eurem Haus zu veranstalten, aber das heißt nicht, dass ich Euch nicht respektiere und vertraue. Werdet Ihr unter diesen Umständen helfen?«

Es gab eine längere Pause. Ich hatte den Verdacht, dass Norellie Halland ein wenig zappeln lassen wollte.

»Gebt mir die Proben, ich tue, was ich kann«, verkündete sie, als sie Halland schließlich mit dem Anflug eines Lächelns die Hand hinstreckte.

»Ich bringe mein handschriftliches Gelöbnis binnen einer Stunde vorbei«, bot Halland an, als er ihr den Beutel mit Steinsplittern und Oxid in die Hand drückte. Mir kam es so vor, als verweilten seine Finger ein wenig länger, als nötig war. Norellie nahm einen Krümel Oxid.

»Von einer anderen Welt«, sagte Norellie langsam, während sie den orangen Splitter langsam drehte. »Das fühlt sich sehr merkwürdig an.«

»Wann wird Eure Arbeit erledigt sein?«, fragte Halland. »Der Baron wird es wissen wollen.«

»Der Baron wird warten müssen. Ich muss ein paar neue Dinge auf dem Markt einkaufen, und Lady Lavencis Hand bedarf weiterer Behandlung. Kommt am frühen Abend wieder.«

7

DIE ZAUBERIN UND DER HITZESTRAHL

Der Baron von Gatrov hatte die ideale Position für jemanden, der Ruhe und Frieden mochte. Seine Baronie war wohlhabend, wenn nicht sogar reich und lag weit entfernt von den Grenzen zu anderen Königreichen. Invasionsarmeen neigten dazu, seine Stadt und seine Burg zu ignorieren, und seine Untertanen waren gesittet. Das Problem war, dass Ruhe und Frieden nicht das waren, was der Baron wollte. Er träumte von martialischem Ruhm und einer Gelegenheit, sich in der Schlacht zu beweisen. Als wir in der Burg eintrafen, übten seine berittenen Bogenschützen gerade das Schießen vom Pferderücken in vollem Galopp. Sie zielten auf menschengroße Heuballen direkt vor ihnen. Noch auf hundert Schritt trafen die meisten Pfeile die Ziele, die wie Infanteriereihen aufgebaut waren.

Halland, Riellen und ich wurden am Wachhaus von einem Bediensteten in Empfang genommen und in den Thronsaal geführt. Der Baron hatte einen Kriegsrat seiner Vasallen und Feldwebel einberufen, und vor ihnen musste ich meine phantastische Geschichte noch einmal wiederholen und meine Proben zeigen. Riellen wartete hinten im Saal und hörte zu.

»Lange Tentakel, sagt Ihr?«, fragte der Baron, während ich vor dem Thron und im Zentrum der Aufmerksamkeit eines Halbkreises aus Vasallen stand.

»Mindestens vierzig Fuß lang und sehr stark«, antwortete ich.

»Und eine Art magischer Flammenwerfer?«

»Ein Strahl aus reiner Hitze«, erklärte ich.

»Nun denn, wir greifen an!«, sagte er glücklich und schlug mit der Faust auf die Armlehne seines Throns.

»Milord, mit Verlaub...«, begann ich zaghaft.

»Ja, ja?«, schnauzte der Baron. »Raus damit, was ist noch? Ein Mund, zwei Ohren, also sollten wir doppelt so viel zuhören wie reden. Ich höre zu, also redet.«

»Zugegeben, ein gerüsteter Vasall zu Pferde, der mit einer Lanze bewaffnet ist, könnte Aussichten haben, gegen die Tentakelmonster zu bestehen, aber was ist mit ihrer Hitzewaffe? Sie hat auf eine Entfernung von einer Meile Gestein geschmolzen, also würde ich sie als ziemlich beachtlich einstufen.«

»Ach, Quatsch«, sagte der Baron und lachte. »Der Glatzenbuckel gibt uns bis auf eine halbe Meile Deckung, dann ist es ein Sturmangriff über flaches, offenes Gelände. Wir sammeln uns in der Nacht am Buckel und greifen frühmorgens mit Vasallen, Lanzenreitern und berittenen Bogenschützen an. Die Sonne wird uns im Rücken stehen und den Feind blenden. Wir werden sie erreicht haben, bevor sie überhaupt wissen, dass wir kommen.«

»Aber die Hitze...«, begann ich wieder.

»Wir lassen die Farbe und die Wappen von unseren Schilden abkratzen, damit sie die Hitze wie ein Spiegel ablenken, seht Ihr das denn nicht? Nun denn, ich habe zwanzig Vasallen, fünfzig Lanzenreiter und fünfzig berittene Bogenschützen. Wird das reichen, Inspektor Danol? Wie viele von diesen tentakelbewehrten Lumpen gibt es?«

»Der Zylinder ist vielleicht fünfzehn mal fünfzig Fuß groß.«

»Bei Mirals Ringen, so klein? Selbst wenn sie ihre Soldaten gestapelt haben wie Salzfische in einem Fass können sie nicht mehr als zwei oder drei Dutzend haben. Also sind wir in der Überzahl. Haben sie Pferde?«

»Ich habe keine gesehen«, antwortete ich teilnahmslos.

»Keine Kavallerie? Herrje! Was ist mit Bogenschützen?«

»Habe ich auch keine gesehen«, meldete ich.

»Vielleicht sind sie wie Kraken, nur Klumpen mit Tentakeln. Zu Lande nicht sehr schnell.«

»Sie brauchen nicht schnell zu sein, wenn sie das hier auf eine Meile vollbringen können«, sagte ich, als ich dem Baron einen Splitter geschmolzenes Mauerwerk hinhielt.

Ein Feldwebel nahm ihn mir ab, ging damit zum Thron und reichte ihn dem Baron. Der Adelige drehte ihn einige Momente zwischen den Fingern hin und her.

»Beeindruckend, das gebe ich zu«, sagte er, und warf den Splitter dann über die Schulter. »Aber bedenkt Folgendes: haltet Euch einen polierten Schild mit Filzbeschichtung auf der Rückseite über den Kopf, während Ihr an einem heißen Tag ausreitet, und Ihr bleibt so kühl, als würdet Ihr im Schatten der Kreuzgänge einer Burg sitzen und Wein trinken. Inspektor Danol, Ihr werdet den Nachmittag damit verbringen, meine Vasallen darüber in Kenntnis zu setzen, was Ihr über diese Lupaner wisst, und dann heute bei Einbruch der Nacht mit uns reiten. Ich will die Angriffsstreitmacht in der Dunkelheit sammeln und diese verdammten Lupaner dann bei Sonnenaufgang mit runtergelassener Hose erwischen.«

»Ich, Milord?«, fragte ich, weil ich kaum glauben konnte, was ich hörte.

»Ja, ja, nur Ihr. Wachtmeister Riellen ist viel zu klein, um bei der Siegesparade vor dem Regenten neben meinen Männern heroisch auszusehen. Außerdem ist sie ein Mädchen, und wir wissen alle, dass Mädchen nicht kämpfen können. Wachtmeister, Ihr seid entlassen. Inspektor Danol, meine Herren des Hofes, begleitet mich nach draußen, dann werden wir ein paar Taktiken sozusagen auf dem Pferderücken ausarbeiten. Ach, und habt Ihr wirklich auf Alpindraks Gipfel zum Sonnenuntergang gespielt?«

»Das habe ich in der Tat, Milord.«

»Ausgezeichnet! Ganz ausgezeichnet! Hört her, ich habe einen Satz Kriegspfeifen – von Barrington, haben mich ein Vermögen gekostet. Würde es Euch etwas ausmachen, heute Abend auf meiner Brustwehr darauf zum Sonnenuntergang zu spielen? Ihr wisst schon, nur damit ich den Leuten sagen kann, dass Ihr auf den Barringtons gespielt habt.«

»Dieser Holzkopf wird morgen Früh zehn Dutzend Männer in den Tod führen, und er will, dass *ich* einer von ihnen bin«, murmelte ich einige Zeit später, als Halland und Riellen mit mir nach Sonnenuntergang an einem Tisch draußen vor dem *Barkenschifferfass* saßen.

Wir saßen wegen der Privatsphäre draußen und starrten mit düsteren Vorahnungen auf die am Westhorizont verbliebenen Farben.

»Es ist schon später, als es gestern beim Eintreffen des anderen Zylinders war«, sagte Halland.

»Die Reise durch die Leere zwischen den Mondwelten ist wahrscheinlich gefährlich«, erwiderte ich hoffnungsvoll. »Vielleicht hat es einen Unfall gegeben.«

»Hoffen wir, dass die Chancen für eine erfolgreiche Überfahrt eins zu neun stehen, damit wir es nur mit einem Zylinder zu tun haben«, sagte Halland.

Wir gaben uns einige Augenblicke der hoffnungsfrohen Erwägung dieses Gedankens hin.

»Was hat Norellie über dieses Stück von dem orangen Zeug herausgefunden?«, fragte ich Halland.

»Äh, eine Art Keramik, glaubt sie. Ich habe die Nachricht hier. Diese Schankmaid, Mervielle, hat sie gebracht. Das Leerenschiff ist in Wahrheit ein riesiger glasierter Krug. Ist das nicht erstaunlich? Ich kann nur nicht verstehen, warum sie bei einem Schiff Keramik Holz vorziehen.«

»Ein glasierter Krug mit einem Korken, der mit Wachs versiegelt ist, kann ein Blatt Schilfpapier trocken halten, auch wenn er über einen ganzen Ozean treibt«, stellte ich fest. »Vielleicht ist glasierte Keramik ein geeigneteres Material für ein Schiff, als die Leute glauben.«

»Ich habe versucht, in einer Versammlung das Bewusstsein der uninformierten und unterdrückten Gemeinen für die Gefahr zu wecken, aber Kommandant Halland hat mich festnehmen und eine Stunde in eine Zelle sperren lassen«, sagte Riellen missmutig.

Halland und ich wechselten einen wissenden Blick.

»Ich habe die Nachricht verbreiten lassen, dass ein Trupp Gesetzlose aus dem Grünwald am Glatzenbuckel gelagert und den Vicomte und ein paar Bauern massakriert hat«, sagte Halland.

»Gesetzlose aus dem Grünwald?«, rief Riellen ungläubig. »Aber...«

»Niemand würde glauben, was wirklich dort draußen ist!«, beharrte Halland abwehrend. »Durch das Vortäuschen eines glaubhaften Feindes kann ich wenigstens die Miliz für die Nacht in Alarmbereitschaft versetzen. Die Stadtmauer ist mit Bogenschützen der Miliz bemannt, und alle wehrfähigen Männer haben Anweisung, ständig Waffen in Reichweite zu haben.«

»Sofortige Flucht wäre ein vernünftigeres Vorgehen«, riet ich.

»Tatsächlich habe ich die Frauen und Kinder einiger Milizen bereits an Bord von Barken bringen lassen, die nach Alberin fahren, Inspektor«, sagte Halland.

»Ich könnte eine Versammlung auf dem Markt abhalten und die uninformierten und vernachlässigten Gemeinen auf die tatsächliche Gefahr aufmerksam machen«, schlug Riellen strahlend vor.

»Riellen, ich hätte nie gedacht, dass ich das einmal sagen würde, aber zur Abwechslung könnten Sie mal Recht haben«, sagte ich zögernd, und konnte selbst kaum glauben, was ich da aussprach. »Was sagen Sie, Kommandant?«, fragte ich Halland.

»Wider besseres Wissen... ich glaube, ich gebe Ihnen Recht. Aber man würde Ihnen nicht glauben, Wachtmeister, und außerdem hat der Markt nachts geschlossen.«

»Aber eine beträchtliche Zahl der Männer dieser Stadt wird in den Tavernen sitzen und ein Mass zum Abend trinken«, sagte Riellen. »Ich habe die Theorie der Gerüchte studiert, und es ist eine Tatsache, dass Gerüchte bereitwilliger geglaubt werden als königliche Bekanntmachungen. Ich kann in den Tavernen ein paar Gerüchte verbreiten, und die Städter nehmen sie dann mit nach Hause.«

Plötzlich war ein grünes Licht am Himmel zu sehen. Wir sprangen auf, um eine zweite Sternschnuppe zu beobachten, die tief von Osten heranflog. Sie flog nördlich von uns vorbei, nicht mehr als ein paar hundert Fuß über den Feldern. Dann verloren wir sie aus den Augen, als sie herunterging. Riellen und ich folgten Halland, der zum Wachturm im Hafen lief. Eine Minute später waren wir oben und schauten nach Nordwesten, wo ein kleines Feuer brannte.

»Ist im Nordwesten heruntergekommen, nicht weit vom Fluss«, sagte Halland, als er durch mein Fernrohr schaute. »Fünf Meilen entfernt, nicht mehr. Das ist perfekt.«

»Perfekt wofür?«, fragte ich.

»Perfekt für mich, um mit einem Flammenwerfer und einer Wagenladung Höllenfeueröl bereitzustehen, wie Sie mir geraten haben. Sobald die Lupaner die Luke geöffnet haben, brate ich sie schwarz wie Brot in der Esse einer Schmiede.«

»Ich wünschte, ich könnte bei Ihnen sein«, sagte ich aufrichtig.

»Statt beim Baron zu sein, während er Selbstmord begeht? Fallen Sie einfach vom Pferd, sobald die anderen zu galoppieren anfangen, mein Junge, und spielen Sie toter Mann, während der Rest sich töten lässt. Niemand wird es je erfahren.«

»Übernehmen Sie den Befehl über meine Wachtmeister, Kommandant?«, fragte ich, die Hand wieder fest auf Riellens Mund.

Kommandant Halland warf einen wenig begeisterten Blick auf meinen Wachtmeister, als ich Riellen wieder losließ. Sie bedachte ihn mit einem strahlenden und enthusiastischen Lächeln.

»Aye, ich glaube wohl«, sagte er müde.

»Mädchen, ich werde ein Schriftstück aufsetzen, in dem ich Sie alle drei für den morgigen Tag Kommandant Hallands Kommando unterstelle«, sagte ich, als ich mich von dem Feuer abwandte, das den Landeplatz des Zylinders markierte. »Falls ich nicht überlebe, werden Sie seine Befehle befolgen, bis eine Autoritätsperson der Wanderpolizei Ihnen einen anders lautenden Befehl erteilt. Sagen Sie Roval dasselbe, wenn und falls er jemals nüchtern wird, und vergessen Sie Wallas nicht.«

»Aye, Herr Inspektor«, sagte sie zackig und salutierte.

Halland tätschelte ihre magere Schulter und lächelte.

»Tja, Mädchen, sieht so aus, als hieße es Halland und Riellen gegen die mächtige Magie dieser Zauberer von Lupan. Nun denn. Ich sollte wohl besser ein Dutzend Milizen zu unserer Begleitung zusammentrommeln.«

»Ein Dutzend Milizen, Kommandant?«, bellte Riellen.

»Oh, aye, aber…«

»Das mache ich schon, Kommandant!«, sagte sie mit einem neuerlichen Salut und eilte dann bereits die Turmtreppe hinunter.

Halland und ich stiegen ebenfalls herab.

»Sie wirken in Madam Norellies Gegenwart ein wenig verlegen«, wagte ich mich vor.

»Ich habe sie mehrmals festgenommen, ihr Haus durchwühlt, Ihre Krüge mit Substanzen zerschmettert, ihre Bücher verbrannt und sie sogar eine Woche an den öffentlichen Pranger gestellt. Und jetzt, in der Stunde meiner größten Not, erklärt sie sich bereit zu helfen. Was sagt Ihnen das?«

»Ihr liegt das Gemeinwohl am Herzen?«

»Madam Norellie hat Ehre, ich nicht. Inspektor – Danolarian, mein Freund, sagen Sie mir, warum hat sie das getan? Damit ich ihr etwas schuldig bin?«

»Sie ist nicht nur bei Ihnen so«, sagte ich so beruhigend wie möglich. »Heute Nachmittag hat Madam Norellie... sagen wir einfach, sie ist so grundlegend ehrenwert wie Sie.«

»Woher wissen Sie, dass ich ehrenwert bin?«

»Weil Sie ein Schamgefühl haben. Also, was ist jetzt mit dem Flammenwerfer?«

»Immer mit der Ruhe, wir haben ein Dutzend, die auf Karren montiert sind, um den Flusshafen gegen Piraten verteidigen zu können. Wir brauchen nur...«

Seine Stimme verlor sich. Ich folgte seinem Blick zu einer schnell größer werdenden Menge. Ein Stück weiter die Straße entlang stand Riellen auf der Treppe des Gatrover Präsidiums der Reichs-Stadtmiliz. Diesmal war sie wie ein Wanderpolizist gekleidet und trug ihre Jacke richtig herum.

»Brüder! Freunde! Ihr wisst alle, warum wir hier sind!«, drang es über das Meer der Köpfe zu uns. »Heute hat die friedliebende Bevölkerung der Baronie Gatrovia zweihundert ihrer Brüder und Schwestern an die kriegstreiberischen, imperialistischen Zauberer des monarchistischen Establishments von Lupan verloren. Nun denn, was wollt ihr deswegen unternehmen?«

Die Menge der Milizen, von denen einige sie zuvor festgenommen hatten, reagierte darauf mit Rufen wie »Schweine!« und »Holen wir sie uns!«

»Inspektor Danolarian Scryverin von der Wanderpolizei Alberins wurde hierhergeschickt, um die kriegstreiberischen, imperialistischen Zauberer des monarchistischen Establishments von Lupan in die Schranken zu verweisen, und er hat eine Allianz mit eurem tapferen und freiheitsliebenden Anführer Kommandant Halland geschmiedet. Euer Baron hat Kommandant Halland jedoch der Dienste Inspektor Danolarians beraubt!«

Es gab Rufe wie »Schande!«, »Nieder mit dem Baron!« und »Wir stehen zu Halland!«

»Wie macht sie das nur?«, fragte ich leise. »Ihre Reden sind so nervtötend, wenn man sie jeden Tag hört, aber sie scheinen zu inspirieren, wenn die Leute kleinere Dosen davon erhalten.«

»Ich wünschte, sie würde nicht meinen Namen benutzen«, murmelte Halland und schlug sich die Hände vors Gesicht.

»Und meinen auch nicht«, fügte ich hinzu, verschränkte die Arme fest vor der Brust und versuchte zu schrumpfen.

»Wer reitet heute Nacht mit Kommandant Halland in die Schlacht gegen die kriegstreiberischen, imperialistischen Zauberer des monarchistischen Establishments von Lupan im zweiten Zylinder? Wer steht ihm bei, um eure Heime und Angehörigen gegen die tödliche Hitzewaffe der Lupaner zu beschützen? Brüder! Wer von euch hilft Kommandant Halland? Er braucht ein Dutzend tapfere Freiwillige, die noch nicht ausgewählt wurden, morgen mit dem Baron zu reiten! Wer begleitet ihn?«

Sieben Dutzend Arme reckten sich in die Luft, und es wurde ausgiebig gejubelt. Die Milizen rannten die Treppe empor, und Riellen verschwand zwischen ihnen, als sich alle freiwillig zu melden versuchten. Schließlich war Halland gezwungen, sein Kontingent der Freiwilligen zu verzehnfachen, denn wäre jemand zurückgelassen worden, hätte Aufruhr gedroht. Es war etwas mehr, als meine Nerven verkraften konnten.

»Der Baron ist vielleicht nicht damit einverstanden, dass Sie so eine große Truppe zusammenstellen«, bemerkte ich später, als ich in Hallands Büro stand, während er Listen erstellte und auf Landkarten kritzelte. »Er will den Ruhm für sich allein.«

»Der Baron könnte nicht mal mit einem Spürhund seinen eigenen Arsch finden, Inspektor!«, murmelte Halland. »Was glauben Sie, wer in dieser Stadt wirklich den Laden schmeißt und für Ordnung sorgt?«

»Oh, die Wachtmeister und die Milizen«, erwiderte ich taktvoll.

»Einhundertzwanzig Mann. Vielleicht sollten wir ein halbes Dutzend Flammenwerfer mitnehmen. Wir haben zwölf im Hafen stationiert, also könnten sechs zur Stadtverteidigung zurückbleiben. Ein wenig Kavallerie wäre nützlich, falls wir unsere Truppen schnell bewegen müssen. Sie könnten nicht zufällig einen Anschlag auf den Baron verüben und den Befehl über seine Reiter übernehmen?«

»Die Idee gefällt mir, aber nein.«

Die Profosse des Barons trafen ein, um mich zur Burg zurückzubringen, aber ich musste noch etwas erledigen, bevor ich die Stadt verließ. Ich ging zum Haus von Norellie, der Hexenheilerin. Ich hoffte, dass auch Lavenci sich die Proben mittlerweile angesehen hatte, da sie eine Akademie-Zauberin und keine Hecken-Heilerin war. Zu meiner Überraschung war es Mervielle, die mir öffnete, als ich an die Tür des kleinen Hauses klopfte. Sie schaute unbehaglich drein.

»Madam Norellie hat mich, naja... gebeten zu helfen«, sagte sie. »Ich soll Sachen vom Markt holen, sauber machen, Sachen tragen. Eben alles, was Schankmaiden gut können.«

»Weißt du, ob sie irgendwas herausgefunden haben?«, fragte ich.

»Nein, aber Norellie macht schon den ganzen Nachmittag ganz komische Sachen in der Küche«, sagte sie, bevor sie mich einließ. »Und sie ist besorgt. Ich werde nervös, wenn kluge Leute besorgt sind.«

Norellie war verwandelt. Von ihrem sauberen, gesunden Aussehen war nichts mehr übrig. Ihr Gesicht war rußverschmiert, und ihre Augen waren von den Dämpfen, die in der Luft hingen, gerötet. Boden, Hocker und Tisch waren mit Flaschen, Krügen, Papieren mit Haufen von Pulvern in jeder Farbe des Regenbogens und Schriften voller Symbole bedeckt. Lavenci saß an einer Ecke des Tisches, wieder in ihrer Reitkleidung.

»Sie hat alle ihre Tanzkleider aus echter Seide verbrannt«, flüsterte Mervielle. »Sie hat alles verbrannt, was sie bei ihrem Tanz mit dem jungen Pelmore anhatte. Kommt mir unvernünftig vor.«

Lavenci schrieb auf einem Bogen Schilfpapier. Drei Steine, ein Tintenfass und eine Gänsefeder lagen säuberlich geordnet vor ihr. Ihre linke Hand war so dick verbunden, dass nicht einmal ihre Finger zu sehen waren. Bei meinem Eintreten blickte sie auf und lächelte.

»Willkommen, Inspektor«, sagte sie. Dann widmete sie sich wieder ihren Aufzeichnungen.

»Dieses orange Material ist nicht von dieser Welt!«, sagte Norellie in einem dringlichen, ehrfürchtigen Tonfall.

»Das hatte ich auch schon herausgefunden«, erwiderte ich ungeduldig.

»Danolarian, das ist kein Witz. Gefühl und Aura sind anders als alles, womit ich es je zu tun hatte, und meine Zauber beeinflussen es nicht. Ich habe etwas davon zu Pulver zermahlen, Wasser hinzugefügt und im Brennofen eines Nachbarn gebrannt. Nach dem Brennen kann es Glas schneiden.«

»Es muss stark sein, um der Belastung des Fluges von Lupan hierher standzuhalten«, schloss ich. »Was noch?«

»Nichts. Ich bin eine Heilerin, hier könnten auch die größten Zauberer nur raten. Ich habe all meine alchimistischen Fähigkeiten bemüht, aber es ist hoffnungslos.«

»Was macht Lady Lavencis Hand?«, fragte ich.

»Einunddreißig Stiche waren nötig, um die Wunden zu schließen, und die meisten Fingerknochen wurden zerschmettert. Sie hat sich für immer verstümmelt.«

»Meine Hand hat ihre Lektion gelernt, Inspektor«, sagte Lavenci und blickte wieder von ihren Notizen auf. »Sie wird Euch nie wieder wegschlagen.«

Ihre Stimme klang kühl und kontrolliert, als seien alle Gefühle aus ihr gewichen.

»Milady, das war nicht nötig«, sagte ich, sank vor ihr auf ein Knie und verbeugte mich. »Ihr habt andere höher geschätzt. Die Neigungen Eurer Herzen braucht ihr nicht zu erklären.«

Lavenci schüttelte den Kopf.

»Es kann für das, was ich getan habe, keine Entschuldigung geben, Inspektor. Worte sind billig, ich werde Euch nicht dadurch beleidigen, dass ich sie vergeude… aber genug davon. Ich kann etwas über die lupanische Waffe sagen.«

»Ihr?«, fragte Norellie. »Aber Ihr habt die ganze Zeit nur geschrieben.«

»Seht Euch diese Gesteinsproben an«, sagte Lavenci, ohne sie zu beachten. »Das ist Gestein, das von einem Blitz getroffen wurde, und das hier ist Gestein aus dem Küstengebiet Toreas – es wurde vom letzten Feuerkreis geschmolzen, der den Kontinent zerstört hat. Merviélle hat sie am Amulettstand auf dem Markt gekauft. Vergleicht die beiden mit dem Splitter, den die Lupaner an diesem Turm geschmolzen haben.«

»Das vom Blitz getroffene Stück ist am wenigsten beeindruckend, und der Schmelzgrad der anderen beiden ist ungefähr gleich«, stellte ich fest.

»Keineswegs. Die Feuerkreise, die Torea verbrannt haben, waren jeder vielleicht eine Viertelminute aktiv, dann hat sich die Hitze im Laufe vieler Stunden verflüchtigt. Wie lange haben die Lupaner gebraucht, um das Feld mit ihrer Hitzewaffe zu bestreichen?«

»Auch eine Viertelminute, vielleicht weniger.«

»Eine Meile mal zweiundzwanzig, geteilt durch sieben, mal zwei… über sechs Meilen. Welche Breite hatte der geschmolzene Bereich?«

»Weniger als einen Fingerbreit.«

»Gehen wir von einem Kreis von einem Fingerbreit Breite aus... eine Viertelminute ist ein Teil von zweihundertvierzig von einer Stunde... der Strahl hat den Turm mit eineinhalbtausend Meilen pro Stunde bestrichen. Eineinhalbtausend, fünftausendzweihundertachtzig, zwölf Fingerbreit...«

Norellie und Mervielle kauerten zusammen neben der Tür. Sie verstanden zwar nicht viel, schauten aber verängstigt drein.

»Ungefähr fünfundneunzig Millionen Fingerbreit in einer Viertelminute, und das sind fünfzehn Sekunden«, sagte Lavenci langsam und bedächtig.

»Von diesen vielen großen Zahlen schwirrt mir der Kopf«, verkündete Norellie.

»Ich weiß, die Zahlen sind so groß, dass sie praktisch bedeutungslos sind«, sagte Lavenci. »Fünfzehn Sekunden für den äußeren Feuerkreis über Torea, und das ist passiert.« Sie hielt den Splitter mit halb geschmolzenem Gestein in die Höhe.

»Lavenci, ich kann nicht bleiben!«, flehte ich, während sie rechnete. »Die Profosse des Barons sind draußen und warten darauf, mich zur Burg zu bringen. Was habt Ihr herausgefunden?«

»Danol, dieser Hitzestrahl hat den Fels mit der *sechshunderttausendfachen* Kraft der toreanischen Feuerkreise getroffen.«

Ich schluckte. »Mit der sechshunderttausendfachen?«

»Ungefähr. Ich habe gerundet. Plus oder minus zehntausend oder so.«

»Äh, meint Ihr sechshundert und tausend?«, fragte Norellie.

»Wie viel sind tausend?«, fragte Mervielle.

»Sechshunderttausend bekommt man, wenn man *sechshundert tausend Mal wiederholt*«, erklärte ich, während ich mich mühte, diese Zahl mit etwas zu verbinden, das meiner gewohnten Wirklichkeit näher war. »Der Baron scheint zu glauben, dass der Strahl von polierten Stahlschilden reflektiert wird«, sagte ich leise. »Er hat die Absicht, die Lupaner mit berittenen Vasallen anzugreifen, die polierte Schilde in die Höhe halten.«

Lavenci starrte mich kalt und durchdringend an.

»Das Metall der Schilde wird explodieren wie Wassertropfen, die auf ein weißglühendes Hufeisen fallen.«

Darauf konnte ich keine Antwort geben. Seitdem haben wir erfahren, dass der Strahl in geringerer Entfernung viel breiter und dicker ist, sich aber nach einer Meile auf einen Fingerbreit bündelt, um sich danach wieder aufzufächern. Lavencis Zahlen beschrieben also den schlimmstmöglichen Fall, aber selbst der beste Fall war nicht sehr viel besser.

»Die Leichen im Feld sahen aus, als wären sie explodiert«, erinnerte ich mich.

»Ende der Beweisführung«, sagte Lavenci. »Ach, und ich habe das Gefühl, dass sich das orange Keramikmaterial unter extremer Hitzeeinwirkung nur sehr langsam verformt. Wahrscheinlich wurde es benutzt, um ihr Leerenschiff aus Porzellan zu schützen, als es durch die Luft unserer Welt gerast ist.«

Ich versuchte zu durchdenken, was sie sagte, kam aber zu dem Schluss, dass uns nichts davon helfen konnte.

»Lavenci, die Profosse sind draußen, weil der Baron mich bei dem Sturmangriff auf den Zylinder dabeihaben will«, erklärte ich. »Wie können wir dagegen kämpfen?«

Sie machte Anstalten, mich in die Arme zu nehmen, aber ihr fiel noch rechtzeitig ein, was ihr das Beständigkeitsblendwerk dann antun würde. Sie schüttelte zögernd den Kopf.

»Das könnt Ihr nicht, Danolarian. Ihre Macht ist jenseits unserer Vorstellungskraft. Ihr werdet sterben, und ich werde um Euch trauern.«

Draußen auf der Straße ertönte die Pfeife eines Profoss.

»Lavenci, meine Damen, ich muss gehen!«, rief ich.

»Danol, nein!«, rief Norellie. »Der Kavallerieangriff des Barons ist Selbstmord.«

»Der Baron besteht darauf, einen Berater zu haben, der den Feind kennt. Dieser Mann bin *ich*.«

»Ihr sagt dem Baron wohl besser, dass der Feind es mit der Äthermaschine aufnehmen könnte, die den gesamten Kontinent Torea zerstört hat, und passable Siegesaussichten hätte«, sagte Lavenci.

Auf der Straße draußen ertönte wieder eine Pfeife, und eine Stimme rief: »Erster Ruf des Profoss für Inspektor Danol Scryverin!«

»Meine Damen, beim dritten Ruf gelte ich als verhaftet!«, sagte ich eindringlich. »Hört her, vergesst mich und versucht Kommandant Halland zu helfen. Er wird Flammenwerfer einsetzen, wenn sich der zweite Zylinder öffnet. Wenn er schnell ist, kann er die Besatzung braten, sobald die Luke aufgeschraubt ist. Bevor sie die Möglichkeit bekommen, ihre Hitzewaffe einzusetzen.«

»Diejenigen im ersten Zylinder scheinen mittlerweile ein wenig besser vorbereitet zu sein«, sagte Lavenci. »*Euch* wird man in eine sich rasch verflüchtigende Rauchwolke verwandeln.«

»Ihr müsst einen Gunstbeweis in die Schlacht tragen«, sagte Mervellie. »Habt Ihr einen?«

»Von wem? Riellen? Redet keinen Unsinn.«

»Ihr braucht Gunstbeweise von uns allen!«, rief Mervielle. »So viele gute Wünsche, wie Ihr tragen könnt. Hier.«

»Das ist ein Geschirrtuch«, sagte ich, als sie es mir um den Arm band.

»Wo ist etwas, das mir gehört. Seht Euch nur dieses Durcheinander an«, murmelte Norellie. »Einen Schal, ein Stirnband, ein Taschentuch, *irgendwas*!« Sie hob ihre Röcke und entblößte dabei ein dralles, aber wohlgeformtes Paar Beine. »Hier, nehmt das!«

»Einen Schlüpfer?«

Zwei Pfeifensignale aus der Pfeife draußen gingen dem Ruf voraus: »Zweiter Ruf des Profoss für Inspektor Danol Scryverin!«

»Ich würde Euch gern meinen Schal um den Arm binden, Inspektor«, sagte Lavenci, während sie ihren zerrissenen Schal umherwirbelte, »aber ich kann Euch nicht anfassen, ohne dass mir schlecht wird. Außerdem habe ich nur eine gesunde Hand. Ein Gunstbeweis ist nur gültig, wenn er von der Dame festgebunden wird. Wollt Ihr stattdessen meinen Rat annehmen?«

»Bitte sprecht.«

Ich sah Lavenci, wie ich sie noch nie zuvor gesehen hatte: stark, klug und kühl, während alle anderen herumliefen wie Hühner und die Hände zum Himmel erhoben.

»Fallt vom Pferd, sobald der Sturmangriff beginnt. Glaubt mir, niemand von den anderen wird lange genug leben, um euch der Feigheit bezichtigen zu können.«

Einen Moment später lief ich durch Norellies Tür nach draußen, da die Pfeife schon wieder ertönte.

»Dritter und letzter Aufruf des Profoss für Inspektor Danol Scryverin…«

»Schon gut, schon gut, ich bin ja schon da.«

»Zwei Liebchen?«, fragte ein Profoss, während er im Fackellicht das Geschirrtuch und den Schlüpfer begutachtete, die um meinen Arm gebunden waren.

»Ich brauche alle guten Wünsche und Gunstbeweise, die ich kriegen kann«, murmelte ich, während ich auf mein Pferd stieg.

8

DIE KÄMPFE BEGINNEN

Das einzig Gute daran, zu den auserwählten Kriegern des Barons zu gehören, war ein sehr gutes, wenn auch hastiges Abendessen. Danach wurde ich mit einem mäßig teuren Kettenpanzer, Helm, Schild und Beinschienen ausgerüstet. Das Angebot einer Lanze lehnte ich ab.

»Aber das ist die Waffe eines Edelmannes, und der Baron hat Euch die Erlaubnis gegeben, eine zu führen«, verkündete der Rüstmeister.

»Das mag sein, aber ich bin kein Edelmann«, erwiderte ich. »Meine Waffe ist die Streitaxt.«

Obwohl ich technisch gesehen dem Adel angehöre, dachte ich mit grimmiger Zufriedenheit, *nicht dass uns das allen etwas nützen wird.*

Wir brachen bei Dunkelheit auf und folgten zwei Lanzenreitern mit Fackeln. Der Baron ließ mich neben sich reiten und sich jede Einzelheit über das Massaker des Morgens erzählen. Auch die grausamsten Einzelheiten über die überlegene Waffe der Lupaner konnten ihn jedoch nicht von seinem Angriffsplan abbringen. Wir erreichten den Glatzenbuckel gut eine Stunde nach Mitternacht. Hier saßen wir ab, hüllten uns in Decken und schliefen in unserer Rüstung unter den Sternen, bis am Osthorizont die Morgendämmerung begann. Ich wurde vom Baron persönlich geweckt, der vor dem Angriff noch die Position des Feindes überprüfen wollte.

Jeder, der einmal in einem Kettenpanzer über einer dicken Jacke aus gefüttertem Filz geschlafen hat, wird wissen, wie klamm und feucht der Stoff werden kann. Als wir aufsaßen, zitterte ich erbärmlich und stank. Der Baron ritt mir voran die flache Seite des Hügels hinauf. Er betrachtete das Feld mit meinem Fernrohr, während ich unglücklich auf einem Streitross saß, das ich mir nicht mit einem Jahressold hätte kaufen können. Auch ohne das Fernrohr konnte ich erkennen, dass die Lupaner Erdschanzen rings um ihren Zylinder aufgehäuft hatten. Der Baron meldete, der Arm mit der Fernrohr-Vorrichtung sei noch auf Wache, aber er schien von seinem ersten Blick auf die Festung der Lupaner nicht sehr beeindruckt zu sein. Ein Blick nach hinten zeigte mir, dass zehn Dutzend Reiter mittlerweile im Sattel saßen und am Fuß des Hügels warteten. Natürlich waren sie noch vor den Lupanern verborgen. Schließlich erhob sich der Rand der Sonne über den Osthorizont.

»Gut, gut, die Sonne geht direkt hinter uns auf«, verkündete der Baron, und konzentrierte seine Aufmerksamkeit auf die Grube. »Nicht sonderlich schlau in der Verteidigung, oder? Keine Staketenzäune oder Pferdegräben und keine Bogenschützen, um den Sturmangriff zu brechen. Sie haben nur Tentakel, sagt Ihr?«

»Und eine unüberwindliche Hitzewaffe«, erinnerte ich ihn.

»Ach, die!«

»Eine Hitzewaffe, neben der die Esse einer Schmiede nicht wärmer erscheint als eine Wärmeflasche nach einer sehr langen und kalten Nacht.«

»Ich war in den Wüsten Acremas auf Feldzügen, ich weiß alles über Hitze. Das Ding auf dem Arm, ist das der Wachposten?«

»Es scheint Auge und Fernrohr zugleich zu sein.«

»Es schweift jede halbe Minute einmal über das Feld. Inspektor, ich habe einen schlauen Plan. Wir warten, bis es über den Glatzenbuckel geschwenkt ist, und stürmen dann los. Es wird eine halbe Minute dauern, bis es wieder in unsere Richtung schaut, und bis dahin haben wir sie erreicht.«

»Der Kampf wird rasch vorbei sein...«, begann ich.

»Na, umso schlimmer.«

Für die Lupaner, ging mir durch den Kopf, aber ich wusste, dass es keinen Sinn hatte, es laut auszusprechen.

»Es wird zu leicht, darin steckt kein Ruhm für uns«, fuhr der Baron fort.

»Die Geschichte einer Schlacht wird vom Chronisten des Siegers erzählt«, griff ich elegant nach einer Gelegenheit, am Leben zu bleiben. »Sagt Eurem Chronisten, er soll die Schilderung ein wenig ausschmücken.«

»Chronist? Ich habe keinen Chronisten. Meine Gattin kümmert sich um alles Schriftliche.«

»Ja, und wo ist die Baronin dann?«

»Natürlich auf Burg Gatrov. Krieg ist nichts für eine Frau!«

Offensichtlich bist du einigen Frauen aus meiner Vergangenheit nie begegnet, dachte ich, hielt aber meine Zunge im Zaum, bis mir diplomatischere Worte einfielen.

»Ach, das ist schade«, sagte ich stattdessen. »Wisst Ihr, Milord, wenn sie auf diesem Hügel stünde, könnte sie das ganze Spektakel sehen. Da unten hat kein Krieger so einen guten Überblick, also würde ihre Version der Ereignisse als endgültige Wahrheit aufgezeichnet. Natürlich könnte sie in diese Wahrheit jedwede Ruhmestat aufnehmen, die Ihr für angemessen hieltet.«

»Ich verstehe... aber die Sonne geht auf, und die Burg ist Meilen entfernt! Es würde Stunden dauern, sie zu holen, und ich habe keine zwei Minuten.«

»*Ich* könnte die Schlacht aufzeichnen.«

»Ach, Inspektor Danol, ich kann Euch unmöglich Euren Anteil an diesem ruhmreichen Sieg verwehren!«, rief der hirnlose Schafskopf, und er meinte jedes Wort vollkommen ernst.

»Nun denn«, sagte ich strahlend, während ich mich bereitmachte, meine letzte Karte auszuspielen. »Wer benutzt das Fernrohr?«

»Das Fernrohr? Fernrohre sind nur für Edelleute gedacht, die einen Überblick über das Schlachtfeld brauchen – nun ja, und natürlich für Wachtmeister, um Missetäter aufzuspüren. Kein Mann meiner Kompanie hat jemals eines angerührt.«

»Wer wäre dann außer Euch und mir sonst vertraut genug mit einem Fernrohr, um den Wachposten der Lupaner zu beobachten und das Signal zu geben, wenn er in die andere Richtung schaut?«

Die Miene des Barons gefror und verzog sich dann zu einer Grimasse innerer Qual. Ich hatte ihn! Daran hatte er bei der Formulierung seines Angriffsplans nicht gedacht. Er schaute zur aufgehenden Sonne, dann zu den Lupanern, dann zu mir.

»Inspektor, habt Ihr Schilfpapier und einen Kohlestift?«

»Jawohl, Baron, in der Schreibausrüstung für meine Berichte.«

»Ich verstehe. Hört mir gut zu, Inspektor Danol, ich verlange das nur ungern von Euch, aber das Schicksal scheint Euch den Weg aufs Schlachtfeld zu verwehren. Könntet Ihr uns das Signal zum Angriff geben und diesen Sturmangriff anschließend aufzeichnen? Ihr müsst wohlgemerkt nicht zustimmen, aber ich wäre bereit einen Meineid zu schwören, dass Ihr mit uns aufs Feld geritten seid.«

»Das würde der Ehre genügen…«, begann ich.

»Ihr sagt das nicht nur, um mir gefällig zu sein, oder?«, fragte er ängstlich.

»Baron, es wäre mir eine Freude, Euer Signalmann zu sein und Euch beim Verfassen der Chronik dieses Tages zu helfen.

Schließlich war ich beim Sturm auf die Schnellwasserbrücke 3141 dabei. Das war genug Ruhm für mein ganzes Leben.«

»Das wart Ihr, bei allen Göttern Mirals? Ich wäre für mein Leben gern dabei gewesen, wir müssen irgendwann darüber reden – aber nicht jetzt. Hört her, Ihr seid herzlich eingeladen, selbst herunterzureiten und ein paar Tentakel abzuhacken, wenn der Kampf entschieden ist, und hier ist etwas, um Eure Spesen abzudecken – ach so, und hier habt Ihr Euer Fernrohr zurück, Ihr werdet es noch brauchen, ha ha.«

Er warf mir eine Börse und mein Fernrohr zu, dann ritt er den Hang wieder hinunter und rief seinen Männern Befehle zu. Die Reiter setzten sich ohne Trompetensignal in Bewegung, um das Element der Überraschung zu wahren. Ich sah, wie die beinah waagerecht einfallenden Sonnenstrahlen sich auf ihren polierten Schilden, Helmen und Kettenpanzern brachen, und vergaß bei diesem großartigen Anblick beinah, dass sie in den Tod ritten. Sie umrundeten den Glatzenbuckel und blieben dann stehen.

Das war mein Augenblick. Ich löste Norellies Schlüpfer von meinem Arm. Er war aus weißer Baumwolle und mit rosa Babykaninchen und -drachen bestickt. Über dem Schritt war ein großes Herz, das eine Zielscheibe umschloss. Ich hob das Fernrohr vor das Auge. Das lupanische Fernrohr schwenkte herum, hielt inne und betrachtete mich einen Moment. Mein Leben raste vor meinem geistigen Auge an mir vorbei. Ich sah mich selbst, wie ich mich bei irgendeiner Zeremonie anlässlich meines fünften Geburtstages über die Kronjuwelen erbrochen hatte... dann schien der Posten anzunehmen, ich sei irgendein Einheimischer und wolle versuchen, einen Waffenstillstand auszuhandeln, und könne daher ignoriert werden. Es setzte seinen Schwenk über das Feld fort, und als es sich eine Vierteldrehung vom Glatzenbuckel entfernt hatte, ließ ich Norellies Schlüpfer nach unten sinken.

Vielleicht eine passende Fahne, um tapferen Männern das Signal zu geben, in den Tod zu reiten, dachte ich, während ich den Schlüpfer hinter meinen Axtgürtel klemmte. Der Baron ließ seine Reiter zu einer Sichel ausschwärmen und hielt dabei beständig seine Streitaxt in die Höhe. Schließlich nahm er sie herunter und zeigte damit auf den Zylinder. Auf dieses Zeichen hin stürmten sie los.

Sofort richtete ich mein Fernrohr auf die Lupaner. Deren Fernrohrarm schwenkte bereits zurück.

»Natürlich werden sie den Lärm von mehreren Dutzend heranstürmenden Pferden nicht ignorieren, du Narr!«, rief ich dem Baron hinterher.

Die beiden Tentakel mit der Hitzewaffe hoben sich bei meinen Worten bereits, und ich senkte das Fernrohr, um einen Panoramablick zu erhalten. Die Reiter kamen bis auf dreihundert Schritt an die Grube heran. Wahrscheinlich schossen die Lupaner nicht früher, weil sie den Angreifern jede Möglichkeit nehmen wollten, zurück in die Deckung des Glatzenbuckels zu fliehen. Als ich die ersten strahlenden Blitze von Reiter zu Reiter springen sah, wusste ich, dass die Hitzewaffe das Feuer eröffnet hatte. Die polierten Schilde schützten die Vasallen ungefähr so effektiv vor dem Strahl wie eine Tüte aus Schilfpapier einen Kopf vor einem Axthieb schützt.

Pferde und Reiter explodierten in Wolken aus Fleisch, Blut und dreckigem Rauch. Die Vasallen fielen zuerst, da sie sich am Nordende des Halbmonds befanden. Die Bogenschützen befanden sich am Südrand und hatten daher noch ein paar Sekunden länger Zeit, bevor der Hitzestrahl zu ihnen herumschwenkte und sie auslöschte. Diese Sekunden reichten ihnen, um sich dem Zylinder bis auf gut zweihundert Schritt zu nähern, und in einer wahrhaft großartigen Zurschaustellung vergeblicher, verzweifelter Tapferkeit schossen die berittenen Bogenschützen noch eine Pfeilsalve ab, bevor der Strahl sie niedermähte.

Abrupt war alles vollkommen still. Nichts regte sich mehr, außer dem verwehenden Rauch und einer Handvoll fallender Pfeile. Plötzlich sah ich einen Mann über den Rand auf der anderen Seite der Grube klettern und zum Bach laufen. *Armer Teufel, er muss sich seit dem ersten Massaker hinter irgendeinem Felsen in der Grube versteckt haben*, dachte ich. Jeden Moment würde der Lupaner, der die Waffe führte, sich von den dahingemetzelten Reitern abwenden und ihn bemerken... doch dann fielen die Pfeile in die Grube, und der Lupaner wurde wieder abgelenkt.

Mindestens ein Pfeil musste etwas Empfindliches getroffen und für beträchtliche Verärgerung gesorgt haben, denn die Tentakel mit der Hitzewaffe zuckten und wanden sich plötzlich, als litten sie Schmerzen. Offenbar in einem Wutanfall bestrich der Lupaner nun die gefallene Masse rauchender Kavalleristen immer wieder mit dem Strahl und ließ große Wolken aus dunklem Rauch aufsteigen. Ich richtete mein Fernrohr wieder auf die Grube und sah gerade noch, wie sich der Arm mit dem Fernrohr wieder dem Glatzenbuckel zuwandte – vermutlich um nachzusehen, ob ich noch da war.

Ohne überhaupt einen Gedanken daran zu verschwenden, mein Pferd zur Flucht zu wenden, sprang ich aus dem Sattel. Hinter mir hörte ich ein Zwischending aus Pfeifen und Wiehern, und als ich mich umschaute, sah ich das Pferd in einer Wolke aus Fleisch, Flammen und Rauch explodieren. Ich lag still, als es rings um mich rauchende Pferdefetzen regnete, und ich weiß noch, dass mir der Gedanke kam, dass der Geruch seltsam appetitanregend war. Ich lag für eine Weile, die mir sehr lang erschien, sehr still.

»Das bedeutet natürlich Krieg!«, verkündete eine piepsige Stimme nicht weit entfernt.

Der Sprecher war vielleicht neun Fingerbreit groß und hielt einen Speer von der Größe einer Nähnadel in der Hand. Die Spitze seines roten Schlapphuts war verbrannt, und von den Überresten kräuselte sich eine Rauchfahne in die Höhe. Die Gestalt trug eine rote Jacke über einem grünen Hemd und einer grünen Hose. Nachdem sie die Überreste ihres Huts abgesetzt hatte, starrte sie diese mit finsterer Miene an und klopfte dann den Schwelbrand aus.

»Senge einen Grasgnom an, und du sengst alle Grasgnome an«, fuhr er fort.

»Das lässt sich wahrscheinlich machen«, warnte ich.

»Das sind diese lupanischen imperialistischen Unterdrücker der friedliebenden bewusstdenkenden Wesenheiten«, sagte er, ohne auf meine Warnung zu achten.

Er zog seine Jacke aus und zog sie auf links. Das Futter war scheckig schwarz und grün und passte sich hervorragend dem Gras an.

»Lasst mich raten, Ihr habt mit den Brückentrollen gesprochen«, sagte ich, immer noch im Zweifel, ob es klug sei, sich wieder zu bewegen.

»Nee, ich kenne eine Wassernymphe – rein geschäftlich wohlgemerkt, wir tauschen nur einmal die Woche Fisch gegen Nüsse. Jedenfalls hat sie gesagt, die Brückentrolle hätten ihr erzählt, ein paar Wachtmeister hätten ein Auge auf diese Lupaner und würden sich um sie kümmern. Sie haben ihre Sache nicht sehr gut gemacht, oder?«

»Ihr meint den Angriff? Das waren Adlige, keine Wachtmeister.«

»Adlige?«

»Die gehören zu der Sorte, die beutelweise Gold hat und heldenhafte Taten auf dem Schlachtfeld vollbringt. Das ist die Methode der Weltenmutter, die Dummen auszumerzen.«

»Ich würde sagen, es ist an der Zeit, dass wir Grasgnome ein Bündnis mit euch Großen eingehen!«, verkündete er, legte dann seinen Speer auf den Boden, ließ die Hose herunter, und schwenkte seinen kleinen blassen Hintern in die ungefähre Richtung der Lupaner. »Verbrennt das, ihr Schweine.«

Wie gut die lupanischen Fernrohre auch waren, augenscheinlich konnten sie ein Ziel dieser Größe nicht erfassen.

Kein unsichtbarer Hitzestrahl verwandelte ihn in Asche und Rauch.

»Hört mal, ich glaube kaum, dass ihr Gnome etwas so Dummes vorhabt, wie ein paar Kaninchen zu satteln und im Sturmangriff über freies Feld auf die Lupaner loszugehen, oder?«

»Sehe ich dämlich aus? Wir führen unsere Kriege kammheimlich. Wir sind irgendwie, nun ja, dafür gebaut.«

»Ich glaube, Ihr meint klammheimlich, aber... hört mal, wenn Ihr wirklich etwas bewirken wollt, könntet Ihr die Lupaner ausspionieren und uns dann berichten, was sie machen.«

»Genau das hatte ich vor.«

»Ich habe einen Mann aus der Grube klettern und zum Bach rennen sehen, als die Adligen angriffen. Vielleicht ist er noch am Leben, und wenn ja, hat er die Lupaner und ihre Waffen schon einen ganzen Tag lang beobachtet. Könnt Ihr den Wassernymphen sagen, sie sollen den Brückentrollen ausrichten, dass ich gerne mit ihm reden würde?«

»Ist so gut wie erledigt!«, verkündete er mit einem zackigen Salut. »Ich heiße übrigens Solonor.«

»Inspektor Danol von der Wanderpolizei«, krächzte ich meine Antwort. »Habt Ihr gesehen, wo mein Fernrohr gelandet ist?«

»Fernrohr?«

»Ein Rohr mit Glasteilen an beiden Enden.«

»Ach, das. Ist auf der Ostseite des Buckels gelandet, sicher und unbeschadet.«

»Gut, es kostet nämlich einen Monatssold.«

»Hört mal, es geht mich zwar nichts an und so, aber wollt Ihr den ganzen Tag hier liegen?«

»Ja! Bis nach Sonnenuntergang, wenn es dunkel ist.«

»Warum?«

»Weil die Lupaner mich noch sehen können und ich neunmal größer bin als ein Gnom, du Winzling! Die Lupaner können ihren Hitzestrahl sehr viel schneller bewegen, als ich rennen kann!«

»Schon gut, ich seh's ja ein. Kein Grund, persönlich zu werden.«

Nachdem das zweite Massaker ungefähr fünf Minuten nach Sonnenaufgang stattgefunden hatte, war ich mit der Aussicht konfrontiert, den ganzen Tag hier zu liegen. Es wurde ziemlich warm auf der Kuppe des Glatzenhügels, und dass ich mit Fetzen halb verkohlten, explodierten Pferdes bedeckt war, machte die Sache nicht angenehmer. Die Fliegen dagegen schienen ziemlich begeistert zu sein. Positiv gesehen schützte die ganze Schmiere mein Gesicht vor Sonnenbrand, während ich Stunde um Stunde dalag. Der Gnom kehrte zurück und bot mir aus einem Wasserschlauch, der aus dem Fell einer Feldmaus gemacht war, einen Schluck zu trinken an. Er berichtete, dass der von den Lupanern Geflohene sich in den Händen der Brückentrolle befand und sehr langsam den Bach entlangtransportiert wurde.

»Euch muss ziemlich heiß sein«, kommentierte der Gnom gegen Mittag.

»Wie kommt Ihr auf die Idee?«, murmelte ich.

»Ihr habt siebenunddreißig Wasserschläuche in sechs Stunden getrunken. Glaubt Ihr wirklich, Ihr haltet noch aus, bis es dunkel wird?«

»Besser als die Millionstelsekunde, in der mich die Hitzewaffe erledigen würde.«

»Oh, ich verstehe. Hört mal, bleibt einfach da liegen, ich sehe mal, was ich für Euch tun kann.«

Nachdem er gegangen war, verlor ich jedes Zeitgefühl und ein- oder zweimal sogar das Bewusstsein. Ich erwachte von Wasser, das auf mein Gesicht tröpfelte.

»Aufwachen, aufwachen, die Lupaner werden gleich abgelenkt!«, piepste Solonor, als ich die Augen aufschlug.

»Ich bin wach«, ächzte ich.

»Könnt Ihr laufen?«

»Ich würde lieber keine Risiken eingehen, um das herauszufinden.«

»Also, wenn ich los sage, springt Ihr einfach auf und rennt den Hügel hinter Euch hinunter«, sagte er, während er ein Stück totes Streitross erklomm und über das Feld spähte.

»Was wollt Ihr machen?«

»Wir… Scheiße! Sie sind zu früh! Lauft! Rennt! Springt! Los, das war es!«

Ohne innezuhalten, um zu fragen, was *es* sein mochte, sprang ich auf, machte vornübergebeugt ein paar taumelnde Schritte und sprang dann in die Deckung des Hügels, während die Hitzewaffe aktiv wurde und die Reste des Streitrosses pulverisierte. Solonor stand neben mir und zeigte mir, wo das Fernrohr gelandet war.

»Was habt Ihr gemacht?«, fragte ich, als ich mich vergewisserte, dass ich noch lebte.

»Ach, wir haben ein paar Männer aus Stroh gemacht. Dann haben die Brückentrolle sie am Bach entlang zur Grube gezogen und sie aus der Deckung der Uferböschung an Stöcken in die Höhe gehalten.«

»Gut zu hören, dass niemand zu Schaden gekommen ist«, sagte ich, während ich mir geronnenes Pferdeblut und Dreck vom Gesicht kratzte. »Es gibt eine Menge Menschen die noch etwas von Euch lernen können.«

Ich trank gerade aus dem Bach, als sich mir zwei schlammige Brückentrolle, sechs Grasgnome und eine splitternackte Wassernymphe näherten. Einen Moment ging mir der Gedanke durch den Kopf, dass die schleimig aussehenden Brückentrolle stromaufwärts in dem Wasser lebten, das ich gerade trank. Diesen Gedanken weiterzuverfolgen, hätte allerdings bedeutet, sich zu übergeben, und ich war viel zu ausgedörrt, um mir das leisten zu können. Ein schlammverkrusteter Jugendlicher ging zwischen den Trollen. Bei genauerem Hinsehen erkannte ich, dass er nicht wirklich ging. Jeder Troll hielt ihn mit einer Hand am Oberarm, und seine Füße baumelten ein paar Fingerbreit über dem Boden.

»Das ist meine, äh, Handelspartnerin Slivisselly«, stellte Solonor ein wenig verlegen die Wassernymphe vor.

Sie war vielleicht drei Fingerbreit größer als er, und ich hätte sie sehr verlockend gefunden, wäre ich etwa neunmal kleiner gewesen. Ein Gnom mit einer blauen Tönung im Bart sah Solonor stirnrunzelnd an, sagte aber nichts.

»Geschätzter und gutaussehender Held der Wanderpolizei, wir bringen Euch diesen vor der Unterdrückung des herrschenden lupanischen Establishments Geflohenen«, sagte die Nymphe mit einer Geste auf den jungen Mann zwischen den Brückentrollen.

Ihr Körper bewegte sich auf alarmierend anzügliche Art. Ich schüttelte den Kopf und versuchte mich auf die Trolle und ihren Gefangenen zu konzentrieren. Einer der Trolle, die ihn festhielten, räusperte sich jetzt.

»Ja, wir haben einen aus, äh, Eurem friedensliebenden Volk mitgebracht, der vor den, äh…«

Ein Troll mit massiven behaarten Schultern flüsterte ihm etwas zu.

»Danke, Schwester. Ja, äh, vor den imperialistischen Zauberern des lupanischen Establishments fliehen wollte.«

Der Flüchtling wurde abgestellt. Seine Augen waren vor Entsetzen geweitet, und er unternahm keinen Versuch, sich zu bewegen. Der offenkundig weibliche Troll flüsterte noch etwas.

»Können wir eine Quittung haben?«, fragte der Trollsprecher.

»Ich stelle eine aus«, sagte ich, während ich unter dem Kettenpanzer nach meinem Schreibzeug tastete und auf ein Knie sank.

»Und warum habt Ihr einen Schlüpfer im Gürtel und ein Geschirrtuch um den Arm?«

»Eine Zurschaustellung kultureller Solidarität mit meinen Beratern in ätherischer Bildung«, erklärte ich müde und mit einigermaßen ernstem Gesichtsausdruck. Dann stand ich auf und überreichte dem Troll die Quittung.

Der Jugendliche wurde vorwärtsgeschoben.

»Keine Angst, mein Junge, niemand tut dir etwas«, sagte ich fröhlich. »Wie heißt du?«

Er zog ein nasses, schmutziges Buch aus einem Beutel am Gürtel und öffnete es. Er verbeugte sich und zeigte auf ein paar handgeschriebene Zeilen und ein Symbol.

»*Menni gil trekkit pores*«, verkündete er und fügte dann hinzu: »Azorian.«

»Ein Ausländer mit einem Buch voller Redewendungen!« Ich seufzte. »Zeig mal her.«

Die Sprache in dem Buch war nicht Alberinisch und tatsächlich auch keine andere Sprache, die ich beherrschte. Durch Gesten und Zeichensprache bekam ich heraus, dass er unverletzt war, dann gab ich ihm Brot und Käse zu essen und brachte ihn dazu, mir zu folgen, als ich mich zu Fuß nach Gatrov aufmachte. Nach ungefähr hundert Schritten piepste eine Stimme hinter mir.

»Das war's, mein Junge, folge einfach dem Inspektor.«

Ich drehte mich um und blieb stehen. Solonor hockte auf der Schulter des Azorianers.

»Solltet Ihr nicht da hinten sein und Gnome zusammenrufen oder irgendwas?«, fragte ich.

»Äh, meine Frau ist, naja, irgendwie etwas unvernünftig, wegen meiner Handelspartnerin.«

Erst jetzt fiel mir auf, dass er plötzlich ein zugeschwollenes Auge hatte.

»Eure Frau? Aber ich habe keine Frauen gesehen – das heißt, jedenfalls keine weiblichen Gnome.«

»Natürlich waren da welche! Das sind die, deren Bärte lavendel gefärbt sind oder wie die Modefarbe diesen Monat heißt. Es gibt keine männlichen Gnome, die sich den Bart färben... oder zumindest keine, über die wir gerne reden würden.«

»Also... Slivisselly mag ihre Liebhaber gern klein und muskulös?«

»Jetzt fangt *Ihr* nicht auch noch an! Hört her, Inspektor, besteht vielleicht die Möglichkeit als, äh, Verbindungsgnom bei der Wanderpolizei zu arbeiten? Auf dem Glatzenbuckel ist die Lage für mich seit ungefähr drei Minuten etwas unangenehm.«

»Wollt Ihr damit sagen, dass Ihr Eure Frau mehr fürchtet als die Lupaner?«

»Mit den Lupanern bin ich nicht verheiratet. Was sagt Ihr?«

»Tja, warum nicht, kommt mit. Die Wanderpolizei ist voll von Leuten wie Euch.«

Ich blieb stehen, öffnete meinen Gürtel, bückte mich und schüttelte mich aus einem Kettenhemd, das zu kaufen mich mit dem Sold eines Inspektors über zehn Jahre Abzahlung gekostet hätte. Ich ließ das Hemd liegen, wo es hingefallen war, dann nahm ich das Geschirrtuch und den Schlüpfer und stopfte beides, bevor wir weitergingen, in meine Berichttasche.

»Werdet Ihr dieses Kettenhemd nicht brauchen?«, fragte der Gnom.

»Wofür?«

»Zum Schutz vor der lupanischen Hitze... oh. Ich verstehe.«

Hundert Schritte weiter schnallte ich die Beinschienen ab und ließ sie ebenfalls liegen.

Wir brauchten drei Stunden bis nach Gatrov, da wir auf allen vieren über freie Felder krochen, im Wald von Baum zu Baum rannten und ständig Ausschau nach allem hielten, was auch nur entfernte Ähnlichkeit mit einem Tentakel hatte. Es war früher Abend, als ich die Stadt erreichte, und der Himmel zog sich zu. Kurz darauf erfuhr ich, dass Hallands Flammenwerferangriff auf den zweiten Zylinder erfolgreich gewesen war. Brennendes Höllenfeueröl war in die Luke geströmt, sobald sie sich geöffnet hatte, und was immer sich auch darin befunden hatte, es war binnen Sekunden gebraten worden.

Ich stieß zufällig auf Riellen, die vor einer Menge eine Rede über Freiheit, Unterdrückung, Elektokratie, billiges Ale für die Landbevölkerung und imperialistische monarchistische Zaubererlakaien des tyrannischen lupanischen Establishments hielt. Ich unterbrach die Veranstaltung, übergab den Azorianer und den ehebrecherischen Gnom ihrer Obhut, trug ihr auf, dem Milizenkommandant zu melden, ich sei mit einem Bericht unterwegs zu ihm, und eilte dann weiter zu Norellies Haus. An der Tür hing eine Bekanntmachung von Halland, die besagte, alle etwaigen Fragen hinsichtlich der Ausübung von Zauberei in Bezug auf Norellie seien vor der Ergreifung von irgendwie gearteten Maßnahmen zunächst ihm vorzulegen. Ich klopfte.

Norellie öffnete die Tür. Mervielle und Lavenci waren noch bei ihr. Die Schankmaid schrie auf, als sie mich erblickte, schwankte, als wolle sie in Ohnmacht fallen, fasste sich dann wieder, warf mir die Arme um den Hals und hätte mich beinah hochgehoben.

»Ihr müsstet tot sein!«, rief Norellie und stampfte mit dem Fuß auf. »Ich habe heute Morgen für Euch das Ritual der Seelenentlassung vollzogen.«

»Ich habe vor Morgengrauen eine Kerze für Euch im Fortunaschrein angezündet«, sagte Lavenci, die ein wenig verärgert aussah. »Hat mich fünf Peons gekostet.«

»Ich, äh, danke Euch. Aber woher wusstet Ihr von der Schlacht?«

Norellie erklärte es eiligst. Ein paar Bauern aus Glatzenbuckelweiler hatten sich etwas weiter entfernt versteckt und den Sturmangriff des Barons beobachtet, in der Hoffnung auf kostenlose Unterhaltung. Gesehen hatten sie die Auslöschung des Barons und hundertzwanzig der besten Kavalleristen des Reiches in drei bis fünf Sekunden. Vollkommen verängstigt waren die Bauern an ihrem Weiler vorbei geradewegs nach Gatrov geflohen, wobei sie den größten Teil des Weges im Dauerlauf zurücklegten. Sie hatten das Schicksal des Barons und seiner Männer im Hauptquartier der Miliz gemeldet.

»Sie haben gesagt, die Einheit wäre ausradiert worden!«, schloss Norellie.

Ich zwang ein selbstzufriedenes Lächeln auf mein Gesicht. »Ich hatte mich zum Chronisten ernannt und war gezwungen, von einem sicheren, weiter entfernten Platz zuzuschauen.«

»Ich hätte wissen müssen, dass Ihr nicht dumm genug sein würdet, verbrannten Schweinespeck aus Euch machen zu lassen«, sagte Lavenci. »Ich…«

Im Nordosten brach eine grüne Sternschnuppe durch die Wolkendecke und zog eine feurige Linie über den Himmel.

»Noch eins«, sagte Norellie.

»Wenigstens wissen wir jetzt, dass sie gebraten werden können, wenn sie die Zylinder das erste Mal öffnen«, sagte ich, ein wenig unglücklich über die Aussicht, beim Kochen helfen zu müssen. Innerlich hatte ich mich allerdings bereits damit abgefunden.

»Der Kommandant sagt, Herzog Lestor sei gerade aus der nächsten Provinz flussabwärts mit sechs Flussgaleeren voll Flussmilizen eingetroffen«, sagte Norellie. »Wahrscheinlich wird er den Angriff führen.«

»Also keine Arbeit für mich, so dass ich die hier nicht brauchen werde«, sagte ich mit einiger Erleichterung, als ich Schlüpfer und Geschirrtuch zurückgab. »Ich fürchte, ich habe in Eurem Namen keine Siege errungen.«

»Der ist blutverschmiert!«, rief Norellie, während sie ihren Schlüpfer ins Lampenlicht hielt.

»Das meiste davon gehört nicht mir. Nun denn, Zeit für einen Bericht bei der Miliz.«

»Und Zeit für mich, mich bei vielen, vielen Göttern für Eure sichere Rückkehr zu bedanken«, sagte Mervielle.

»Die wahrscheinlich nicht geholfen haben«, sagte Norellie.

»Und wahrscheinlich nicht existieren«, fügte Lavenci hinzu.

»Milady Lavenci, würdet Ihr bitte mitkommen und Eure Berechnungen der Hitzewaffe erläutern?«, sagte ich mit einer Geste in Richtung des Hauptquartiers der Miliz.

»Niemand außer Euch wird sie verstehen, Inspektor.«

»Ihr schmeichelt mir, Milady.«

Lavenci und ich eilten zum Hauptquartier der Miliz und tauschten uns unterwegs über unsere Beobachtungen lupanischer Zauber und Wissenschaften aus. Riellen wartete bei unserer Ankunft neben der Eingangstür. Mein Bericht über die Katastrophe am Glatzenbuckel war zwar nicht der erste, den der Kommandant hörte, aber ich war näher daran gewesen als sonst jemand. Beim Betreten des Präsidiums stellte ich fest, dass Herzog Lestor anwesend war. Er war aus Siranta gekommen, der nächsten größeren Stadt den Alber hinab. Die Baronin war noch vor dem Mittag nach Alberin geflohen, kaum dass sie die Nachricht von der Niederlage ihres Gatten erreicht hatte. In Siranta war sie gerade lange genug geblieben, um dem Herzog die Geschehnisse zu berichten. Er hatte sofort entschieden, eine kleine Streitmacht zusammenzustellen und den Lupanern beizubringen, dass man keinen Krieg begann, ohne zuvor angemessene diplomatische Beleidigungen auszutauschen.

Da er sechs Flussgaleeren und viermal mehr Kämpfer als die Miliz von Gatrov hatte, war der Herzog der Ansicht, er müsse das Kommando über alle Angriffe auf die Lupaner haben. Halland hatte daher sich und seine Männer dem Herzog unterstellt. Der Herzog hatte sein Hauptquartier im Präsidium aufgeschlagen und bündelte die verschiedenen Berichte über die Ereignisse, als ich eintraf. Ich wurde ihm vorgeführt und erstattete so rasch und zusammenhängend Bericht, wie es mir möglich war. Einzelheiten wie Norellies Schlüpfer, Mervielles Geschirrtuch und das Angebot einer Allianz seitens der Grasgnome ließ ich aus. Als ich fertig war, wurde mir gesagt, ich hätte meine Sache gut gemacht, dann führte man mich nach draußen und überreichte mir ein Mass Ale und ein Schinkenbrötchen. Dann traf Halland mit Neuigkeiten vom Wachturm ein. Seiner Schätzung nach war der dritte Zylinder ungefähr sieben Meilen weiter nördlich heruntergekommen, an einer Stelle, wo der Alber nah am Waingramwald entlangfloss. Der Herzog beschloss, einen Kriegsrat einzuberufen.

»Also, diese Lupaner sind zwar praktisch unüberwindlich, aber auch ein paar Augenblicke hilflos, wenn sich ihr Zylinder öffnet«, erklärte der Herzog seinem Kriegsrat, der aus sechs Flussvasallen, dem Bürgermeister von Gatrov, Halland, Lavenci und mir bestand.

»Aye, Milord, vielleicht für fünf Herzschläge, nachdem sich die Luke öffnet«, erklärte Halland.

»Und sie können mit einem Flammenwerfer und Höllenfeueröl durch einen einzigen Krieger getötet werden?«

»Ich habe drei Flammenwerfer eingesetzt, Milord.«

»Warum drei?«

»Für mehr war kein Platz vor der Luke.«

»Aber einer würde reichen?«

»Wahrscheinlich.«

»Wie schnell könnte ein Mann den Umgang mit einem Flammenwerfer erlernen?«

»Drei oder vier Stunden Unterweisung und Übung wären genug, aber wir haben reichlich ausgebildete und erfahrene…«

»Genug!«, blaffte der Herzog. »Ich fahre mit meiner Flotte flussaufwärts zu der Stelle, wo dieser Zylinder gelandet ist. Auf dem Weg dorthin werde ich mich im Umgang mit einem Flammenwerfer unterweisen lassen. Kommandant, Ihr werdet mir einen Mann überstellen, der an dem Angriff auf den zweiten Zylinder teilgenommen hat, natürlich nur als Ratgeber.«

Halland blickte plötzlich besorgt drein. Es war nichts Auffälliges, nur eine subtile Veränderung seiner Gesichtszüge, aber ich erkannte Besorgnis, wenn ich sie sah.

»Außerdem, Kommandant Halland, habe ich einen Plan, was die Lupaner aus dem ersten Zylinder betrifft«, fuhr der Herzog fort. »Inspektor Danolarian zufolge fließt dreißig Schritt entfernt von der Grube ein Bach. Der wird Euch die nötige Deckung geben, um jeden Bogenschützen und Milizsoldaten in der Stadt in Schussweite zu bringen. Aus dieser Deckung werden die Bogenschützen ein Sperrfeuer von Pfeilen legen, das alles aus Fleisch und Blut in der Grube durchbohren wird. Dann stürmen die Milizen die Grube mit Äxten und Speeren und bringen es zu Ende.«

»Ein kühner Plan«, sagte Halland, mit einem Gesichtsausdruck höflichen Interesses. »Mitten in der Nacht ausgeführt, könnte er funktionieren.«

»O nein, nein, nein, nein, Ihr *müsst* bei Tageslicht angreifen, darauf bestehe ich. Wir wollen doch nicht, dass uns bei Dunkelheit irgendwelche Lupaner entwischen, oder? Das wird wunderbar, du meine Güte, ich könnte Euch im Bericht an den Regenten namentlich erwähnen. Wer weiß, in ein, zwei Jahren seid Ihr vielleicht schon *Vasall* Halland.«

Kaum dass man uns hatte wegtreten lassen und wir das Präsidium hinter uns gelassen hatten, verfluchte Halland den jungen Adeligen und wünschte ihm eine Ewigkeit an einigen sehr heißen und unangenehmen Orten sowie eine Wiedergeburt als die verschiedensten Gegenstände reproduzierender Anatomie – bis ihm einfiel, dass Lavenci und Riellen bei uns waren und er anfing, sich vielmals zu entschuldigen.

»Das Leben auf der Straße hat mich mit den Redensarten der unterdrückten und nicht repräsentierten Bevölkerung bekannt gemacht«, verkündete Riellen.

»Ich hatte eine behütete Kindheit und muss meinen Wortschatz erweitern«, fügte Lavenci hinzu.

»Ist Herzog Lestor wirklich so dumm, wie er scheint?«, rief der Grasgnom aus Riellens Jackentasche.

Lavenci stieß einen Schrei aus, und Halland sprang zur Seite. Ich nahm Solonor von Riellen entgegen, stellte ihn allen vor und vereidigte ihn dann als Hilfswachtmeister der Wanderpolizei, bevor wir unseren Weg fortsetzten. Schließlich hatte er mir das Leben gerettet, und ich hatte das vage Gefühl, er könne als Spion gegen die Lupaner tatsächlich von Nutzen sein. Er war noch kleiner als Wallas und schien sehr viel tapferer zu sein.

»Der Plan des Herzogs ist so klar wie ein frisch geputztes Fenster«, tobte Halland plötzlich, der jetzt richtig loslegte, nachdem er seine Befehle gründlich überdacht hatte. »*Er* geht zum dritten Zylinder und brät ihn. In der Zwischenzeit werden *wir* von den Lupanern am ersten Zylinder gebraten, wenn wir am helllichten Tage angreifen. Dann behauptet er einfach, *er* hätte die Lupaner im zweiten und dritten Zylinder getötet.«

»Ein Lakai des Establishments!«, rief Riellen begeistert dazwischen.

»Aye, ein Unterdrücker aufrichtiger Unterschichtskrieger, die von der Entscheidungsfindung ausgeschlossen werden«, pflichtete Solonor bei, der jetzt auf Riellens Schulter saß.

»Aber der erste Zylinder muss zerstört werden«, stellte ich fest.

»Er ist eindeutig eine Gefahr«, rief der Grasgnom, während er mit den angekokelten Überresten seines Hutes winkte.

»Ja, Bruder Inspektor, aber was unternehmen wir gegen den ersten Zylinder?«, fragte Riellen.

»Ich nehme an, der Herzog befielt nach Eurem Tod einen Nachtangriff, Kommandant Halland«, spekulierte ich. »Er wird sagen, Euer Opfer hätte ihn gelehrt, nicht bei Tageslicht anzugreifen.«

»›Falls‹ ist das entscheidende Wort, Inspektor. Ich *werde* bei Tag angreifen, wie der Herzog befohlen hat, aber zuerst mache ich ein Feuer aus Stroh, Teer und Höllenfeueröl, und zwar so, dass der Wind einen Rauchvorhang zu den Lupanern weht. Statt der Bogenschützen nehme ich einen Trupp Milizen am Bach entlang mit zum ersten Zylinder, bewaffnet mit Flammenwerfern. Wenn der Wind beständig ist, wird der Rauch den Männern mit Speeren ermöglichen, lebend zum Grubenrand zu gelangen, und dann werden die Lupaner sehen, wie es ist, wenn man in einem Massaker auf der falschen Seite steht.«

»Der Herzog wäre hocherfreut«, sagte Solonor.

»Der Herzog? Pah!«, rief Halland. »Der Herzog *will*, dass wir sterben, verdammt. Seht Ihr das denn nicht? Er würde jeden Plan ablehnen, der aussieht, als könnten Wanderpolizisten oder Milizen dabei überleben, ihn aber selbst in die Tat umsetzen, sobald wir tot sind. Danol, Riellen, ich missachte bereits den direkten Befehl eines Adeligen, und dasselbe gilt für Sie, wenn Sie sich mit mir zusammentun. Wenn ich verliere, werden wir zu Asche und Rauch. Wenn ich gewinne, komme ich vors Kriegsgericht und werde gehängt. Sich auf meine Seite zu schlagen ist gefährlich.«

»Erst müssen sie uns erwischen«, sagte Solonor.

»Wir könnten ein Revolutionskomitee bilden und ihn seines Kommandos entheben«, schlug Riellen vor.

»*Nein*, das könnten wir *nicht*!«, sagte Halland mit Nachdruck. »Ich werde nicht die Herrscher und Adeligen meines Vaterlandes angreifen, auch wenn sie Idioten sind. Vielmehr werde ich den Befehlen eines Adeligen zum Wohl meines Vaterlandes nicht folgen.«

»Ich stehe zu Ihnen«, sagte ich entschlossen.

Riellen schaute einen Moment finster drein, während sie über ihre Möglichkeiten nachdachte.

»Ich bin damit einverstanden, mich mit Ihnen als Akt sozialer Gerechtigkeit zu verbünden anstatt zur Umsetzung revolutionärer Ideologie«, sagte sie mit nicht weniger Überzeugung als ich.

»Ich, äh, akzeptiere das«, sagte Halland zögernd. »Glaube ich.«

»Äh, soll ich ja sagen, Inspektor?«, fragte Solonor, und ich nickte.

»Wenn ich helfen kann, tue ich es«, sagte Lavenci.

»Was sollen wir also tun?«, fragte ich rasch, bevor sich wieder ein Streitgespräch entwickeln konnte.

»Sie fahren mit Ihrem Ponywagen und einem Flammenwerfer zum dritten Zylinder«, sagte Halland. »Ich kann einen Flammenwerfer requirieren, von dem der Herzog nichts weiß. Fahren Sie über Land, noch heute Nacht, verstecken Sie sich und warten Sie dort.«

»Und dann was?«

»Wenn der Herzog Mist baut, schreiten Sie ein und tun, was Sie können.«

»Aber der Herzog hat sechs Flussgaleeren voller Marinesoldaten«, erwiderte ich. »Sie zu überreden, Platz zu machen, könnte ein Problem werden.«

»Ich weiß, ich weiß, aber was soll ich machen? Ich kann meinen Milizen nicht befehlen, Sie zu begleiten und gegen Reichssoldaten zu kämpfen. Es sind patriotische Männer, und das wäre wie ein Bürgerkrieg.«

»Vielleicht kann ich helfen«, sagte Lavenci.

»Was? Wie?«, fragte Halland.

»Kommandant, ich war früher… mit Zauberei beschäftigt. Das heißt, vor den segensreichen Verboten gegen Magie und der glorreichen Inquisition. Ich weiß kaum etwas über den Kampf, aber ich kenne ein paar starke Zauber.«

»Feuerballzauber, die auch nur zwei oder drei Krieger fällen, würden Euch völlig erschöpfen«, sagte Halland.

»Aber ein richtig starker Helligkeitszauber würde die Männern des Herzogs für eine ganze Minute oder noch länger blenden«, sagte Lavenci.

Zum ersten Mal seit unserer Besprechung mit dem Herzog lächelte Kommandant Halland.

»Das könnte funktionieren, Milady. Das könnte tatsächlich funktionieren«, sagte er mit einem zögernden Nicken, als sträube er sich innerlich, gute Nachrichten zu akzeptieren.

»Nun denn, was können wir sonst noch zu unserem Vorteil ausnutzen?«, fragte ich. »Riellen, hatten Sie Erfolg bei Ihrer Unterhaltung mit dem Jungen aus Azorian, der einen Tag in der Grube des ersten Leerenschiffs verbracht hat?«

»Azorian ist sein Name, Herr Inspektor, nicht sein Heimatland. Ich glaube, dass er ein Student ist, der nach der Zerstörung Toreas hier gestrandet ist.«

Ich hatte bis zu meinem vierzehnten Lebensjahr in Torea gelebt und sprach fünf toreanische Sprachen fließend und hatte oberflächliche Kenntnisse in neun weiteren, aber seine Sprache kannte ich nicht. Andererseits war Torea ein großer Kontinent mit vielen Königreichen und Sprachen gewesen.

»In Alberin gibt es überlebende Priesterinnen der Metrologen aus Torea«, sagte ich. »Wenn – falls – wir die nächsten Stunden überleben, müssen Sie ihn dorthin bringen.«

»Warum nicht gleich, Herr Inspektor?«, fragte Riellen.

»Wenn die Angriffe auf den ersten und dritten Zylinder scheitern, will ich, dass Sie das im Hauptquartier der Wanderpolizei melden. Sie bleiben mit Azorian in Gatrov. Bis morgen Mittag müssten Sie wissen, was aus den Angriffen geworden ist, und danach nehmen Sie die erste Barke nach Alberin. Nehmen Sie Mervielle und Norellie mit – ach, und nüchtern Sie Roval aus, damit er Sie als zusätzlichen Schutz begleiten kann.«

»Was ist mit Wachtmeister Wallas, Herr Inspektor?«

»Auf Wachtmeister Wallas warten andere Pflichten.«

Riellen salutierte und ging dann mit Solonor davon. Halland, Lavenci und ich starrten ihr kopfschüttelnd hinterher.

»Bemerkenswertes Mädchen«, sagte Halland. »Können Sie sich darauf verlassen, dass sie das alles tut?«

»O ja, mir bereitet vielmehr Kopfschmerzen, dass sie wahrscheinlich noch viel mehr tut.«

»Die nächsten Stunden könnten schlimm werden«, sagte Lavenci.

»Wir haben immer noch Hoffnung«, erwiderte ich.

»Ich wäre glücklicher, wenn wir neben den Angreifern nicht auch noch gegen unsere eigenen idiotischen Adligen kämpfen müssten«, sagte Halland leise. »Wissen Sie, Inspektor, ich habe beinah den Eindruck, als könnte Riellen Recht damit haben, dass wir sie stürzen müssen.«

»Das ist immer und immer wieder versucht worden«, erwiderte ich. »Aber diejenigen, welche die Adeligen stürzen, enden immer selbst als adelig.«

»Muss es immer so sein?«

»Geben Sie mir ein vernünftiges alternatives System, Kommandant, und ich bin der Erste, der überläuft und mitmacht.«

»Nur, wenn Sie schneller überlaufen als ich, Inspektor«, sagte Halland. »Folgen Sie mir zur Rüstkammer. Der dortige Schmied ist vertrauenswürdig und hat genug Ersatzteile, um binnen ungefähr einer Stunde einen Flammenwerfer zusammenzubasteln. Danach liegt alles an Ihnen beiden.«

9

IM GEWITTER

Donner grollte in der Ferne, als Lavenci, Halland und ich zur Rüstkammer der Miliz gingen und dann weiter zu Norellies Haus. Unterwegs spekulierten wir darüber, ob es auf Lupan wohl Gewitter gab, denn wenn nicht, mochte uns das einen weiteren Vorteil verschaffen. Bei Norellie angekommen, erzählte ich der Heilerin, dass ich einen Angriff auf den dritten Zylinder unternehmen würde. Sie sank auf einen Hocker, nahm einen kleinen Krug mit starkem Wein von einem Regal in der Nähe, schnippte den Korken ins Feuer und trank ihn aus.

»Milady, ich bin bereit, Euch ebenfalls eine Erklärung *absalver ne trestipar* auszustellen, damit Ihr den Inspektor heute Nacht begleiten und einen Helligkeitszauber wirken könnt«, erbot sich Halland, während Lavenci ihm ihre Rolle mit Notizen gab.

»So dass Ihr die Strafe für jedes Verbrechen übernehmt, das ich vielleicht begehe?«

»Wenn Ihr erwischt werdet, ja«, sagte Halland. »Es geschieht alles im Dienste des Regenten.«

»Sozusagen«, fügte ich hinzu.

»Das ist sehr großzügig von Euch, Kommandant«, sagte Lavenci.

»Ich stelle die Erklärung sofort aus, wenn Madam Norellie Euch für vertrauenswürdig hält«, sagte Halland und setzte sich an den Tisch.

»Wenn *ich* sie für vertrauenswürdig halte?«, rief Norellie.

»Ich schätze Euch sehr, Madam. Es hat vielleicht nicht den Anschein, aber...«

»Ja, ja, schon gut. Nach allem, was ich über Milady weiß, missbraucht sie keiner Person Vertrauen.«

Während er schrieb, grollte der Donner draußen noch lauter. Ich bezeugte Hallands Unterschrift und gab Lavenci die Erklärung zu lesen.

»Gültig bis morgen Mittag«, stellte sie fest.

»Was der Inspektor und Ihr tun müsst, findet heute Nacht statt...«, begann Halland.

»Heute Nacht?«, rief Norellie. »Bei dem Regen? Wie viele Stunden wird das dauern?«

»Wenn alles gut geht, sind sie vielleicht in zwölf Stunden wieder in Gatrov.«

»In *zwölf* Stunden?«

»Es muss eine Tat vollbracht werden, die die Fähigkeiten sowohl eines Kriegers als auch einer Zauberin erforderlich macht.«

»Aber seht ihn Euch doch an!«, rief Norellie und zeigte auf mich. »Habt Ihr eine Ahnung, wie viel er in den vergangenen fünfzig Stunden durchgemacht hat? Zwei Kämpfe mit den Lupanern, eine ziemlich heftige Tavernenschlägerei, eine sehr ernste Migräne...«

»Ein halbes Dutzend von Riellens Reden«, fügte ich hinzu.

»Aber dieses Werk kann nur Danol vollbringen«, sagte Halland. »Der Inspektor hat zwei Begegnungen mit den Lupanern überlebt. Es gibt auf der ganzen Welt niemanden, der für diesen Angriff besser geeignet wäre.«

Das Gewitter stand beinah über uns, als wir zum *Barkenschifferfass* gingen, um unser Gepäck zu holen, und dann weiter zu dem Stall, wo mein gemieteter Ponywagen untergestellt war. Die Gewitterwolken hielten alles Licht von Miral und den Mondwelten ab. Nur ein paar öffentliche Laternen spendeten unterwegs ein wenig Licht. Nach einer weiteren halben Stunde war der hastig zusammengebaute Flammenwerfer sicher auf der Ladefläche des Karrens verstaut und unter einer Plane verborgen. Der Schmied legte noch ein paar Kavalleriearmbrüste samt Bolzen dazu, »für alle Fälle«. Dann machten wir uns auf, unsere Nachtsichtausrüstung zu holen. Halland fuhr, während Lavenci und ich hinten auf der Ladefläche saßen, so dass wir uns gerade nicht berührten. Trotz allem wollte ich noch in ihrer Nähe sein. Es war eine hoffnungslose Zuneigung und unerklärlich obendrein, aber es war eine Tatsache. Im Westen grollte der Donner mit zunehmender Häufigkeit, und in den Wolken flackerten Blitze.

»Es verspricht eine sehr unangenehme Nacht zu werden«, sagte ich unbehaglich.

»Für Pelmore ebenso wie für uns«, antwortete Lavenci. »Mittlerweile dürfte er verheiratet sein und jeden Moment seine Braut zu Bett bringen.«

»Zumindest wird er nicht im Freien sein«, sagte ich mit einem Blick zum Himmel.

»Da wären wir also. Eine einhändige Exzauberin und ein Inspektor der Wanderpolizei, gegen die Macht des Reiches einerseits und den unwiderstehlichen Hitzezauber der Lupaner andererseits. Bewaffnet mit zwei leichten Armbrüsten, einem Ponywagen und einem Flammenwerfer.«

»Und einem sprechenden Kater.«

»Einem sprechenden Kater?«

»Ja.«

»Ihr scherzt.«

»Ziemlich häufig, aber jetzt gerade nicht. Wallas ist wirklich ein sprechender Kater.«

Lavenci hielt sich die rechte Hand vor die Augen. »Ich bin sicher, er macht den entscheidenden Unterschied.«

»Den macht er tatsächlich. Wallas kann im Dunkeln sehen.«

Wallas war in der Taverne, wo ich ihn ursprünglich gelassen hatte, und badete in Gastfreundschaft, wie es nur eine Katze kann. Lavenci und ich ließen den Ponywagen und den Flammenwerfer bei Halland, traten ein und setzten uns an einen Tisch. Wallas lag auf dem Tresen und bemerkte uns sofort. Er stand auf, kam zu uns und sprang auf unseren Tisch.

»Miau?«, verkündete er unschuldig.

»Sprich Alberinisch, Wallas«, sagte ich leise. »Vasallin Lavenci weiß Bescheid.«

»Ah, die etwas zu wilde Adelige!«, entfuhr es Wallas. »Ich habe von der, äh, heroischen Rettung Eurer Ehre gehört, Milady. Seid Ihr bereits eine Liaison leidenschaftlicher Dankbarkeit mit dem Inspektor eingegangen?«

»Drei Sätze, und schon habe ich eine Abneigung gegen ihn«, erwiderte Lavenci und funkelte Wallas an.

»Lavenci und ich sind ein Bündnis eingegangen«, sagte ich hastig. »Wir beabsichtigen, heute Nacht die Lupaner im dritten Zylinder anzugreifen – das heißt, nachdem wir den Herzog und seine Marinesoldaten losgeworden sind.«

Wallas fiel rücklings auf den Tisch, jaulte förmlich vor Lachen und strampelte mit den Beinen in der Luft.

»Ihr zwei allein gegen eine Flotte Flussgaleeren voller Marinesoldaten, von den tödlichen Lupanern ganz zu schweigen.«

»Nun, ja, du schätzt uns ganz richtig ein.«

»Lächerlich!«, lachte er, indem er sich wieder aufrichtete. »Außerdem steht uns noch ein Gewitter bevor. Ihr zwei werdet in der Dunkelheit nichts sehen können und außerdem noch nass.«

»In der Tat, Miral und die Mondwelten sind von Wolken verdeckt. Und da kommst du ins Spiel.«

Wallas schrak zusammen, dann schlugen seine Beine einen hektischen Wirbel auf der glatten Tischplatte, um sich umzudrehen und vom Tisch zu springen, doch meine Hand schoss vor und packte ihn am Nackenfell.

»Wallas, alter Racker, wie geht's denn so?«, fragte ich fröhlich.

»Mord! Ketzerei! Hochverrat! Vergewaltigung!«, jaulte Wallas sofort, was ihm die Aufmerksamkeit sämtlicher Tavernengäste sicherte.

»Wanderpolizei!«, verkündete ich und hielt mein Abzeichen in die Höhe, während Lavenci das strampelnde Bündel aus Fell, Krallen und Reißzähnen in ihren Umhang wickelte. »Dieser Kater ist unter dem Verdacht festgenommen, ein verkleideter Zauberer zu sein.«

Zu meinem Glück sind Tavernen Orte, wo die Leute in der Regel schon einiges getrunken haben. Mit der Festnahme eines übergewichtigen sprechenden Katers konfrontiert, nahmen die meisten an, sie seien schon zu lange in der Taverne und hätten viel zu viel getrunken.

»Aber ist das nicht *Euer* Kater?«, rief eine der Schankmaiden, die sich um Wallas gekümmert hatte.

»Er hat meinen richtigen Kater umgebracht und seinen Platz eingenommen, um mich auszuspionieren. Diese Dame gehört zur Inquisitionspolizei. Sie hat die Tarnung durchschaut.«

Dies schien den meisten Gästen Erklärung genug zu sein. Sie lächelten erleichtert und wandten sich wieder ihren Getränken zu. Die schockierten Schankmaiden hatten jedoch weiterhin die Augen beunruhigt aufgerissen. Ich fragte mich, was sie wohl mit Wallas angestellt hatten, was sie lieber unterlassen hätten, wäre ihnen schon klar gewesen, dass er etwas mehr war als ein schwarzer Kater mit einer Essstörung und einem Alkoholproblem. Wallas war jedoch niemand, der sich kampflos geschlagen gab.

»Miliz! Miliz! Holt die jaulrf...«

Ich hielt Wallas eine Hand vor den Mund. Er biss mir daraufhin in den Finger, aber das war ein geringer Preis dafür, ihn zum Schweigen gebracht zu haben. Mit dem sicher im Umhang verstauten Wallas im Arm eilten Lavenci und ich aus der Taverne. Halland wartete draußen mit einem Sack, in dem Wallas so eingebunden wurde, dass nur sein Kopf herausschaute.

Wir brachten Halland zu seinem Haus, das sich als winzige Einraum-Kate erwies.

»Klein für einen Mann meines Ranges, oder nicht?«, lachte er, als er vom Wagen sprang.

»Ich habe gehört, sie hätten eine Frau und drei Kinder, Kommandant«, erwiderte ich. »Es muss voll darin sein.«

»Sie wohnen in der Burg des Barons. Ich sehe sie einmal in der Woche oder so.«

»Also hat sich die Liebe ein wenig abgekühlt?«

»Es war eine arrangierte Heirat. Sie war die elfte Tochter eines sehr armen Vasallen und ich ein exilierter, entehrter Lanzenreiter in der Kavallerie des Barons. Der Baron... verlangte die Heirat. Ich wurde zum Kommandanten der Miliz über fünf freiwillige Speerträger und zwei Schützen ernannt – die sich dieselbe Armbrust teilten. In den letzten neun Jahren habe ich die Miliz zu dem gemacht, was sie heute ist. Also ist der Anreiz für mich gering, mich daheim aufzuhalten.«

»Also sind die Kinder...«, begann ich, bevor ich mich stoppen konnte.

»Es sind drei, und alle ähneln dem Baron«, sagte Halland ohne jede Bosheit. »Deswegen hat er die Heirat verlangt.«

»Oh!«, rief Lavenci. »Also muss, äh, Eure Frau wegen seines Todes, äh, ziemlich am Boden zerstört sein?«

»Am Boden zerstört, nein. Sehr verärgert, ja. Bis heute Morgen war sie die Lieblingskurtisane des Barons. Jetzt ist sie nur noch meine Frau – theoretisch. Tatsächlich hat meine Familie die Burg heute Morgen in Begleitung einer Eskorte von vier Lanzenreitern in Richtung Alberin verlassen – aber genug der geschmacklosen romantischen Farce. Viel Glück mit Zylinder drei, Freunde, und seid auf der Hut.«

»Mit etwas Glück könnte ein verirrter Armbrustbolzen den Herzog treffen und alle unsere Probleme lösen.«

»Mit etwas Glück könnte ich das überhört haben. Gute Reise, Inspektor.«

Große, aber nur vereinzelte Regentropfen fielen, als wir durch das Haupttor der Stadt fuhren. Bald rollten wir durch die Felder, dem Gewitter immer noch ein wenig voraus. Wallas' Aufgabe bestand mehr darin, uns auf der Straße zu halten, denn zu navigieren, denn obwohl er mehrere entschlossene Versuche unternahm, uns in die falsche Richtung zu führen, lagen die Blitze nur vielleicht eine halbe Minute auseinander und reichten zur Orientierung aus.

»Milady, Eure mathematischen Studien der lupanischen Hitzwaffe haben mich mit Bewunderung erfüllt«, sagte ich sehr plötzlich.

Soweit ich selbst wusste, hatte ich nicht einmal darüber nachgedacht, doch plötzlich hörte ich mich die Worte aussprechen.

»Herrje, Inspektor, danke, das bedeutet mir sehr viel«, erwiderte Lavenci, ohne eine Spur von etwas anderem als Aufrichtigkeit in ihrer Stimme.

»Ah, also gefällt es Euch, wegen Eures Intellekts bewundert zu werden?«

»Vielleicht, ich denke nicht darüber nach. Aber mir gefällt es auf jeden Fall, von intelligenten Männern wie Euch geschätzt zu werden.«

Das strapazierte mein Talent für bissige Antworten. Wieder wurde ich mit der deprimierenden Tatsache konfrontiert, dass ich sie mochte, obwohl sie mir wahrscheinlich etwas furchtbar Schmerzliches antun würde, und zwar mit Hilfe eines weniger intelligenten Mannes – wenn ich sie wieder an mich heranließ. Es war alles so ungerecht.

»Was glaubt Ihr, was die Lupaner hier wollen?«, fragte Lavenci schließlich.

»Wäre ich ein Lupaner, wäre ich nicht den ganzen Weg hierhergekommen, um mich in einer Grube zu verstecken«, erwiderte ich. »Sie müssen etwas haben, was Pferden und Rüstungen entspricht. Wenn sie diese Hitzewaffe transportieren können, sind wir in sehr ernsten Schwierigkeiten.«

»Aber warum sind sie hier?«, beharrte Lavenci.

»Warum fällt ein Herrscher in das Gebiet eines anderen ein?«, fragte ich. »Warum pissen Kater einander ins Revier?«

»So etwas tue ich nicht!«, rief Wallas, der jetzt eher wütend als ängstlich klang. »Ich gehe auf die Latrine wie richtige Leute. Ich muss kulturelle Verbindungen zu meiner wahren Spezies aufrechterhalten, wisst ihr?«

»Der Herzog ist zwei Stunden nach Sonnenuntergang mit seinen Flussgaleeren zum dritten Zylinder aufgebrochen«, fuhr ich fort. »Wir treffen später dort ein als er.«

»Und tun was?«, fragte Lavenci.

»Wir warten am Zylinder, bis er sich öffnet, wahrscheinlich kurz nach Morgengrauen. Alle Soldaten werden die Luke beobachten, während sie aufgeschraubt wird. Milady Lavenci, Ihr müsst den Helligkeitszauber direkt über der Luke wirken, und während sie geblendet sind, gehe ich an ihnen vorbei und verbrenne die Lupaner, bevor die ihre Waffen in Stellung bringen können. Anschließend steige ich wieder zu Euch auf den Wagen, und wir machen uns mit aller Hast davon.«

»Ich bin keine mächtige Zauberin, ich bin mehr eine Gelehrte«, sagte Lavenci ein wenig verlegen. »Der Zauber wird mich so sehr schwächen, dass ich noch Stunden später nicht mehr als ein paar Schritte laufen kann.«

»Wenn alles gut geht, werdet Ihr nicht viel laufen müssen.«

Wir fuhren durch ein Dorf, und ein Blitz beleuchtete kurz

ein Ortsschild, das ihm den Namen Thissendel gab. Wir fuhren weiter durch die Dunkelheit. Plötzlich hatte uns die Gewitterfront eingeholt, und der Regen trommelte auf uns herab. Lavenci hatte aber von Madame Norellie zwei Regencapes geborgt, also blieben wir einigermaßen trocken. Während wir im strömenden Regen den Waldrand umrundeten, flackerte alle fünf bis zehn Sekunden ein Blitz am Himmel. Wallas beklagte sich ununterbrochen.

»Ich habe in den beiden letzten Nächten durchschnittlich drei Stunden geschlafen«, schrie ich zurück. »Und ich habe den Verdacht, dass ich in dieser Nacht überhaupt nicht schlafen werde.«

»Ich könnte jetzt sicher und behütet in Norellies Haus schlafen«, sagte Lavenci, »und Ihr könntet wahrscheinlich sicher und behütet in Mervielles Bett schlafen, Inspektor. Ist Euch eigentlich klar, dass sie Norellie nur geholfen hat, damit sie Euch wiedersehen konnte?«

»Wer ist Mervielle?«, fragte Wallas.

»Ein ziemlich freundliches Frauenzimmer«, erwiderte ich.

»Mein Typ?«

»Wenn du kein Kater wärst, vielleicht.«

»Das war unangebracht. Also sind Sie und Milady Lavenci nicht, äh…«

»Unsere Beziehung ist rein geschäftlicher Natur«, erwiderte Lavenci tonlos.

»Ach, Ihr meint, er muss zuerst bezahlen?«, fragte Wallas.

»Wie würde dir ein Flug halb über den Alber gefallen?«, fragte ich.

»Mit einem halben Ziegelstein an den Schwanz gebunden?«, fügte Lavenci hinzu.

»Ich wechsle nur ungern das Thema, aber ich sehe den Schein von Laternen vor uns«, sagte Wallas. »Ich glaube, dass wir am dritten Zylinder angekommen sind und der Herzog tatsächlich vor uns eingetroffen ist.«

In diesem Augenblick tauchte ein längerer Blitz die Landschaft in einen violetten Schein. Etwas brach vor uns aus dem Wald, ein Albtraum, wie ich in meinem ganzen Leben noch keinen erlebt hatte. Das Ding war ungefähr so hoch wie Gatrovs Wachturm. Man stelle sich einen zehn Fuß hohen Kampfhelm vor, der durch ein komplexes Gitterwerk mit vielen Gelenken mit einem zweiten Helm darunter verbunden ist, was wiederum von drei Gitterwerkbeinen getragen wird. Jedes Gelenk leuchtete in knisterndem violettem Feuer. Das gesamte Ding musste hundert Fuß hoch sein, und ich sah auch Tentakel, die eine leuchtende Kugel hielten, bei der es sich um die Hitzewaffe handelte.

»Eine verfluchte Riesenspinne mit Tentakeln und Helm direkt voraus!«, kreischte Wallas. »Schlage Ausweichen vor!«

»Hättet Ihr gern den Beutel mit den Armbrüsten?«, fragte Lavenci, deren Kampferfahrung so begrenzt war, dass sie nicht zwischen einer vagen Bedrohung und einer geisttötend überwältigenden Gefahr unterscheiden konnte.

Der nächste Blitz beleuchtete das Absenken des enormen Gitterwerkbeins eines zweiten Turms keine dreißig Fuß vor uns und mitten auf der Straße. Anscheinend wies mein Unterbewusstsein meine Reflexe an, eine Hand voll von Lavencis Kleidung zu packen und sie mit mir vom Wagen zu zerren, als ich absprang, das dies unter den gegebenen Umständen das Vernünftigste sei. Sie schrie bei meiner Berührung vor Schmerzen, und mit ihr kamen die beiden Säcke mit Wallas und den Armbrüsten. Unsere Landung wurde durch eine tiefe Pfütze gemildert. Ich schnappte nach Luft, schluckte Wasser, tauchte auf und hörte das Klappern des Wagens, der weiterrollte, da das Pony das Turmbein vor uns nicht gesehen zu haben schien. Ein halbes Dutzend Herzschläge später erblickte die den Turm beherrschende Intelligenz – die offenbar in der Dunkelheit sehen konnte – unseren Karren, entschied, dass er eine Bedrohung war, und beschoss ihn mit der Hitzewaffe. Das Höllenfeueröl für den Flammenwerfer explodierte in einem ziemlich beeindruckenden Feuerball.

»Scheiß mich ein«, verkündete Wallas irgendwo in der nassen Dunkelheit.

»Scheiß dich selber ein«, erwiderte ich, während ich mich duckte.

»Schon passiert.«

»Milady, alles in Ordnung?«, rief ich über das Prasseln des Regens.

»Mein rechtes Knie tut weh und meine linke Hand noch mehr«, berichtete Lavenci nicht weit entfernt. »Inspektor, Ihr habt nichts von riesigen wandernden Türmen gesagt.«

»Die sehe ich selbst zum ersten Mal«, erwiderte ich.

»Mein Fell ist nass, ich bin bis zu den Eiern im Wasser und ich glaube, ich habe eine gebrochene Rippe!«, sagte Wallas. »Kann ich nicht endlich aus diesem verdammten Sack heraus?«

»Nein!«, zischte ich. »Du würdest davonjagen wie eine Katze, die sich verbrüht hat.«

»Wir liegen in eisigem Regen in einer großen Wasserpfütze, und Sie reden von Verbrühen?«

»Erreg die Aufmerksamkeit dieser Türme, dann bist du bald mehr als verbrüht.«

Das Pony war tot, da der Hitzezauber es aufgeschlitzt und zum Platzen gebracht hatte. Das sah ich im Schein des brennenden Karrens, der immer noch mehr oder weniger an die Reste angeschirrt war. Wir waren nur etwa eine Viertelmeile vom dritten Zylinder entfernt, und ich brauchte keinen Blitz, um die Feuerbälle zu sehen, die in den Himmel wallten, als die beiden dreibeinigen Türme die Flammenwerfer des Herzogs auslöschten. Seine Flussgaleeren und Marinesoldaten ereilte rasch das gleiche Schicksal.

Wir ergriffen die Gelegenheit, aus der Pfütze und in den relativen Schutz einer kleinen Baumgruppe am Waldrand zu kriechen. Von dort sahen wir, dass ein Dreibein über der Grube mit dem dritten Zylinder stand und mit einem durchdringenden grünen Licht hineinleuchtete, während das andere wachsam umherschritt und ab und zu einen überlebenden Marinesoldaten mit dem Hitzestrahl briet.

»Das Ding scheint mit seinen Tentakeln in die Grube zu greifen«, sagte Lavenci.

»Vielleicht hilft es den Neuankömmlingen, ihre Luke schneller zu öffnen«, mutmaßte ich – korrekt, wie sich herausstellte. »Der Regen scheint auf sie keine Auswirkungen zu haben.«

»Wie können sie so große Türme mitgebracht haben?«, fragte Lavenci. »Ich kann mir nicht vorstellen, dass die in den Zylinder gepasst haben.«

Ich dachte über unsere Lage nach. Der Angriff war wegen der Türme gescheitert, bevor er begonnen hatte, aber es war immer noch möglich, etwas Nützliches zu tun, indem wir herausfanden, woher die Türme kamen. Ich ließ die Katze Wallas aus dem Sack.

»Lavenci, Wallas, da drüben ist ein halb umgestürzter Baumstamm. Den können wir als Schutz benutzen.«

Der breite Stamm hielt den größten Teil des Regens ab, aber die Sicht war nicht besser. Licht, Rauch, Geklirr und Geheul waren alles, was wir von den Lupanern wahrnehmen konnten, und das verriet uns sehr wenig.

»Ich kann nicht sehen, was vorgeht«, sagte ich, während ich angestrengt durch das Fernrohr in die Dunkelheit starrte.

»An den Rand der Grube zu kriechen, wäre Selbstmord«, sagte Lavenci.

»Aber eine Katze bemerken sie vielleicht nicht...«, begann ich.

»*Nein!*«, schnauzte Wallas. »Unter *gar* keinen Umständen.«

»Dann mache ich es«, entschied ich.

»Nach allem, was wir gerade erlebt und durchgemacht haben, wollt Ihr näher heran?«, antwortete Lavenci.

»Er ist ein Held, die machen solche Sachen«, sagte Wallas. »Ich ziehe die Feigheit vor, weil es offensichtlich ist, dass ein lebender Feigling ein besserer Bettgefährte ist als ein toter Held... au!«

Das grüne Licht des Turms beleuchtete meinen Weg, als ich zwischen die Bäume glitt. Der Waldrand kam dem dritten Zylinder vielleicht bis auf zweihundert Schritte nah, und dort kletterte ich zur besseren Übersicht auf einen Baum. Die Rinde war im Regen nass und glitschig, aber es war immer noch besser, als sich der Grube über offenes Gelände zu nähern. Beim Klettern sah ich einen verirrten Armbrustbolzen im Stamm. Die Marinesoldaten hatten sich gewehrt, so viel war klar. Die Sicht durch mein Fernrohr war tatsächlich so gut, wie ich gehofft hatte.

Als Erstes fiel mir auf, dass nicht weit vom Zylinder ein geisterhafter Zauber in Gestalt einer Turmabdeckung in der Luft schwebte. Darunter befand sich eine Pfütze aus geschmolzener Erde, augenscheinlich durch einen Hitzezauber aus dem Zylinder geschmolzen. Andere magische Zauber flackerten in der Grube, die alle lange leuchtende Netze und Fasern hinter sich herzogen. Nachdem ich deren Treiben eine Weile beobachtet hatte, ging mir auf, dass die Fasern aus geschmolzener Erde bestanden und zu einem dritten Turm verwoben wurden. Die Lupaner hatten ihre Türme nicht durch die Leere geflogen, sie sponnen sie aus der Erde der angegriffenen Welt. Darüber dachte ich lange und intensiv nach, während ich in mein Regencape gehüllt im Baum hockte. Das Glas einer Flasche ist sehr hart, aber spröde. Wenn man geschmolzenes Glas zu einer langen Faser auseinanderzieht, wird es ziemlich biegsam. Vielleicht produzierte das Verweben von Glasfasern ein Material, das hart war, ohne spröde zu sein.

Ich verbrachte über drei Stunden in dem Baum. In dieser Zeit begannen die Lupaner mit dem Bau eines weiteren Turms, während dem dritten Beine wuchsen. Ich beschloss, nach unten zu klettern und zu Lavenci zurückzukehren, teils, weil ich nichts Neues mehr erfuhr und teils, weil ich beinah bewegungsunfähig steif gefroren war.

»Sie bauen zwei weitere Türme«, berichtete ich, als ich in den Schutz des halb umgestürzten Baumes zurückgekehrt war. »Wir sollten fliehen, solange sie beschäftigt sind und es noch dunkel ist.«

»Ihr erstes vernünftiges Wort in dieser Nacht«, brummte Wallas.

»Wie machen sie die Türme?«, fragte Lavenci.

»Soweit ich das erkennen kann, werden sie aus geschmolzenem Sand und Erdreich gesponnen. Das grüne Licht ist der Schein ihrer Fabrikationszauber.«

»Sie müssen am zweiten Zylinder vorbeigekommen sein und gesehen haben, was Hallands Flammenwerfer angerichtet haben«, sagte Lavenci. »Kein Wunder, dass sie etwas gereizt waren.«

»Und sie werden jetzt sicherlich dafür sorgen, dass immer ein Turm Wache steht, wenn die noch zu erwartenden Zylinder sich öffnen. Wir haben das Überraschungsmoment verloren, den einzigen Vorteil, den wir ihnen gegenüber hatten.«

»Aber auf unserer Welt gibt es auch mächtige Wesen«, sagte Lavenci. »Vielleicht können wir die Glasdrachen mobilisieren.«

»Dann sollten wir besser gleich damit anfangen. Der Regen scheint nachzulassen, also wird es Zeit, vorsichtig und verstohlen nach Gatrov zurückzukehren.«

Lavencis Knie schmerzte stark, aber ich konnte sie wegen des Blendwerks nicht tragen oder stützen. Ich improvisierte aber aus einem Ast eine Krücke, und damit konnte sie ein ganz passables Tempo anschlagen. Nach einer Meile stießen wir auf einen leeren Kuhstall am Waldrand. Er schien von einem Hitzestrahl getroffen worden zu sein, denn ein Teil des Dachs hatte Feuer gefangen und war eingestürzt. Die Wände waren jedoch aus Stein und noch mehr oder weniger intakt. Es bedurfte keiner großen Überredungskunst, um mich zu überzeugen, dort Rast zu machen, weil die Mauern den Wind abhielten und wir an der Glut unsere Kleider trocknen und uns wärmen konnten.

»Warum haben sie wohl einen Kuhstall angegriffen?«, fragte Wallas, während er sich ein warmes, geschütztes Plätzchen suchte. »Selbst ich habe mich noch nie durch eine Kuh bedroht gefühlt.«

»Er war ein Ziel, und ihnen war nach Schießen. Ich habe Lanzenreiter gesehen, die nur so zum Spaß die Schafe des Feindes aufgespießt haben, um die Kadaver verrottend liegen zu lassen.«

»Oh! Ich glaube nicht, dass sie irgendwelche Kühe abgeschlachtet haben, oder? Ich wurde vor dem Essen entführt.«

»Du kannst gerne suchen, Wallas. Ich lege Wert darauf, mich zu wärmen und zu trocknen.«

»Bei näherer Betrachtung...«, sagte Wallas gähnend.

Wallas rollte sich auf einem vom Feuer erwärmten Stein zusammen und war kurz darauf eingeschlafen. Lavenci und ich verbrachten den größten Teil der Nacht damit, dampfende Teile unserer Kleidung über die Glut der Dachbalken zu halten, und beim ersten Tageslicht waren wir wieder trocken, angezogen und zum Weitermarsch bereit. Mittlerweile hatten sich die Gewitterwolken verzogen und einen kristallklaren Himmel hinterlassen.

»Gatrov ist die einzige größere Stadt im Umkreis von dreißig Meilen, also werden die Türme dort sehr bald angreifen«, sagte ich, während wir uns marschbereit machten. »Wir müssen dorthin.«

»Sie wollen dahin gehen, wohin uns diese Dinger folgen?«, fragte Wallas.

»Ja. Die Bevölkerung muss gewarnt werden. Wir gehen nach Gatrov.«

»Nach allem, was Sie mir angetan haben, warum sollte ich?«

»Weil du eine Katze bist und dich meine Hand gerade im Genick gepackt hat, und weil ich eine Person bin, die eine sehr, sehr schlimme Nacht hatte und geneigt ist, es an *jedem* auszulassen, der mir komisch kommt.«

»Schon gut, schon gut, ich wollte nur wissen, wo ich stehe.«

»Wir können die Stadt sicher rechtzeitig warnen und evakuieren«, erklärte ich. »Die Lupaner im ersten Zylinder haben zwei Tage gebraucht, um ihre Kampftürme zu bauen, die aus dem zweiten Zylinder sind tot, also haben wir eineinhalb Tage, bis die Türme vom dritten Zylinder fertig sind. Meine Theorie ist, dass die beiden einsatzfähigen Türme Wache stehen werden, bis die nächsten beiden fertig sind.«

»Das klingt plausibel«, sagte Lavenci.

Die Theorie war sogar sehr plausibel, aber wie die meisten plausiblen Theorien war sie falsch. Die Türme hatten den dritten Zylinder nur wenige Stunden nach dessen Landung geöffnet und dann ihre Zauberkräfte mit denen der soeben gelandeten Lupaner vereint. Das hatte den Bauvorgang erheblich beschleunigt. Die Angreifer wussten jedenfalls, wie wichtig es war, einen Vorteil auszubauen und dem Feind keine Atempause zur Planung zu gönnen.

10
WAS ICH VON DER ZERSTÖRUNG GATROVS SAH

$\mathcal{E}$s war vielleicht eine Stunde nach Tagesanbruch, als Lavenci, Wallas und ich das Dorf Thissendel erreichten. Fast alle schliefen noch – leere Krüge, abgelegte Kleider und Fruchtbarkeitsamulette unter einem großen Festzelt ließen uns vermuten, dass es auf dem Dorfanger ein Fest zu Ehren der Weltmutter gegeben hatte. Nur die hingebungsvolleren Zecher waren wach. Wir versuchten, sie vor den schlechtgelaunten Lupanern und ihren mit Hitzezaubern bewaffneten hundert Fuß hohen laufenden Türmen aus gesponnenem Glas zu warnen, aber unser Publikum fragte nur, was wir getrunken hätten und ob noch etwas für sie übrig sei. Wir überließen das Dorf seinem Schicksal und eilten weiter.

»In Gatrov wird man uns kaum mehr Beachtung schenken«, stellte Wallas fest.

»Der Anführer der Miliz, Kommandant Halland, glaubt uns«, erwiderte ich. »Unsere Warnung wird laut verkündet, und alle, die vernünftig genug sind zu fliehen, werden zumindest Gelegenheit dazu bekommen.«

»Besonders *wir* sollten doch vernünftig genug sein zu fliehen, und was tun wir?«

»Wallas, sei dir sicher, dass ich gegen Mittag auf einer Barke nach Alberin oder auf einem Heuwagen in einen tiefen Wald unterwegs sein werde. Du kannst dich mir gerne anschließen, ebenso wie Ihr, Milady. Die Lupaner kommen erst in weiteren vierundzwanzig Stunden. Ich glaube – was ist das?«

»Die Lupaner?«, ächzten Wallas und Lavenci zusammen.

Nicht weit vor uns schritt ein Mann aus der Deckung eines Gebüsches und baute sich in der Mitte der Straße auf. Er hielt eine Axt kampfbereit.

»Lasst eure Börsen und Waffen fallen und kehrt um nach Thissendel«, befahl er. »Auf eure Herzen sind ein Dutzend Armbrüste gerichtet.«

»Pelmore, das ist Blödsinn, und das wissen wir ebenso gut wie Ihr«, erwiderte ich.

»Ihr!«, ächzte er, dann erkannte er Lavenci und wich langsam vor uns zurück, als wir uns ihm näherten.

»Sagt es mir nicht. Ihr verlasst Gatrov wegen der Demütigung bei Eurer Hochzeit«, sagte ich, während wir weiter vorrückten. »Und wolltet Euch unterwegs noch ein paar Gulden zusammenrauben.«

»Wenigstens könnt Ihr nicht mehr durch Verführung rauben«, fauchte Lavenci.

Pelmore schien zu dem Schluss zu gelangen, dass wir ihn nicht angreifen wollten. Er schob die Axt wieder in seinen Gürtel und blieb stehen.

»Also, wie ist die Hochzeit gelaufen?«, fragte ich strahlend. »War Euer Schatz überrascht über Eure, äh, Unzulänglichkeit?«

»Mein Schatz, die reine und makellose Maid vom Lande!«, rief Pelmore. »Pah!«

»Was wollt Ihr damit sagen?«, fragte ich, obwohl ich es mir lebhaft vorstellen konnte.

»Die Hochzeit war am Abend, und jede Markthändlerfamilie war da. Alles ging gut, bis... bis meine falsche wahre Liebe zu mir ins Bett kam. Sie, sie, sie...«

»Sie sagte Euch, die Erzählungen älterer und klügerer Frauen hätten sie etwas Gehaltvolleres erwarten lassen?«, mutmaßte ich.

»Sie hat gelacht. Gelacht! Ich habe versucht, ihr zu erklären, es wäre normal, aber sie…«

»War nur noch zu fünfundsiebzig Prozent jungfräulich und wusste es daher besser?«, fragte ich.

»Die schändliche Betrügerin.«

»Fünfzig Prozent?«

»Die dreckige kleine Dirne.«

»Fünfundzwanzig Prozent?«

»Die schamlose Schlampe!«

»Doch gewiss nicht null Prozent?«

»Sie hatte beim Anblick meines… Problems einen Lachanfall. Der hat ihr die Zunge gelockert, und dabei sind ihr einige beschämende Wahrheiten herausgerutscht.«

»Also hatte sie schon Erfahrung mit der Liebesausrüstung eines anderen?«, fragte ich. Ich gebe zu, ich begrüßte die kurze Ablenkung von Massakern, Hitzewaffen, riesigen dreibeinigen Kampftürmen und der Frage, wie man mordlustige lupanische Krieger einäscherte, bevor sie einem zuvorkamen.

»Eines halben Dutzends Anderer!«, schnauzte Pelmore. »Mindestens. Sie hat gesagt, deren… deren Anhängsel wären alle zehnmal beeindruckender gewesen. Sogar Horry Schnibbelflink hätte ein größeres.«

»Wer ist Horry Schnibbelflink?«, fragte Wallas, der auf meinem Rucksack saß und rückwärtsgewandt hielt.

»Ein dürrer Schneidergeselle, der weder tanzen noch ein Instrument spielen kann. Meine eigene wahre Liebe, keine Jungfrau! Und mit Schnibbelflink. Und fünf anderen! Aber nie mit mir!«

»Sie hat Euch nicht an Ihren Brunnen der Freude gelassen damit ihr sie heiratet.« Das war Wallas' Meinung. »Ein vernünftiger Bursche wäre zu leichteren Eroberungen übergegangen. Die Sturen sind die Mühe niemals wert.«

Lavenci verschränkte die Arme und starrte mit schmerzerfüllter Miene zu Boden. Die Parallelen zu den Vorfällen zwischen ihr und mir waren verletzend offensichtlich.

»Eure, ich, äh... die Katze da auf Eurem Rucksack!«, keuchte Pelmore.

»Ja?«, fragte ich.

»Sie hat gesprochen.«

»Na, Ihr hättet mich wohl kaum verstanden, wenn ich miaut hätte«, sagte Wallas glatt. »Aber fahrt doch bitte fort mit Eurer Geschichte.«

»Aber, aber...«

»Wallas ist wie Ihr mit einem Zauber belegt. In seinem Fall ist er jedoch ein wenig drastischer ausgefallen. Was ist also zur Bettzeit passiert?«

»Sie ist nach draußen auf die Feier gegangen und hat verkündet, sie würde mit einem Mann, dessen Schniedel wie eine halbe Walnuss aussehe, überhaupt nichts vollziehen.«

»Was habt Ihr gemacht?«, fragte ich.

»Ich konnte die Demütigung nicht ertragen, also habe ich mich angezogen, mir ihre Mitgiftsbörse geschnappt und mich durch das Fenster aus dem Staub gemacht.«

»Warum bin ich nicht überrascht?«, murmelte Lavenci.

»Aber ich habe inzwischen festgestellt, dass die Münzen der Mitgift alle aus Kupfer sind. Sie wurden mit Quecksilber eingerieben, um einen größeren Wert vorzutäuschen.«

»Tugend ist sich selbst Belohnung genug«, fügte ich hinzu. »Ein Jammer, dass Ihr keine habt.«

»Wann, o wann, wird dieser Fluch aufgehoben?«, jammerte Pelmore und hob die Hände zum Himmel.

»Heute Vormittag, wenn wir Gatrov erreichen und bei Norellie vorbeigehen«, sagte Lavenci.

»Aber sie braucht zuerst die Erlaubnis eines Feldmagistrats«, stellte Pelmore fest.

»Ich habe meine Ernennung zum Feldmagistrat vor drei Monaten erhalten«, erwiderte ich.

»Was? Warum habt Ihr das nicht gesagt?«, wollte Pelmore wissen. »Ich hätte die Hochzeit auf heute Abend verschieben können!«

»Aber ich wollte Euch demütigen, Pelmore, wie Ihr Milady Lavenci gedemütigt habt.«

»Ich danke Euch, Inspektor«, sagte Lavenci mit einem kleinen Knicks in meine Richtung.

»Also Pelmore, jetzt, wo die Waagschalen wieder im Gleichgewicht sind, können wir Madam Norellie reinen Tisch machen lassen«, schloss ich. »Dann können Milady und Ihr getrennte Wege gehen. Kommt mit uns zurück nach Gatrov.«

»Warum?«

»Vielleicht müsst Ihr für die Aufhebung des Blendwerks beide anwesend sein.«

»Ich kann nicht verstehen, warum Ihr Euch überhaupt von Norellie mit ihm habt verbinden lassen«, sagte Wallas, als wir unseren Weg nach Gatrov fortsetzten.

»Das habe ich ganz gewiss nicht getan!«, rief Lavenci.

»Und ich erst recht nicht!«, konterte Pelmore.

»Vier lupanische Kampftürme direkt hinter uns!«, jaulte Wallas plötzlich.

Ich fuhr so schnell herum, dass Wallas den Halt auf meinem Rucksack verlor und herunterfiel. Und tatsächlich waren in der Ferne vier der Albträume aus gesponnenem Glas zu sehen.

»Das kann nicht sein!«, rief ich. »Es dauert zwei Tage, sie zu bauen.«

»Ich zähle vier«, sagte Lavenci.

»Was bei allen Höllen sind das für Dinger?«, wollte Pelmore wissen.

»Die lupanische Version berittener Vasallen«, erwiderte ich, »aber anstatt auf einem Pferd zu reiten und eine Lanze zu benutzen, reiten sie hundert Fuß hohe Türme und spucken Feuer.«

»Ich schlage vor, wir verstecken uns«, sagte Wallas, der

wieder auf meinen Rucksack sprang, als ich mein Fernrohr ansetzte.

»Sie steuern Thissendel an«, sagte ich und spürte, wie sich in meinem Magen eine tiefe, kalte Grube auftat. Ich nahm meine Kavalleriearmbrust und spannte sie, dann richtete ich sie auf Pelmore. »Milady, von allen Männern könnt Ihr nur Pelmore anfassen. Er muss Euch tragen.«

»Der Tod ist mir lieber!«, schnauzte Lavenci.

»Das *ist* die Alternative. Pelmore, nehmt Lavenci auf den Rücken und lauft nach Gatrov.«

»Nein!«, rief Lavenci. »Ich humple oder ich sterbe.«

Pelmore lief los. Wallas rannte ebenfalls los und hatte ihn rasch überholt. Lavenci humpelte ihnen hinterher.

»Lauft zum Hafen, springt ins Wasser«, rief ich. »Versteckt euch unter dem Kai.«

Ich stand auf einer leichten Erhebung, als ich beobachtete, wie die Türme auf das Dorf zumarschierten, und obwohl es eine Meile zurück lag, hatte ich einen ziemlich guten Blick. Drei der Türme bezogen Stellung rings um das Dorf, während der vierte direkt darauf zuhielt. Sie gaben seltsame Schnattergeräusche von sich, als riefen sich drachengroße Gänse etwas zu. Der Hitzestrahl selbst war unsichtbar, aber der von den Tentakeln gehaltene Zauber sonderte grünen Rauch ab, wenn er eingesetzt wurde. Fünf Atemzüge später stand bereits das gesamte Dorf in Flammen.

Dann wurde der Sinn ihrer Umzingelungsstrategie offensichtlich. Die drei außen postierten Türme verfolgten die überlebenden Dörfler in ihrer kopflosen Flucht, ergriffen sie mit ihren Tentakeln und warfen sie in Körbe hinter der tieferen Abdeckung. In der Nacht zuvor waren die Körbe noch nicht da gewesen, dessen war ich mir sicher. Nach kaum mehr als einer Minute waren die Körbe voll, und die restlichen Dorfbewohner wurden getötet, indem man sie einfach hoch in die Luft warf. Die Flüchtigen, die dafür zu weit gekommen waren, wurden niedergebrannt.

Ich drehte mich zu den anderen um, um festzustellen, wie weit sie gekommen waren. Pelmore war querfeldein gerannt und beinah am Stadttor angelangt, und Wallas war nirgendwo zu sehen. Lavenci kam trotz ihres verwundeten Beines bemerkenswert gut voran. Außerdem fiel mir auf, dass Gatrov vor den Türmen durch den Hügel verborgen war – bis auf den Wachturm und die Burg.

Ich schätzte, dass ich Lavenci einholen würde, wenn diese am Stadttor angelangt war, und fing an zu laufen. Ich erreichte sie kaum hundert Schritt vor der Stadtmauer. Inzwischen musste jemand auf dem Wachturm bemerkt haben, was in dem Dorf vorging, denn eine Glocke fing an zu läuten. Die Glocke war vielleicht neunmal erklungen, als sie einem der Lupaner auffiel und die Türme etwas dagegen unternahmen. Die oberste Galerie des Wachturms wurde direkt von der Hitzewaffe getroffen und löste sich in eine Wolke aus brennenden Trümmerstücken auf.

»Die Reichweite dieses Dings beträgt mindestens zwei Meilen«, keuchte ich Lavenci zu, während wir weiterliefen.

Jetzt wurden die Hitzewaffen auf die Burg gerichtet und setzten die strohgedeckten Dächer und die Soldaten auf der Brustwehr in Brand. Wir erreichten das Stadttor und wurden nur eingelassen, weil ich den Wachen mit meiner Wanderpolizeiplakette zuwinkte und erklärte, wir müssten den Kommandanten der Miliz vor den Lupanern warnen. Sie schlossen das Tor hinter uns, während die Lupaner den Hügel erreichten. Ein einziger Schuss der Hitzewaffe verbrannte Tor und Wachen zu Asche und rauchenden Trümmern. Während wir zum Fluss rannten gingen rings um uns Dächer in Flammen auf und sandten wallende Rauchwolken gen Himmel,.

»Zum Pier, versteckt Euch unter dem Pier!«, rief ich japsend, doch niemand schenkte mir Beachtung.

Die Trümmer der Turmgalerie waren in den Fluss gefallen, wo sie halb unter Wasser lagen wie ein gesunkenes Kriegsschiff. Vor uns am Ende des Kais warteten Wallas und

Pelmore. Pelmore sagte etwas in der Richtung, dass er nicht schwimmen könne, aber ich versetzte ihm einfach einen Stoß vor die Brust und warf Wallas hinterher. Ich lud meinen Rucksack und die beiden Armbrüste am Rande des Kais ab. Der Pier bestand aus steinernen Bögen, die mit Holz abgedeckt waren, und das Wasser war so flach, dass ein Erwachsener auf dem Grund stehen konnte. Wallas schwamm zu Pelmore und kletterte ihm auf die Schulter. Augenblicke später kamen zwei weitere Gestalten angelaufen. Es waren Riellen und Azorian.

»Herr Inspektor!«, keuchte sie. »Die Lupaner können auf ihren Tentakeln wirklich schnell kriechen. Sie haben die Stadt erreicht.«

»Sie haben Maschinen«, erklärte ich. »Springen Sie ins Wasser. Verstecken Sie sich unter dem Pier.«

»Ich habe versucht, die Leute zu versammeln und ein Bürgerinformationsnetzwerk zu organisieren, um die Gefahrenwarnung zu verbreiten, aber niemand wollte mir zuhören.«

»Wachtmeister, kommen Sie hier herunter und bewachen Sie die anderen.«

Als ich über den Hafenplatz rannte, krabbelte etwas mein Bein herauf, und eine Stimme piepste: »Wachtmeister Solonor meldet sich zum Rapport!«

Ohne ein Wort zu sagen, klaubte ich den Gnom von meinem Hosenbein und stopfte ihn in meine Jackentasche. Mein erster Gedanke war, die Leute vor dem Eintreffen der dreibeinigen Türme von dem gepflasterten Platz ins Wasser zu schaffen, aber keiner der hektischen Stadtbewohner schenkte mir auch nur die geringste Beachtung. Dann sah ich ein paar Milizen einen großen, schweren Wagen durch die Doppeltür eines Gebäudes nach draußen schieben, das ich für ein Lagerhaus hielt. Auf der Ladefläche war eine Balliste befestigt, im Wesentlichen eine große Armbrust, die Tontöpfe mit Höllenfeueröl verschoss.

Ich kann nicht sagen, warum ich jeden Gedanken daran

aufgab, den Leuten zu sagen, wo sie sich verstecken sollten, und mich stattdessen der Besatzung der Balliste anschloss. Ich habe nur vage Erinnerungen daran, was genau ich ihnen zurief, aber es teilte ihnen mit, dass ihr Ziel hundert Fuß hoch sei und mit etwas Heißerem als Höllenfeueröl über zwei Meilen schießen könne. Sie waren geneigt, mir zu glauben, nicht zuletzt, weil sie gesehen hatten, wie der Wachturm der Stadt soeben von etwas niedergemäht worden war, was so weit entfernt war, dass niemand wusste, wo es sich aufhielt.

»Bleiben Sie bei uns?«, bellte der Ballisten-Hauptmann, während seine Männer damit begannen, mit einer Kurbel eine Bogensehne zu spannen, die dicker war als mein Arm. »Schließlich kennen Sie Größe und Schnelligkeit des Feindes.«

»Ich habe keine Ausbildung für Ballisten«, rief ich zurück. »Ich bin nur ein Wanderpolizist.«

»Können Sie trotzdem bei uns bleiben und uns die Entfernung zurufen?«, wollte der Hauptmann wissen.

»Das kann ich, Hauptmann.«

»Dann nennen Sie Höhe und Entfernung. Wie heißen Sie?«

»Scryverin, Wanderpolizei, Inspektor.«

»Danzar, Miliz, Hauptmann.«

Von den Geschehnissen danach habe ich nur ein paar Eindrücke behalten, weil so viel auf meine Sinne einstürmte. Jaulen und Heulen lag in der Luft, das Geschrei einer ganzen Stadt, Glockenläuten, dazu das Krachen und Bersten einstürzender Häuser. Wir waren am Kai und schauten auf den Alber. Fünf Barken lagen auf dem Wasser, und die Besatzungen arbeiteten hektisch mit den langen Staken. Dann sahen wir ein Dreibein, bereits im Wasser, das zu den Barken watete. Es war riesige funkelnde Spinne und Oktopus zugleich und immer noch größer als alle Gebäude in Gatrov, obwohl es tief im Wasser stand.

»Ich mach mir in die Hose!«, rief jemand hinter mir.

»Welche Entfernung?«, rief der Hauptmann, stur darauf fixiert, seine Maschine abzufeuern und das Ziel zu treffen. »Rufen Sie die Entfernung aus, Inspektor!«

Ich hob den Arm, den Daumen ausgestreckt, und peilte so den dreibeinigen Turm an.

»Vierhundert Schritt, ungefähr zur Hälfte unter Wasser«, schätzte ich.

»Welche Höhe?«

»Vielleicht fünfzig Fuß über dem Wasser.«

Wir sahen zu, wie die Tentakel den Hitzewaffenzauber hoben und auf die nächstgelegene Barke schossen. Sie ging sofort in Flammen auf, brach auseinander und war ein Dutzend Herzschläge später gesunken. Anschließend erledigte der Turm rasch und methodisch auf dieselbe Art die anderen Barken.

»Können wir nicht helfen?«, rief ich. »Können wir nichts tun?«

»Außer Reichweite«, erwiderte Hauptmann Danzar. »Bleiben Sie standhaft und rufen Sie die Entfernung aus.«

»Dreihundert Schritt, fünfzig Fuß über dem Wasser.«

»Welche von diesen Kapseln ist das bessere Ziel, Inspektor Scryverin?«

»Egal, ich weiß es nicht.«

»Feldwebel, zielen Sie auf die obersten Kapsel«, rief der Hauptmann. »Inspektor, rufen Sie weiter die Entfernung aus.«

»Es kommt hierher«, brach aus mir heraus.

»Rufen Sie die Entfernung aus!«

»Dreihundertsiebzig Schritt, sechzig Fuß klar über dem Wasser.«

Der dreibeinige Turm rückte durch den Fluss auf den Kai vor und bestrich dabei methodisch die Gebäude mit der Hitzewaffe. Die Tatsache, dass er sich auf die systematische Zerstörung von allem und jedem konzentrierte, war unser Vorteil. Unsere Balliste war nur eine von fünfen, die am

Kai standen. Die Mannschaften von zwei anderen mussten ihre Waffen ebenfalls für einen Schuss bereitgemacht haben, weil ich das rauchende Schemen eines Tontopfes durch die Luft fliegen und unweit der Beine des Turms ins Wasser fallen sah. Die riesige Turmhaube der lupanischen Maschine peitschte mit erstaunlicher Schnelligkeit herum und bestrich die Südseite des Kais mit der Hitzewaffe. Ein weiterer Tontopf flog, verfehlte das Ziel jedoch um mindestens dreißig Schritt. Die Haube drehte sich wieder und beschoss einen anderen Teil des Kais mit Hitze.

»Zweihundertfünfzig Schritt, ungefähr siebzig Fuß ragen aus dem Wasser«, schätzte ich.

Entfernung wird in Schritt gemessen, Höhe in Fuß. An diese Tatsache der Artillerie-Konventionen klammerte ich mich, während das Grauen an mir nagte und glühendheißer Tod Häuser und Leute niedermähte.

»Zweihundert Schritt, neunzig Fuß ragen...«
»Feuer!«, rief der Hauptmann.

Ich kann mich an den Schuss der Balliste nicht mehr erinnern, aber ich sehe noch vor mir, wie die oberste Haube des Turms gerade in dem Moment zu uns herumschwang, als der harte Tontopf mit dem Höllenfeueröl sein Ziel erreichte. Der rauchende Topf traf sie genau in der Mitte, zerschellte in einem Feuerball, durchschlug anscheinend die spiegelartige Platte und spritzte Feuer in die Kabine dahinter. Der dreibeinige Turm schritt weiter, und einen Moment glaubte ich, wir hätten nichts Essentielles getroffen. Dann ging mir auf, dass er einfach nur unkontrolliert weiterwankte wie ein enthauptetes Huhn. Eines der Beine stieß gegen Trümmer des Hafenturms, und das Dreibein kippte und fiel nach vorn. Die Hitzewaffe klatschte in den Fluss, und die daraus resultierende Explosion hüllte uns in Dampf und übergoss den Kai mit heißem Wasser.

»Nachladen, Beeilung!«, rief Hauptmann Danzar. »Bleibt auf eurem Posten! Spannen und laden! Spannen und laden!«

»Da sind noch drei mehr«, rief ich, während ich von der Balliste zurückwich und mich hektisch umsah.

»Bleiben Sie auf Ihrem Posten, Inspektor!«, rief Danzar. »Sichten Sie ein Ziel und rufen Sie die Entfernung aus!«

»Direkt über uns!«, schrie ich, als das Bein eines Turmes keine zwei Schritt von mir auf dem Boden aufsetzte.

Ich stolperte rückwärts, bis ich die Mauer des *Barkenschifferfasses* im Rücken hatte. Was dieses kämpfende Dreibein auch steuerte, es wusste offenbar nicht, dass die Balliste direkt unter ihm war. Der Turm stand über uns und bestrich die Pflastersteine des Kais mit seiner Hitzewaffe. Häuser gingen in Flammen auf wie Hände voll Stroh auf rotglühenden Kohlen, und Leute explodierten, als würden reife Tomaten gegen eine Mauer geschleudert.

Dann begann der Albtraum erst richtig. Ich sah Roval, Mervielle und mehrere andere Personen aus einer Gasse laufen und zum Kai rennen. Ich betete, dass das Ding nicht nach unten schauen würde, aber im nächsten Augenblick explodierte die Schankmaid, die erst am Tag zuvor das Bett mit mir teilen wollte, in einer rauchigen Wolke schwarzer Fetzen, als der Hitzestrahl sie traf. Am Rande des Kais sah ich Lavenci über den Rand klettern. Riellen war hinter ihr und versuchte, sie zurückzuzerren, aber das Albinomädchen drehte sich um, schlug ihr ins Gesicht und schleuderte sie wieder ins Wasser.

»Das Bein, zielt auf das Bein!«, rief Hauptmann Danzar, und durch den Rauch und den Ascheregen sah ich, wie seine Mannschaft aus nächster Nähe auf das nächste Gitterwerkbein des Turmes zielte.

»Äh, Inspektor, geht es bei der Wanderpolizei immer so rau zu?«, rief eine dünne Stimme irgendwo aus meiner Jacke, dann sah ich, wie der Feldwebel am Abzug einen Hebel umlegte.

Der Topf mit Höllenfeueröl zerbarst mitten im Gitterwerk des Beins, zehn Fuß unter der Haube. Soweit ich erkennen konnte, richtete der Treffer keinerlei Schaden an, obwohl das Öl heftig brannte. Der Schuss erregte jedoch die Aufmerksamkeit des Lupaners, und die Tentakel mit der Hitzewaffe fuhren herum.

»Danol, lauft!«, rief eine Frauenstimme, während ich zum Ende des Kais rannte. »Ich gebe Euch Deckung.«

Lavenci stand mit einer meiner kleinen Kavalleriearmbrüste zwischen den Stiefeln da und versuchte, die Waffe einhändig zu spannen. Während ich zu ihr rannte, musste der Hitzestrahl die Töpfe mit dem Höllenfeueröl auf dem Ballistenwagen getroffen haben. Die Explosion des Luft-Öl-Gemisches schleuderte mich gegen Lavenci und über den Rand des Kais. Mein Kopf prallte gegen den Schaft ihrer Armbrust… und an mehr erinnere ich mich nicht.

11

TOTES GATROV

Ich kam erst eine ganze Zeit später wieder zu mir. Es war beinah Mittag, und mein Kopf fühlte sich an, als sei er aufgeplatzt. Hauptmann Danzar spritzte mir Wasser ins Gesicht, und Lavenci und Riellen knieten links und rechts von ihm und schauten sehr ängstlich drein.

»Endlich wieder wach«, sagte der Hauptmann. »Danol, können Sie sprechen?«

»Träume…«, antwortete ich. »Albträume.«

»Alles Wirklichkeit, muss ich zu meinem Bedauern sagen«, warf Lavenci mit sehr rauer Stimme ein.

»Vasallin Lavenci hat Ihren Befehlen nicht Folge geleistet«, sagte Riellen verdrossen.

»Ich gehöre nicht zur Wanderpolizei, also hat er keine Befehlsgewalt über mich«, konterte Lavenci mit einem Seitenblick auf Riellen.

»Meine Damen!«, schnauzte Danzar, und sie verstummten. »Inspektor, können Sie sich noch an irgendwas erinnern?«

»Ich kann mich an viel erinnern«, sagte ich, während ich mich aufzurichten versuchte. »Ich *will* mich an kaum etwas erinnern. Mervielle, ich…«

Sowohl Lavenci als auch Riellen zuckten bei der Erwähnung ihres Namens zusammen. Das genügte.

»Sie war sofort tot«, sagte Danzar mit fester Stimme. »Wir haben eingesammelt, was noch von ihr übrig war, und das Bündel mit Steinen beschwert im Fluss beerdigt.«

»Sie war erst achtzehn.« Das war alles, was ich sagen konnte.

Wunderbarerweise hatte ich keine andere Verletzung als eine dicke Beule am Kopf, ein paar harmlose Schnitte und mehrere spektakuläre Schrammen.

»Sie waren drei Stunden bewusstlos«, sagte Danzar, während er und Riellen mir aufhalfen. »Ich habe mir die Stadt und die Burg angesehen. Jedes Gebäude ist ausgebrannt oder eingestürzt, und die wenigen Überlebenden sind in den Wald geflohen.«

Danzars Stimme hatte einen dumpfen, benommenen Unterton, und es war offensichtlich, dass er die Situation bewältigte, indem er einfach nicht an das ganze ungeheuerliche Ausmaß des Vorgefallenen dachte. Ich beschloss, seinem Beispiel zu folgen.

»Ja, wer ist dann noch übrig?«, fragte ich.

»Hier versammelt haben sich Milady Lavenci, Wachtmeister Riellen, Wachtmeister Roval, Pelmore Heftbügel, ein Grasgnom, eine sprechende Katze, ein ausländischer Student, Kommandant Hallard, Sie und ich.«

»Nicht Norellie Guthexen?«, fragte ich, mit einem Gefühl der Enttäuschung, dessen Intensität mich überraschte.

»Wo Madam Norellies Haus gestanden hat, ist jetzt ein sehr großer Krater«, sagte Lavenci.

»Welche Art Waffe hat den verursacht?«, fragte ich.

»Gewisse Adepten der Zauberei können ätherisches Potenzial in Amuletten speichern«, erklärte Lavenci mit fest vor der Brust verschränkten Armen und grimmiger Miene. »Sie kanalisieren es in verzauberte Gegenstände, kontrollieren es und halten es in Reserve.«

»Wie jene, die Glasdrachen werden?«

»In gewisser Weise ja, aber die Zauberer, die zu Glasdrachen werden, können die Energien tatsächlich zu großen Kraftkörpern verweben. Wenn sie getötet werden, könnten die freigesetzten Energien eine Stadt von der Größe Alberins zerstören. Zerstört ein kleineres Amulett, wie Norellie welche hatte, und Ihr erhaltet eine kleinere Explosion. Trotzdem ist es keine gute Idee, sich in der Nähe aufzuhalten. Der Lupaner, der Norellie tötete, hat zweifellos eine ziemliche Überraschung erlebt.«

»Ist das Bein des Lupaners beschädigt worden?«, fragte ich hoffnungsvoll.

»Nein. Wir haben alle drei gesehen, als sie zum Kai kamen, um den gefallenen Turm abzutransportieren. Ihre Beine scheinen sehr stark zu sein.«

Was Lavenci nicht erwähnt hatte, war, dass alle Aussichten, das Beständigkeitsblendwerk loszuwerden, durch Norellies Tod zunichte gemacht worden waren.

»Wir haben uns heftig gewehrt«, sagte Hauptmann Danzar. »Einen Turm haben wir erledigt. Diese Blenden sind ihre Schwachstelle, aber ihre Magie lenkt Metallwaffen ab.«

»Dame Fortuna muss außergewöhnlich gute Laune gehabt haben, als unser Höllenfeuertopf ausgerechnet dieses Ziel getroffen hat«, merkte ich an.

Roval und Pelmore kehrten von ihrer Durchsicht der Überreste des Marktes zurück und meldeten, dass dort noch Nahrung zu finden sei. Außerdem sagten sie, es gebe überraschend wenig Leichen, wahrscheinlich deshalb, weil die Leute sich alle in ihren Häusern versteckt hätten und darin verbrannt seien. Kommandant Hallard traf ein, um nach mir zu sehen. Er war gerade von der leeren Grube des ersten Zylinders zurückgekehrt, als die Dreibeine gerade Gatrov angriffen.

»Wir müssen nach Alberin und den Regenten warnen«, sagte ich, während Riellen mir dabei half, mich aufzurichten.

»Ich nehme an, ein Boot oder Pferde kommen wohl nicht infrage?«

»Keine Pferde, kein Boot, aber es gibt eine Barke«, sagte Halland. »Sie ist gestern gegen den Kai gelaufen und gesunken.«

»Äh, ich hatte eher auf eine gehofft, die noch schwimmt.«

»Die sind alle zerstört worden. Diese wurde übersehen, weil sie gesunken ist, aber wir können sie bergen. Überlassen Sie das mir.«

Ich mühte mich, Logistik und Zahlen in meinem Kopf zu ordnen. »Wir sind nur acht Personen, ein Gnom und eine Katze. Sie würden einen Kran, ein Dutzend Pferde und fünfzig Männer brauchen, um die Barke zu heben, zur Helling zu schleppen und sie dann für Reparaturarbeiten trockenzulegen.«

»O nein, wir haben hier eine viel billigere Methode«, sagte Halland, als sei das Problem zu unbedeutend für Worte.

Mit tatkräftiger Unterstützung Riellens erhob ich mich, und als ich über den Rand des Kais schaute, ging mir auf, dass das Heben der Barke zwar keine unbedeutende Angelegenheit war, aber eben doch im Bereich der Möglichkeiten von sechs Männern und zwei Frauen. Das Deck der Barke befand sich gerade unterhalb der Wasseroberfläche. Alles, was aus dem Wasser ragte, war etwas, das wie der große Blasebalg aus einer Schmiede aussah, und ein Schlauch, der im Wasser verschwand. Halland erklärte, Taucher hätten bereits ein Dutzend Ochsenfelle in der Barke befestigt, jedes davon mit einem Schlauch mit dem Blasebalg verbunden. Zwei Männer, die ein paar Stunden am Blasebalg arbeiteten, konnten die Ochsenfelle aufblasen und die Barke damit anheben, so dass sie zwar tief im Wasser lag, aber schwimmen würde.

»Normalerweise würden wir sie dann zur Helling schleppen, wo ein Pferdefuhrwerk sie aus dem Fluss zieht«, erklärte Halland, »aber wenn der Blasebalg ständig bedient wird, gibt es keinen Grund, warum die Barke nicht ein paar Tage schwimmen und von der Strömung bis Alberin getragen werden sollte.«

Roval übernahm zusammen mit Halland die erste Schicht am Blasebalg, und die beiden arbeiteten zwei Stunden, während Wallas auf dem höchsten Schutthaufen Wache hielt. Die anderen durchsuchten die Ruinen des Marktes nach Essbarem, und ich durfte mich ausruhen. Das Pumpen ging sehr langsam voran, aber allmählich blähten sich die Ochsenfelle auf und verdrängten das Wasser in der gesunkenen Barke. Was nach dem Zusammenstoß noch von der Galionsfigur übrig war, ragte bereits aus dem Wasser, als Azorian und Pelmore die zweite Schicht übernahmen, und am späten Nachmittag lag das Deck sechs Fingerbreit über der Wasserlinie.

»Noch eine Stunde«, sagte Halland. »Wir können sie vielleicht neun Fingerbreit aus dem Wasser hieven, aber mehr nicht.«

»Aber sehen Sie sich die Luftblasen an«, sagte ich. »Wir müssen ständig pumpen, um sie vor dem Sinken zu bewahren.«

»Würden Sie lieber nach Alberin schwimmen?«

»Gutes Argument.«

»Hören Sie, äh, ich habe das mit der Burg des Barons gehört«, sagte ich verlegen. »Welch ein Glück – ich meine, dass Ihre Frau und Ihre Kinder entkommen konnten.«

»Das betrifft mich nicht. Alle drei waren die Kinder des Barons.«

»Aber...«

»Ich war nur Onkel Halland. Vergessen Sie nicht, der Baron war, wie soll ich es ausdrücken, ein leidenschaftlicher Mann.«

Ich schüttelte den Kopf.

»Wie konnten Sie so ein Leben führen?«, fragte ich und vergaß für einen Moment meine guten Manieren.

»Oh, es gab Entschädigungen, wie meine Ernennung zum Kommandanten der Miliz. Und von Zeit zu Zeit hat die Frau des Barons mit mir geschlafen, aus purer Gehässigkeit, nehme ich an.« Er warf einen Stein und ließ ihn flach über das Wasser hüpfen. »Jetzt ist das alles vorbei, und Gatrov existiert nicht mehr. Die Liebschaften, Feindschaften, Politik, Skandale, Bündnisse, Aussichten, Intrigen, Betrügereien und Geheimnisse. Die Hoffnungen auf die Zukunft, der Stolz auf die Vergangenheit, das jährliche Einkommen, die mutmaßlichen Erbschaften und die Pläne fürs Verarbeiten. Es ist wie der Kontinent Torea, als dieses Ungeheuer Warsovran seine Äthermaschine entfesselt und Torea bis auf das nackte Gestein niedergebrannt hat: nichts ist mehr übrig außer den Erinnerungen einiger weniger Überlebender.«

Als er gegangen war, lehnte ich mich an einen Poller und schloss die Augen. Ich war praktisch sofort wieder wach, weil ich ein hektisches Kratzen gefolgt von einem Jaulen hörte. Ich öffnete die Augen und sah Solonor und Wallas, die nur ein paar Schritt entfernt aufeinander losgingen. Der Grasgnom war mit seinem winzigen Speer bewaffnet, während Wallas aufgeplustert war wie ein übergewichtiges Daunenkissen.

Ich fragte etwas in der Art wie: »Was zur Hölle geht hier vor?«

»Dieser kleine Wichser in der grünen Hose hat mir eine Nähnadel in den Allerwertesten gestochen«, verkündete Wallas.

»Dieser Kater, er hat Alberinisch gesprochen!«, rief Solonor.

»Ich spreche über ein Dutzend Sprachen«, sagte Wallas von oben herab.

»Aber die meisten Katzen beherrschen nur Katzengejaul und Umgangskleinvolk.«

»Wachtmeister Wallas, Wachtmeister Solonor, wer hat damit angefangen?«, fragte ich.

»Dieses Schmalzfass mit Fellbedeckung gehört zur Wanderpolizei?«, ächzte Solonor.

»Sie haben einen *Gnom* angeworben?«, fragte Wallas, wobei das vorletzte Wort vor Spott nur so triefte.

»Und was stimmt nicht mit Gnomen?«, wollte Solonor wissen.

»Nichts, was sich nicht mit Salz und ein paar Stunden Marinade in einen netten, vollmundigen Rotwein kurieren ließe«, erwiderte Wallas glatt.

»Solonor, haben Sie Wallas angegriffen?«, fragte ich.

»Ich wollte seine Hoden als Rucksack haben, aber er ist so fett, dass ich nicht herausfinden konnte, wo welches Ende war, nachdem er sich zum Schlafen zusammengerollt hatte.«

»Meine Hoden als Rucksack?«, höhnte Wallas. »Wie proletenhaft ist das denn?«

»Proletenhaft!«, rief Solonor. »Wachtmeister Riellen hat mich vor deinesgleichen gewarnt, Lakaien des oligarchisch-irgendwas Establishments, hat sie mich gewarnt, jawohl.«

»Augenblick mal, Solonor – haben Sie gerade gesagt, Wallas hätte geschlafen?«, rief ich. »Wachtmeister Wallas, Sie hatten Wachdienst!«

»Es war nur ein Nickerchen«, murmelte Wallas. »Sie wissen doch, wie Katzen sind.«

»Wachtmeister Wallas, Wachtmeister Solonor, ich befehle Ihnen beiden, einander in Ruhe zu lassen«, verkündete ich müde, aber entschieden. »Wallas, zurück auf Ihren Posten. Solonor, Sie begleiten ihn und stechen ihn mit dem Speer in den Allerwertesten, wann immer er Anstalten macht, wieder einzuschlafen.«

»Aber Herr Inspektor…«, begann Wallas.

»Wallas, glauben Sie mir, das ist der leichtere Weg. Wenn *ich* Sie je noch einmal im Dienst bei einem Nickerchen erwische, verordne ich Ihnen eine Zwangsdiät und hänge Sie so lange am Schwanz auf, bis Sie wieder schlank sind.«

Sie gingen gemeinsam, murmelten dabei aber immer noch Drohungen und Beleidigungen. Ich schloss wieder die Augen, und diesmal gelang es mir tatsächlich, ein wenig zu schlafen. Ich erwachte zum Geräusch von Schritten, die durch Holzkohle und Gesteinstrümmer knirschten. Lavenci setzte sich neben mich und wickelte ein in Tuch geschlagenes Paket aus. Darin befanden sich etwas Gebäck, ein paar Scheiben gebratenes Fleisch, Käse, Brot und ein Krug mit teurem Wein.

»Also haben wir genug Lebensmittel gefunden«, stellte ich fest.

»Pelmore, Roval und ich haben festgestellt, dass viele Stände und Karren auf dem Markt zwar zerstört waren, aber nicht verbrannt«, erklärte Lavenci. »Ich habe den Wein probiert. Er ist ausgezeichnet.«

Ich kostete den Rotwein, der ein sehr guter Jahrgang war, dann trank ich zwei Schluck.

»Mehr nicht?«, fragte sie.

»Wir verwahren ihn besser für schlechte Zeiten«, schlug ich vor, bevor ich meine Aufmerksamkeit Brot und Fleisch zuwandte.

»Die Zeiten können noch schlechter werden?«, fragte Lavenci. »Hier, esst meinen Anteil. Zartes Schweinefilet.«

»Milady, das könnte ich nicht.«

»Ich bin Vegetarierin, Inspektor, wisst Ihr noch?«

Im Laufe dieses etwas informellen und frühen Abendessens traf Halland ein und verkündete, die Barke läge nun ausreichend hoch im Wasser, um als Transportmittel genutzt werden zu können. Er befahl, mit dem Aufbruch bis zum Einbruch der Dämmerung zu warten, für den Fall, dass die kämpfenden Türme noch in der Nähe waren. Es war eine Erleichterung, die albtraumhaften Ruinen der Stadt hinter sich lassen zu können, aber für mich war die Erleichterung wahrscheinlich zu groß. Hinter meinen Augen bauten sich

Schmerzen auf, und ein Übelkeitsgefühl krampfte meinen Magen zusammen. Ich warf die Überreste meines Mahls, statt sie zu vergeuden, den Pumpenden am Blasebalg zu, dann löste ich die Haltetaue.

Während Pelmore und Hauptmann Danzar den Blasebalg betätigten und Halland am Ruder stand, stießen Roval, Lavenci, Azorian und Riellen die Barke mit der zwanzig Fuß langen Stake ab. Das Gefährt löste sich schwerfällig von den Überresten des Piers. Ich blieb an Land und löste die Taue. Die Barke fand die Strömung. Plötzlich löste sich vor meinen Augen die Landschaft in Blitze aus wirbelnden Farben auf. Meine Beine waren auf einmal weich wie Gelee, und ich fiel mit den Händen vor dem Gesicht zu Boden.

»Herr Inspektor, was ist los?«, ertönte Riellens Schrei.

»Ich bin blind!«, rief ich zurück.

»Nicht bewegen, Herr Inspektor, ich komme.«

»Nein, Riellen, Sie können nicht schwimmen!«

Die Barke musste noch so nah am Ufer gewesen sein, dass sie von Bord auf den Pier springen konnte, denn ich hörte den Aufprall ihrer Füße, als sie landete. Dann hörte ich, wie Halland ihr zurief, sie solle das Haltetau fangen. Sie fasste mich am Arm und versuchte mich wegzuziehen.

»Stehen Sie auf, Herr Inspektor, kommen Sie mit mir.«

»Wachtmeister, ich kann nicht stehen. Lassen Sie mich! Das ist ein Befehl.«

»Keine Panik, Herr Inspektor. Ich lasse Sie jetzt nur los, um Ihnen das Tau um die Hüften zu binden.«

Die abtreibende Barke zog Riellen und mich über den Rand des Piers ins Wasser. Als mein Kopf wieder über der Oberfläche war, hörte ich, wie Lavenci den verständnislosen Azorian anschrie, er solle ihr helfen, das Tau einzuholen. Nach einer Zeitspanne, die mir unendlich lang erschien, stieß ich gegen die Barke. Hände griffen nach mir. Eine davon musste Lavenci gehören, denn ich hörte sie vor Schmerzen aufschreien, dann wurde ich auf das Deck gelegt.

»Ich dachte, ich hätte Ihnen einen Befehl gegeben, Riellen«, japste ich zwischen zwei Hustenanfällen.

»Ich habe ihn verweigert, Herr Inspektor. Soll ich mich melden?«

»Fürchterliche Kopfschmerzen«, murmelte ich beinah entschuldigend.

»Die Strapazen der letzten Tage müssen ihn überwältigt haben«, sagte Lavenci. »Heiler nennen das verzögerten Schock.«

»Habe mir den Kopf gestoßen...«, murmelte ich.

Hände flatterten hastig um meinen Kopf, und wieder schrie Lavenci vor Schmerzen auf.

»Da ist eine große Beule«, keuchte sie schließlich. »Danol? Danolarian?«

Ich war noch bei Bewusstsein, aber eine große Lethargie erfasste alle meine Glieder.

»Bei Schlägen auf den Kopf weiß man nie«, sagte Halland. »Wahrscheinlich blutet er im Kopf.«

»Was sollen wir tun?«, fragte Riellen.

»Völlige Ruhe...«, schlug Lavenci vor, deren Stimme sich hallend verlor, während die Farbwirbel vor meinen Augen Schwärze wichen.

Ich fand mich vor Madam Jilli wieder, dem Fährmädchen. Diesmal lächelte sie, aber es war ein schlecht getarntes Lächeln der Besorgnis.

»Das ist keine meiner üblichen Migränen«, sagte ich, bevor sie das Wort ergreifen konnte.

»Nein, Danol, es ist viel schlimmer.«

»Ich erkenne die Symptome, ich hatte Grundlegende Medikus-Techniken für Inspektoren belegt. Ich habe eine Dämonenblickvergiftung, nicht wahr?«

»So viele Leute denken erst nach, wenn sie tot sind.«

»Also bin ich wirklich tot?«

»Nein, aber Ihr steckt in großen Schwierigkeiten.«
»Das war mir auch schon aufgefallen.«
»Ihr könnt Euch immer noch retten.«
»Wie?«
»Ihr werdet Euch mit Dingen befassen müssen... sehr grausamen Dingen.«
»Dingen mit Hörnern, Mistgabeln und spitzen Schwänzen?«
»Viel schlimmeren Dingen.«
»Äh, wie lange?«
»Keine Ewigkeit, aber es wird Euch so vorkommen.«
»Aha, was machen wir also?«, fragte ich.
»Ihr werdet bald in Euren Körper zurückkehren und leben. Jemand hilft.«
»Aber Ihr sagtet, ich stecke in großen Schwierigkeiten.«
»Tod ist der Ausweg. Leben ist die Folter.«
»Also werde ich leben?«
»Ja.«
»Oh«, seufzte ich, während ich sie ansah und mein Körper vor schierer Erleichterung beinah zerschmolz. »Sagen Euch die Seelen manchmal, wie hübsch Ihr seid?«
»Danol, wie süß von Euch, danke. Die meisten Seelen sind so vertieft darin, sich Gedanken über ihr eigenes Schicksal zu machen, dass sie sich nie überlegen, wie ich mich wohl fühle. Geht jetzt, geht. Ihr lebt, und ich habe echte Kunden, die ich befördern muss.«

Eine Gestalt schlurfte lautlos aus der Dunkelheit.

»Herrje, Hauptmann Danzar, der tapfere, tapfere Hauptmann Danzar«, seufzte das Fährmädchen und nahm die tote Seele in die Arme. »Was für eine demütigende Art zu sterben, machdem Ihr so tapfer gegen die Lupaner gekämpft habt. Ihr braucht erst mal eine anständige Umarmung, bevor Ihr in mein Boot steigt.«

Ich winkte, als Madam Jilli ihr Boot mit dem im Bug sitzenden Hauptmann Danzar abstieß, dann wurde ich mir einer anderen Person neben mir bewusst. Ich drehte mich um und erkannte Azorian.

»Auf der Barke ist etwas Furchtbares passiert«, sagte ich zu mir, ohne mit einer Antwort des Studenten zu rechnen.

»Auf der Barke ist alles in Ordnung«, erwiderte er, während er dem Fährmädchen nachsah. »Ich bin nicht tot und Ihr seid es auch nicht.«

»Aber... wir sind hier, an den Ufern des Jenseits.«

»Hauptmann Danzar ist tot, Ihr seid dem Tode nah, und ich halte Euch an der Schnur fest, an der Euer Leben über dem Abgrund der Ewigkeit baumelt.«

»Also seid Ihr ein Heiler?«

»Ich bin ein Fabrikator.«

»Das verstehe ich nicht.«

»Auf Eurer Welt gibt es kein Wort das, was ich tue.«

Plötzlich begriff ich. Azorian stammte von Lupan. Glaubt mir, man sieht die Dinge viel gelassener, wenn man sich am Rande des Todes befindet. Diese verblüffende Erkenntnis überraschte mich nur, statt mich in eine Schockstarre zu versetzen.

»Darf ich annehmen, dass Ihr, äh, anders seid als die Lupaner mit den Hitzewaffen?«, fragte ich in der Hoffnung, dass meine Frage diplomatisch genug war.

»Ja. Die Glasläufer sind Krieger, ich bin nur ein Handwerker. Ich sollte die Reise hierher gar nicht machen.«

»Diese Glasläufer, sind sie hier, um die Welt zu erobern?«

»Bitte, das muss jetzt genug sein. Ihr müsst in Euren Körper zurückkehren, sonst kann auch ich Euch nicht mehr festhalten.«

Er nahm mich am Arm und entfernte sich mit mir vom Flussufer. Die Landschaft verblasste zu einem einförmigen Grau. Dann wurde ich mir einer Härte im Rücken bewusst. Mein Magen brannte, und kein Muskel meines Körpers reagierte. Ich hörte das Quietschen des Blasebalgs und das Schwappen der Wellen gegen den Rumpf der Barke.

»Ich mache Eure beschädigten Teile wieder ganz«, vernahm ich Azorians Gedanken in meinem Verstand. »Ich habe Eure Lunge beatmet und auch Eure Herzen schlagen lassen. In einer Stunde werdet Ihr aufwachen. Dann müsstet Ihr sogar aufstehen können.«

»Ist Hauptmann Danzar dasselbe zugestoßen?«, dachte ich zurück.

»Ja. Ihr wurdet beide vergiftet. Ich konnte euch nicht beide gleichzeitig retten. Ich bitte um Verzeihung.«

»Warum ich?«

»Weil Ihr freundlich zu mir wart, und ich weiß Freundlichkeit zu schätzen.«

Plötzlich hatte ich einen ganz anderen Blickwinkel auf die Vorzüge der Freundlichkeit. »Ich kann Dinge hören aus… der Welt der Lebenden, und ich spüre das Deck unter mir.«

»Das liegt daran, dass Ihr wieder am Leben seid. Um es in Eurer Sprache auszudrücken, Ihr unternehmt eine Art Schattenwandern«, erläuterte Azorian. »Ein Teil von Euch existiert in der Welt des Äthers, der Lebenskraft.«

»Aber ich kann nicht schattenwandern. Riellen ist in meinem Trupp dafür zuständig.«

»Deswegen ist es so schwer, Euch zurückzuholen. Nun ruht Euch aus. Ruht.«

Ich lag da und lauschte den Geräuschen ringsumher. Gelegentlich hörte ich Stimmen, manchmal rief Halland Befehle oder Wallas miaute. Das Quietschen des Blasebalgs hörte nie auf, ebenso wenig wie das Schwappen des Wassers. Schließlich hörte ich Schritte, die sich näherten.

»Aber hier sind der Inspektor und Azorian«, sagte Riellen.

»Ungestörter als hier im Bug sind wir nirgendwo«, erwiderte Lavenci. »Azorian kann uns nicht verstehen, und der Inspektor hat es hinter sich.«

»Was macht Azorian? Er hält die ganze Nacht und den ganzen Morgen schon den Kopf des Inspektors und murmelt vor sich hin.«

»Ich weiß es nicht, Wachtmeister.«

»Warum habt Ihr mich hergebracht?«, fragte Riellen.

»Damit wir ungestört sind, Wachtmeister Riellen. Damit wir sagen können, was wir wollen.«

»Aber, Schwester, ich sage immer, was ich will.«

»Das ist mir aufgefallen. Wachtmeister, der Inspektor stirbt, und ich weiß praktisch nichts über ihn. Könnt Ihr mit mir über ihn reden?«

»Ich weiß nichts über ihn, Milady.«

»Ach, hört auf damit! Nach zwei oder drei Jahren gemeinsamen Dienstes müsst Ihr doch *irgendwas* über ihn erfahren haben. Was ist mit Kleinigkeiten, persönlichen Dingen?«

»Er hat seine Schwächen«, sagte Riellen wachsam. »Aber nichts Ungewöhnliches.«

»Wachtmeister, der Mann liegt im Sterben! Was kann es da schaden, wenn ich erfahre, dass er in der Nase bohrt oder in der Badewanne furzt? Ich weiß, dass er bei der toreanischen Flotte war, die Diomeda angegriffen hat, aber... nun ja, er ist einfach erstaunlich. Nach nur drei Jahren in dieser Gegend beherrscht er das Alberinesische so gut, dass er für einen Einheimischen durchgeht, solange er langsam spricht. Kann es sein, dass er ein junger toreanischer Marine-Offizier war und ein sehr intelligenter noch dazu?«

»Das ist kein Verbrechen, Milady.«

»Oder vielleicht der Schiffszauberer?«

»Er hat keine Zauberei praktiziert, seit ich ihn kenne!«, schnauzte Riellen.

»Es gibt andere Toreaner in den Häfen Acremas und Scalticars. Sie reden ganz ungezwungen über ihre Vergangenheit, und manche prahlen sogar damit, dass sie Verbrechen in

Königreichen begangen haben, die mittlerweile zu Asche verbrannt sind. Warum ist Danol so geheimnistuerisch?«

»Milady, er war immer ein guter, tapferer Mann und ein sehr gerechter Inspektor. Ich habe viel von ihm gelernt. Warum seid Ihr so erpicht darauf, etwas über seine Vergangenheit zu erfahren?«

»Danol hat mich einmal vor der Inquisitionspolizei gerettet. Für kurze Zeit haben wir einander umworben, dann wurde er wieder auf die Reise geschickt. Er sagte, er habe geschrieben, aber mich haben keine Briefe erreicht. Ich bin nach Gatrov gefahren, weil ich erfahren hatte, dass er dorthin kommen würde – ich habe mächtige Freunde, die so etwas herausfinden können. Wir hatten ein... ein Missverständnis in Bezug auf meine schmutzige Vergangenheit und dumme Spielchen, die ich mit ihm getrieben habe. Ich musste mein Einverständnis geben, ihn... nach einem letzten Tanz in Ruhe zu lassen.«

»So hat es nicht ausgesehen«, sagte Riellen streng, »aber ich weiß auch nichts über das Werben.«

»Tja, ich auch nicht!«, schnauzte Lavenci schnippisch. »Deswegen kam es ja zu dem Streit mit dem Inspektor.«

»Wie meint Ihr das?«

»Das geht Euch nichts an!«

»Wer seine Bettgefährten leichtfertig wählt, sucht oft nach Entschuldigungen, Milady. In der Oberschicht ist das üblich.«

Ein eisiges Schweigen trat ein, das wahrscheinlich nicht so lang war, wie es erschien.

»Ihr meint Pelmore und mich«, sagte Lavenci schließlich. »Ich muss noch herausfinden, wie das passiert ist. Gerade hatte ich noch mit Danolarian getanzt und war entzückt, in seinen Armen zu liegen, und im nächsten Moment war ich wieder ein albernes Mädchen von fünfzehn auf der Suche nach Abenteuern und fest entschlossen, mit einem aufregenden, verruchten Fremden alles über die Freuden der Liebe zu erfahren. Pelmore stach aus der Menge, als leuchte sein Gesicht. Ich wurde kurzatmig, mein Puls raste, mein ganzer Körper brannte, meine Lippen waren blutig. Dann, im Bett, gerade in dem Augenblick als… als Dinge der intimsten Natur ins Rollen kamen, löste sich alles in Wohlgefallen auf. Ich lag neben einem Fremden und hatte keine Ahnung, wie es dazu gekommen war. Aber lassen wir dieses Rätsel einmal beiseite. Jedenfalls platzte Danolarian ganz zufällig zu Pelmore und mir ins Zimmer, während wir uns auszogen. Könnte er nach seinem Rückzug in einem Anfall eifersüchtiger Wut das Beständigkeitsblendwerk auf uns gewirkt haben?«

»Der Inspektor ist kein Zauberer, Ihr widerliches, kaltherziges, konterrevolutionäres Oberschichts-Miststück… mit Verlaub, Milady.«

»Vielleicht nicht, aber das Blendwerk, das mich an Pel-Wurm bindet, existiert immer noch!«, konterte Lavenci.

»Pelmore ist ein guter, aber unterdrückter Arbeiter.«

»Dann versucht Ihr doch, ihn zu küssen.«

»Pelmore könnte das Blendwerk selbst in Auftrag gegeben haben«, schlug Riellen vor und wechselte mit uncharakteristischer Schnelligkeit ihr Vorgehen. »Er könnte erwogen haben, Euch, eine reiche Dame, zu heiraten und dadurch seinen Stand zu verbessern.«

»Warum hat er mich dann ausgeraubt und ist geflohen? Ich habe mir diese Sache sehr gründlich durch den Kopf gehen lassen, Wachtmeister. Vielleicht war Madam Norellie selbst scharf auf den Inspektor und wollte mich als Konkurrentin für seine Zuneigung aus dem Weg schaffen.«

»Madam Norellie?«, ächzte Riellen. »Niemals!«

»Sie hat mit großer Zuneigung von ihm gesprochen. Sie hat ihm sogar ihren Schlüpfer gegeben, um ihn als ihren Gunstbeweis in die Schlacht zu tragen.«

»Die Klassenverräterin!«, entfuhr es Riellen. »Sich wie ein Mitglied der Oberschicht aufzuführen!«

»Wie emotional von Euch«, sagte Lavenci glatt. »Also steht

der Inspektor wohl auch noch in Eurer Gunst, Wachtmeister Riellen? Hat in den kalten Nächten der Berge Euer revolutionärer Leib den seinen gewärmt?«

Ein Zischen ertönte, als jemand scharf einatmete, dann räusperte sich jemand, wahrscheinlich Riellen.

»Meine Jungfräulichkeit ist intakt, und meine Freundschaft zum Inspektor ist rein«, verkündete Riellen. »Ich diene jetzt seit drei Jahren mit ihm, als Kollegin und Untergebene. Er hat mir alles beigebracht, was ich über das Kämpfen, das Hüten der Gesetze, Disziplin und Überleben weiß. Er ist kein wahrer revolutionärer Bruder, aber er duldet meine Reden und revolutionären Studien. Meine einzige Freude besteht darin, ihm zu dienen. Wenn ihm nach amouröser Gesellschaft ist, suche ich für ihn ein Freudenmädchen mit guter Gesinnung und anständigen Preisen. Ich passe auf ihn auf, wenn er betrunken ist, und ich bezahle sogar seine Spielschulden aus meinen Ersparnissen. Ich bin *immer* da, um seine Migränen zu behandeln, auch wenn er vor Schmerzen tobt und schreit. Er ist mein Freund, der einzige echte Freund, den ich je hatte. Könnt Ihr das auch behaupten, Milady?«

Peinliche Stille breitete sich aus.

»Nein, ich kann nichts davon behaupten«, sagte Lavenci langsam. Mittlerweile weiß ich, dass sie sehr angestrengt überlegt, wenn sie so redet. »Ich bin keine Jungfrau, ich habe viele Freunde, ich weiß nichts vom Leben auf der Straße, aber ich kann mir meine amouröse Gesellschaft selbst suchen. Ich weiß außerdem, wann ich unterlegen bin. Und gerade in Fragen der Tugend geschieht das häufiger. Andererseits bewundere ich den Inspektor und schätze ihn mehr als jeden anderen. Trotz allem, was ich ihm angetan habe, weiß ich, dass er mir nie Schaden zufügen oder mich in Gefahr bringen würde und dass er mich früher einmal geliebt hat. Niemand sonst, weder meine Freunde noch meine Familie, wären so ehrenwert gewesen, meinen Namen aus dem Dreck zu ziehen und ihn wieder reinzuwaschen, aber genau das hat er in

Gatrov getan. Wenn ich glaubte, ich könne Danolarian damit zurückholen, würde ich mich in die tiefsten Kreise aller Höllen begeben und dort bis in alle Ewigkeit leiden.«

»Hier ist mein Dolch, versucht es einfach«, sagte Riellen.

»Ich weiß, dass er mich geliebt hat, aber ich habe ein albernes Spiel gespielt und ihn verloren«, fuhr Lavenci fort, dann hörte ich das dumpfe *tock*, als der Dolch sich ins Deck bohrte. »Ihr könnt mich nicht leiden, Wachtmeister, und Ihr versucht mich zu verletzen. Vergesst aber nicht, dass es niemandem je gelungen ist, mich so zu verletzen, wie ich mich selbst wegen des Inspektors verletzt habe. Ich wünsche einen guten Tag.«

Obwohl sich meine Sinneswahrnehmung und die Herrschaft über meinen Körper von Augenblick zu Augenblick verbesserte, gab ich mir alle Mühe ganz still zu liegen. Ich hörte Lavenci über das Deck der Barke davongehen und dann Riellen grunzen, als sie versuchte, den Dolch aus den Deckplanken zu ziehen. Ein Knacken ertönte und ein gemurmelter Fluch, als die Spitze abbrach, dann ging Rillen ebenfalls. Ich fing an zu zählen. Als ich bei tausend angelangt war, ächzte ich und hob eine Hand.

»Mehr kann ich nicht für Euch tun«, dachte Azorian in meinem Kopf.

»Ihr habt mehr als genug getan«, erwiderte ich lautlos.

Azorian ließ meinen Kopf los. Da er inzwischen ungefähr ein Dutzend Wörter Alberinisch sprach, rief er die anderen:

»Helfen! Inspektor, helfen!«

Auf dieses Stichwort öffnete ich die Augen, wälzte mich auf die Seite und versuchte mich aufzurichten.

»Danolarian!«, rief Lavenci.

»Herr Inspektor!«, keuchte Riellen.

»Inspektor!«, sagte Halland.

»Sie leben!«, entfuhr es Roval.

Alle eilten nach vorn zu mir, und Lavenci machte sogar den Fehler, mich zu berühren. Während sie sich auf dem Deck herumwälzte und sich den Kopf hielt, setzte Halland mich über die Geschehnisse ins Bild.

»Hauptmann Danzar ist tot, wahrscheinlich an dem gestorben, was auch Euch gefällt hat.«

»Was könnte das gewesen sein?«, krächzte ich.

»Wir haben heute Morgen mit ein paar Lanzenreitern am Ufer geredet. Sie sagten, sie hätten gesehen, dass die Lupaner eine Art tödlichen Rauch eingesetzt haben. Anscheinend haben Sie und Danzar auf dem Pier von Gatrov etwas davon eingeatmet.«

»Ja, das würde passen.«

»Azorian ist eine Art Medikus, er scheint Sie am Leben gehalten zu haben, während Ihr Körper das Gift verarbeitet hat. Lavenci hält ihn für einen Dacostier.«

»Wie kommt sie darauf?«

»Sie kann seine Berührung ertragen, so wie sie auch die von Wallas und dem Grasgnom ertragen kann. Dacostier sind auch eine andere Spezies als wir.«

In der nächsten Stunde nahm ich ein wenig Wasser und Brot zu mir, während mir langsam auch meine Beine wieder gehorchten. Wir trieben mit der Strömung, und kamen relativ schnell voran. Halland schätzte, dass wir Malvensteg am Spätnachmittag erreichen würden. Er hatte die Absicht, dort ein Depeschenboot zu requirieren und schon nach Alberin vorauszurudern.

»Mit Ihrer Erlaubnis, Inspektor, habe ich mich freiwillig gemeldet, Kommandant Halland zu begleiten«, sagte Roval.

»Das haben Sie?«, erwiderte ich, überrascht, dass er sich für etwas interessierte. »Ja, gewiss. Ich schreibe Ihnen einen Überstellungsschein, aber Sie müssen sich im Hauptquartier melden, bevor Sie allein eine Taverne betreten dürfen.«

»Ich betrete keine Taverne mehr, Inspektor«, sagte er, während er salutierte. »Ich danke Ihnen.«

»Äh, wofür?«

»Geduld, Mitgefühl, Veständnis. Das hat mir bisher noch niemand entgegengebracht.«

Darauf hatte ich keine Erwiderung. Ich verbeugte mich und setzte dann meine Besichtigung der Barke fort. Auf dem Rückweg zum Bug nahm ich Roval auf die Seite.

»Hässliche Arbeit wartet«, flüsterte ich. »Sind Sie dazu bereit?«

»Aye, Herr Inspektor«, erwiderte er ein wenig verwirrt. »Was liegt an?«

»Befolgen Sie meine Anweisungen mit äußerster Präzision.«

Ähnliches besprach ich mit Halland und Riellen, dann löste Halland Pelmore an der Pumpe ab. Nachdem ich Riellen und Roval sorgfältig in Stellung gebracht hatte, holte ich einen Schlauch mit Trinkwasser und zwei Helme und setzte mich schließlich wieder in den Bug. Riellen ging zuerst zu Pelmore und dann zu Lavenci und sagte ihnen, ich wolle sie sprechen. Roval und Riellen standen hinter ihnen, als sie vortraten und vor mir stehenblieben.

»Pelmore, Milady, wenn Ihr so nett wärt, Eure Börse zu zücken und mir auszuhändigen«, sagte ich ruhig.

»Was soll das denn?«, begann Pelmore, während er seine Börse aus dem Gürtel zog.

»Ich mache eine Bestandaufnahme des Geldes an Bord der Barke«, sagte ich in dem Versuch, ein wenig verärgert und nicht ganz bei der Sache zu klingen. »Mir wurde ein Diebstahl gemeldet.«

»Unsere Welt soll ausgelöscht werden, und Ihr sorgt Euch um ein paar fehlende Gulden?«, fragte Lavenci.

»Wenn sie nicht in Eurer Börse sind, habt Ihr nichts zu befürchten, Milady.«

Pelmore lachte und warf mir seine Börse zu. Lavenci zückte ihre Börse ebenfalls und ließ sie in meine Hand fallen. Ich öffnete die Schnüre beider Börsen und schüttelte den Inhalt auf meine Handfläche. Beide enthielten nur Gulden und Kupfer, obwohl einige von Pelmores Kupfermünzen mit Quecksilber geweißt worden waren. Ich ließ die Münzen wieder in ihre jeweiligen Beutel gleiten. Als Nächstes drehte ich einen Helm um, goss etwas Wasser aus dem Schlauch hinein und ließ dann Lavencis Börse hineinfallen.

»Milady, seid bitte so gut und trinkt«, sagte ich, während ich ihr den Helm anbot.

»Ich weiß nicht, ob ich Euch verstehe«, sagte sie, während sie den Helm nahm.

»Ich habe die Symptome einer Dämonenblickvergiftung erkannt, als ich kurz davor war, mich von dieser Welt zu verabschieden. Nicht viele überleben so etwas, aber ich habe Berichte von Überlebenden gelesen. Meine Symptome waren identisch. Jemand hat mich vergiftet, und ich habe die Liste der Verdächtigen auf euch zwei eingegrenzt.«

»Aber in meiner Börse waren keine Beeren«, sagte Lavenci, deren Augen vor Bestürzung weit aufgerissen waren und daher noch größer als sonst.

»Es war einmal ein Mann, der den Saft der Dämonenblickbeeren in sein Halstuch gerieben und dann das Tuch in den Wein seiner Frau getaucht hat. Sie starb, aber der Weinfleck hat ihn verraten. Zwar wurden keine Beeren bei ihm gefunden, aber der Feldmagistrat tauchte das Tuch in Wein, reichte ihm einen Kelch davon und forderte ihn auf, zu trinken. Der Mann hat gestanden. Ihr zwei wart auf dem Markt in Gatrov, um Lebensmittel zu beschaffen. Einer von Euch hat sie vergiftet.«

Bevor ich noch mehr sagen konnte, trank Lavenci den Inhalt des Helms. Sie gab ihn mir zurück, und ich warf ihr mit einem Augenzwinkern ihre Börse zu.

»Pelmore?«, fragte ich, während ich ihm den anderen Helm anbot, in dem jetzt seine Börse in Wasser schwamm.

»Ich habe weder Euch noch dem Hauptmann je etwas zu essen gegeben«, sagte er entschieden, während er zurücktrat. Roval schob ihn wieder vorwärts.

»Aber Ihr habt *mir* etwas gegeben!«, rief Lavenci plötzlich. »Und zwar das Schweinefilet!«

»Ja, sicher, aber Ihr lebt noch, also bin ich ja wohl offensichtlich unschuldig.«

»Ihr habt nie eine Mahlzeit mit mir geteilt, Pel-Wurm, oder?«, sagte Lavenci mit ausdrucksloser Miene. Ihr Tonfall war jedoch scharf genug für Amputationen. »Keine einzige Mahlzeit, keine Süßigkeit an einem ruhigen Nachmittag auf dem Markt und auch kein Nussbrötchen.«

»Wir haben das Bett geteilt«, erwiderte Pelmore gereizt, »und mehrmals miteinander getanzt.«

»In der Tat, aber Ihr habt mich nie *essen* sehen. Ihr habt nie erfahren, dass ich Vegetarierin bin.«

Pelmore ächzte und wurde sehr blass. Lavenci nickte.

»Ich habe Euren großzügigen kleinen Leckerbissen Danolarian gegeben«, fuhr Lavenci fort.

»Ich habe etwas davon gegessen und Danzar den Rest gegeben«, fügte ich hinzu.

Die anschließende Stille war so bedeutungsträchtig, dass man fast versucht war, eine Hebamme zu holen. Schließlich wurde ich ungeduldig.

»Trinkt das Wasser oder gesteht den Mord«, sagte ich zu Pelmore.

»Ich, äh, habe vielleicht meiner wahren Liebe völlig unbeabsichtigt verdorbenes Fleisch gegeben«, sagte Pelmore.

»Welche wahre Liebe soll das gewesen sein?«, schnauzte Lavenci.

»Dämonenblickbeeren sind hart«, sagte ich ruhig. »Sie müssen ziemlich fest gedrückt werden, um den farblosen Saft austreten zu lassen. Die übliche Methode ist die, sie zwischen zwei Münzen auszupressen. Jetzt trinkt das Wasser.«

»Das tue ich nicht, Ihr habt das Wasser mit einem Taschenspielertrick vergif…«

Rovals Fuß traf Pelmore hinter dem Knie, und er fiel sofort zu Boden. Roval, Riellen und ich selbst hatten ihn fast augenblicklich festgenagelt.

»Also, wie ist es nun mit dem Trinken?«, sagte ich, ein Knie auf Pelmores Brust, den Helm erhoben.

»Ich bin's gewesen, ich gestehe, ich gestehe!«, brabbelte er plötzlich. »Ich habe das Fleisch präpariert, aber nur, weil dieses Miststück mich bedroht hat! Es hieß sie oder ich, es war reine Notwehr!«

Alle auf der Barke hörten Pelmores Geständnis. Nachdem ich ihm die Hände auf dem Rücken gefesselt hatte, versammelte ich alle am Blasebalg, damit auch Halland mithören konnte, und eröffnete dann eine Gerichtsverhandlung.

»Interimsverfahren, zur Verhandlung gebracht wird der Fall Regent des Scalticarischen Reichs gegen Pelmore Heftbügel, Stadt Gatrov, Baronie Gatrovia. Die bisher ermittelte Anklage lautet: versuchter Mord an einem Inspektor der Wanderpolizei, nämlich mir selbst, versuchter Mord an Vasallin Lavenci Si-Chella und Mord an Hauptmann Danzar von der Miliz Gatrov.«

»Diese Farce wird kein Magistrat je anerkennen, du Wandertölpel«, höhnte Pelmore, dann zögerte er kurz, bevor er sich in die Brust warf und tief Luft holte. »Zufällig bin ich ein Agent der Inquisitionspolizei.«

»Na und?«, sagte Lavenci. »Ich bin die Exgeliebte von Laron Aliasar, dem Ratgeber des Regenten von Alberin.«

Als Pelmore das hörte, verlor er die Kontrolle über seine Blase.

»Mit Verlaub, Milady, Ihr habt ungefragt das Wort ergriffen, und Eure Bemerkung darf nicht im Protokoll erscheinen«, sagte ich in einem bemüht neutralen Tonfall.

»Ich bitte um Verzeihung, Inspektor.«

»Dämonenblick, jede Beere so giftig, dass sie mehrere Dutzend Erwachsene töten kann«, fuhr ich fort. »Die Symptome entsprechen denjenigen, die ich während des vergangenen Tages gezeigt habe, und auch denjenigen von Hauptmann Danzar vor Eintreten des Todes. Pelmore, Euch wird zur Last gelegt, Euch die Beeren vom Stand eines Apothekers besorgt, sie zwischen zwei Gulden zerdrückt, dann ein Stück Schweinefilet damit vergiftet und dieses Milady angeboten zu haben. Euch war nicht bewusst, dass sie Vegetarierin ist und daher das Fleisch weitergeben würde.«

»Du kaltherziges Arschloch!«, murmelte Lavenci.

»Pelmore Heftbügel, ich befinde Euch schuldig des versuchten und tatsächlichen Mordes, wenn auch durch ein Missgeschick.«

»Das bedeutet, Ihr habt die falsche Person ermordet, seid aber trotzdem schuldig«, sagte Lavenci.

»Ihr seid bereits verwarnt worden, Milady«, sagte ich mit Nachdruck. »Ich verurteile Euch zu einer Strafe von einem Gulden wegen Missachtung des Gerichts.«

»Das Doppelte wäre noch billig.«

»In diesem Fall verurteile ich Euch zu zwei Gulden. Pelmore, das vorläufige Urteil für den Mord an Hauptmann Danzar lautet Tod. Die Strafe für Mord oder versuchten Mord an einem Inspektor der Wanderpolizei ist ebenfalls der Tod, mit der Möglichkeit des Todes durch Folter, wenn das Opfer überlebt und einen entsprechenden Antrag beim ratifizierenden Magistrat stellt. Achtet auf Euer Benehmen, sonst könnte ich mich entschließen, einen Antrag zu stellen.«

Nicht lange nach der Verhandlung erreichten wir Malvensteg. Halland eilte sofort los, um mit einigen Beamten zu reden, dann verschwanden alle in einem Gebäude in der Nähe. Schließlich kamen sie wieder heraus und riefen verschiedenen Leuten Befehle zu. Kurz darauf tauchten vier Männer auf, die ein langes, stromlinienförmiges Boot über dem Kopf trugen. Ein anderer Mann folgte mit vier langen, schlanken Rudern. Es war eines der neuen diomedanischen Kurierboote, die um einiges schneller fuhren als der restliche Flussverkehr. Es wurde zu Wasser gelassen, und Kommandant Halland und Wachtmeister Roval stiegen ein. Sie ruderten los, und das Boot schoss so rasch davon, dass man den Eindruck hatte, es werde von einem Zauber angetrieben. In diesem Augenblick sank die Barke unter die Wasseroberfläche im Hafenbecken, so dass nur noch der Mechanismus des Blasebalgs aus dem Wasser ragte. Ich war schon zwei Monate zuvor in Malvensteg gewesen. Es war ein winziger Ort. Ein Zollhaus, ein Freudenhaus, eine Taverne, eine Garnison von fünf Milizsoldaten und ein Schrein für irgendeinen Gott, dessen Statue gestohlen worden war, war alles, was er aufzubieten hatte. Allem Anschein nach war der Ort bis auf die Milizen weitestgehend evakuiert worden. Ein Milizenfeldwebel schloss die Taverne für uns auf. Darin war es dunkel, und obwohl jemand einen Funken an eine Laterne schlug, war die Flamme kaum mehr als ein gelber Punkt in der Düsternis.

»Wir könnten die Weine kosten«, ertönte Solonors leise Stimme.

»Diebstahl ist ein ziviles Vergehen«, stellte Riellen fest.

»Dann sperr mich doch ins Kittchen«, sagte Solonor.

»Ich habe Gläser gefunden«, rief Wallas von irgendwo hinter der Theke. »Stilvoller Laden.«

»Bring sie rüber«, rief Lavenci fröhlich. »Ich lasse die Bezahlung hier zurück.«

»Ich bin eine Katze, wisst Ihr noch? Keine Hände.«

»Nur Gläser für Große«, beschwerte sich Solonor. »Hat jemand einen Fingerhut gefunden?«

»Keinen Wein für mich«, sagte Riellen.

»Mein Gesicht passt nicht in dieses Glas!«, jaulte Wallas. »Ich brauche eine Untertasse.«

»Kipp's einfach um und leck's auf«, sagte Solonor.

»Vom Boden trinken? Niemals! Zum Henker mit dem Trinkspruch, dann sitze ich hier eben nur herum und wasche mir den Hintern.«

»Hier ist eine Untertasse«, rief ich.

»Auf Inspektor Danolarian!«, verkündete Lavenci. »Er hat uns am Leben erhalten und für Gerechtigkeit gesorgt.«

»Auf Inspektor Danolarian!«, riefen auch alle anderen außer Pelmore.

Jene, die etwas tranken, taten dies. Nach Trinksprüchen auf Danzar und Halland winkte ich Azorian zu mir, nahm seine Hände und presste sie mir seitlich an den Kopf. Die anderen dachten wohl, ich brauchte nach meiner Vergiftung eine weitere Heilung, und schenkten uns keine Beachtung.

»Ich wollte Euch danken«, dachte ich.

»Es ist meine Aufgabe, zu fabrizieren«, dachte Azorian zurück. »Es war mir ein Vergnügen zu helfen.«

»Könntet Ihr Vasallin Lavencis Hand so fabrizieren, dass sie wieder heil und ganz wird?«

»Es würde viele Stunden dauern, aber ja. Sie ist schwer verletzt.«

»Welche Bezahlung wollt Ihr dafür?«, fragte ich in Gedanken.

»Meine Bezahlung besteht darin, in der Lage zu sein, Gutes zu tun, während die anderen Lupaner Böses tun. Bringt die Dame her und nehmt ihr die Verbände ab. Wir fangen sofort an.«

Azorian nahm die Hände von meinem Kopf, und ich befand mich wieder im Schankraum. Die anderen saßen immer noch in der Düsternis und tranken Wein. Ich ging zu Lavenci.

»Milady, Azorian kann Eure Hand heilen, als wäre sie nie verletzt gewesen«, erklärte ich. »Wollt Ihr das?«

»Ich... äh, ich bin nicht ganz sicher, ob ich Euch richtig verstehe.«

»Er und ich können im Kopf des anderen wandeln, und er hat Fähigkeiten, die nicht von dieser Welt sind, wenn Ihr versteht, was ich meine. Ich kann mich in Gedanken mit ihm unterhalten.«

»Er ist ein Lupaner?«, flüsterte sie erstaunt.

Ich legte einen Finger auf die Lippen. »Er kann Eure Hand vollständig heilen. Ich bitte Euch nur, dass Ihr niemandem erzählt, woher er stammt.«

»Danolarian, Danolarian, was soll ich nur mit Euch anfangen?«, seufzte sie leise. »Ihr seid so, so ehrenwert. Es war beinah eine Erleichterung festzustellen, dass auch Ihr ein paar schmutzige kleine Laster habt.«

»Milady?«, fragte ich unschuldig.

»Gebt Euch keine Mühe. Ich bin verärgert, dass Ihr mich in Bezug auf Euer reines Herz belogen habt, aber gleichzeitig bringt es uns näher zusammen«, sagte sie strahlend und offenbar nicht im Mindesten verärgert. »Dafür seid Ihr mir verpflichtet.«

»Wenn das, was Ihr gehört habt, stimmt, Milady, werde ich dieser Verpflichtung auch gewiss nachkommen. Was schwebt Euch vor?«

»Genau sieben Jahre nach Pelmores Hinrichtung will ich mit Euch in irgendeiner Kammer meinen Spaß haben.«

»Äh, ich, oh«, stammelte ich. »Und, äh, was soll ich getan haben?«, wechselte ich hastig das Thema.

»Das erzähle ich Euch später. Was wird Azorian mit mir machen?«

»Kommt mit. Er erklärt es Euch.«

Ich brachte sie zu Azorian und ließ die beiden allein, während sie ihre zusammengelegten Hände zwischen seinen hielt. Jetzt setzte ich mich zu Pelmore.

»Und, werdet Ihr sieben Jahre warten, um sie zu besteigen?«, fragte er mit einem übertrieben lüsternen Grinsen.

»Sie ist es nicht wert. Sie liegt ausgestreckt da wie ein Sack Federn. Vielleicht wisst Ihr das bereits.«

»Nein, mir fehlt Eure Erfahrung«, sagte ich, als ich ein wenig Wein in ein Glas goss.

»Mein Leben für Eure Liebschaft, aye, aber Ihr werdet enttäuscht sein.«

Ich trank einen Schluck Wein. »Pelmore, Ihr werdet sterben, weil Ihr einen Mann ermordet habt. Einen sehr tapferen Mann, Hauptmann Danzar, der die Mannschaft der Balliste befehligte, die einen dreibeinigen lupanischen Turm zur Strecke gebracht hat. Ihr werdet sterben, weil ich dank Euch dem Tode so nah war, dass ich Freundlichkeiten mit dem Fährmädchen wechseln durfte. Und Ihr werdet sterben, weil Ihr versucht habt, eine Edelfrau zu töten. Die Tatsache, dass darüber hinaus Euer Tod Vasallin Lavenci von Nutzen sein könnte, ist dabei vollkommen nebensächlich.«

Riellen kam mit einem Krug Wein herüber. Ich hielt ihr mein Glas hin, und sie schenkte nach. Ihr Anblick brachte mich auf einen Gedanken. Tatsächlich ging es nicht um ihr sonderbares Gerede über Freudenmädchen, Spielschulden und Trink-Exzesse. Das war vermutlich nur eine geringfügige Lüge, um Lavenci Kontra zu geben. Nein, es ging um etwas anderes.

Einer Eingebung folgend, stand ich auf und ging zur Theke, griff dahinter und fand ein großes, dickes Buch. Malvensteg war so klein, dass die Taverne zugleich das Postamt war und dieses Buch war das Postregister. Ich ging die Einträge von vor zwei Monaten durch, fand aber nicht, was ich suchte. Andererseits, vielleicht fand ich es doch. Ich schloss das Register und drehte mich um – und für einen Moment bestand das gesamte Universum aus einem strahlend grellen grünen Licht, das die gewaltigste Erschütterung begleitete, die ich je erlebt habe. Ich schien eine lange Zeit nur dahinzutreiben, dann erholten sich meine Ohren wieder etwas, und ich hörte ein allgegenwärtiges Poltern und Krachen von Ziegeln, Trägern und Gesteinsbrocken, die rings um uns zu Boden fielen. Überall war Staub und ein stechender Brandgeruch.

Das Licht der Laterne war verschwunden. Was blieb war völlige Schwärze und das Geräusch gelegentlicher Erdrutsche.

»Hat sich die Erde für sonst noch jemanden bewegt?«, ertönte Wallas' Stimme irgendwo aus der Nähe.

»Das war der fünfte Zylinder«, krächzte ich, sehr überrascht, noch am Leben zu sein. »Er muss direkt auf der Taverne gelandet sein. Kann mich noch jemand hören? Ich bitte um Meldung.«

»Wachtmeister Riellen! Meldet sich zur Stelle, Herr Inspektor!«

»Wachtmeister Wallas, erfreut noch am Leben zu sein, Herr Inspektor.«

»Pelmore, und... ich bin zerschnitten und zerschlagen.«

»Lavenci. Ich glaube, ich bin in Ordnung.«

»Azorian, *antil tellik m'tibri*«, rief Azorian, der korrekt schlussfolgerte, dass wir abzählten.

»Wachtmeister Solonor, bittet darum, dass Sie diesen verdammten Katzenarsch von meinem Rücken nehmen... Herr Inspektor!«

Für einige Momente folgte Stille.

»Sonst jemand?«, fragte ich in die Dunkelheit, doch es kam keine Antwort. »Wallas, was sehen Sie mit Ihren Katzenaugen?«

»Ein Teil des Daches scheint heil geblieben zu sein, und es ist direkt über uns, Herr Inspektor.«

»Die kämpfenden Dreibeine werden bald eintreffen, um den Zylinder zu schützen, wenn er sich öffnet«, erklärte ich eindringlich. »Bis dahin müssen wir verschwunden sein.«

»Leichter gesagt als getan, Herr Inspektor«, erwiderte Wallas. »Ich kann keine Öffnung ausmachen, die groß genug für eine Person wäre.«

»Gnome sind auch Personen.«

»Wachtmeister Solonor, Ruhe. Wallas, gehen Sie auf Erkundung. Suchen Sie einen kurzen Weg nach draußen, den wir schnell verbreitern können.«

»Ich mache mich sofort daran, Herr Inspektor.«

Immer, wenn Wallas sich über irgendwas ernsthaft Sorgen machte, nannte er mich »Herr Inspektor«. Er hatte mich gerade dreimal in drei Antworten »Herr Inspektor« genannt, also sah es nicht allzu gut aus. Ich tastete in meiner Tasche herum und fand einen kleinen Schwamm und zwei Phiolen.

»Ich zünde ein Licht an«, sagte ich, unterbrochen von durch Staub verursachten Hustenanfällen.

Der Schwamm leuchtete grün, als ich aus jeder der beiden Phiolen ein paar Tropfen darauf träufelte und vermischte. Riellen war ein paar Schritte entfernt und lag auf dem Boden. Nicht weit davon standen unsere Rucksäcke, und alles war mit Staub bedeckt.

12
WAS WIR AUS DEN TRÜMMERN DER TAVERNE SAHEN

Wallas brachte gute, schlechte, desaströse und katastrophale Neuigkeiten mit. Es gab einen schmalen Weg ins Freie, was gut war. Er endete jedoch vor der Grube, die sich der fünfte Zylinder gebahnt hatte, was schlecht war. Ein lupanischer Kampfturm war bereits eingetroffen und stand Wache, was desaströs war. Die katastrophale Neuigkeit war die, dass noch einer der Türme umherstapfte und mit seiner Hitzewaffe alles auslöschte, was von der kleinen Hafenstadt noch übrig war. Uns rettete die Tatsache, dass der Zylinder die eingestürzte Taverne mit Erde überhäuft hatte, so dass sie nicht einmal mehr den Ruinen eines Gebäudes ähnelte.

Ich ließ die anderen, wo sie waren, und folgte Wallas, wobei ich die Lücken zwischen den Trümmern vorsichtig erweiterte, bis ich mich hindurchwinden konnte. Im Freien angekommen, sah ich, dass wir uns eindeutig am Rand der vom fünften Zylinder gebohrten Grube befanden. Von den Überresten Malvenstegs stieg Rauch auf, während die grünen Lichter eines dreibeinigen Turms über den fünften Zylinder huschten. Seine Tentakel halfen offenbar den Insassen, die Luke aufzuschrauben.

»Sie müssen innerhalb von zehn Minuten hier gewesen sein«, flüsterte ich, während wir in die Grube starrten. »Sie müssen gewusst haben, wo er landen würde.«

»Dann sitzen wir in der Falle, Herr Inspektor?«, fragte Wallas.

»Nicht lange. In jedem Zylinder scheinen zwei Lupaner zu sein. Sie werden zwei weitere Kampftürme bauen und dann spätestens morgen Abend verschwinden, um auf den nächsten Zylinder zu warten.«

Bei meinen Worten löste sich die Zugangsluke des Zylinders. Ich sah ein Ding, das wie ein großer nasser Ledersack mit etwa einem Dutzend Tentakeln aussah, aus der Luke kommen und in die Grube fallen. Als Nächstes kam... etwas, das wie ein Mann aussah. Er sah normal aus, sogar gewöhnlich, und trug eine dunkelblaue Jacke, die mit Litzen besetzt war und eine Menge vergoldete Knöpfe hatte.

»Sie... manche von ihnen sind wie wir«, ächzte Wallas.

»Aus der Ferne«, fügte ich hinzu. »Wallas, ich will nicht, dass Sie das irgendjemandem erzählen.«

»Warum denn nicht, Herr Inspektor?«

»Weil ich etwas weiß, was Sie nicht wissen.«

Der Lupaner ergriff eine Art Geschirr an der Kreatur mit den Tentakeln und steuerte sie zur Luke zurück. Zwei Fangarme griffen hinein und zogen einen Leichnam heraus. Dieser wurde ein paar Schritt von dem Zylinder weggebracht.

»Muss auf der Reise durch die Leere gestorben sein«, flüsterte ich.

»Was sind die echten Lupaner, Herr Inspektor?«, fragte Wallas.

»Das Ding mit den Tentakeln scheint nur ein großes Lasttier zu sein.«

»Es muss sehr stark sein, es hantiert mühelos mit schweren Lasten.«

»Dann nennen Sie's eben Hantiertier«, scherzte ich halbherzig.

Ohne Zögern oder Zeremonie richtete der Lupaner im Wachturm seine Hitzewaffe auf den Toten. Augenblicke später war nur noch eine geschmolzene Pfütze von ihm übrig.

»Offenbar wollen sie uns nicht wissen lassen, dass wir ihnen halbwegs ähnlich sehen«, mutmaßte Wallas. »Werden sie einen Kampfturm für den Überlebenden bauen?«

»Davon gehe ich aus«, erwiderte ich.

Doch der Lupaner begann nicht mit dem Bau eines weiteren Turms. Kurze Zeit später trafen zwei weitere Türme ein. Ihre Tentakel waren miteinander verbunden und sie bewegten sich in einer Art Gleichschritt. In einem der Neuankömmlinge erkannte ich den beschädigten Turm aus der Schlacht in Gatrov. Dieser und sein Begleiter gingen in die Knie und stiegen in die Grube. Der neu eingetroffene Lupaner machte sich mit seiner Tentakelmaschine an die Arbeit und reparierte den Schaden in der Haube des Turms, zu dessen Fall ich beigetragen hatte. Dabei wurde die Haube wie eine Meeresmuschel geöffnet, und ich sah ein Durcheinander von Dingen darin, mit denen ich absolut nichts anfangen konnte. Dennoch unternahm ich einen Versuch, das Unverständliche zu zeichnen.

Nach vielleicht einer Stunde voller Beschwörungen, Skandieren, Armwedeln, Zauberei und wogender Energien war der Turm vollständig repariert. Das Hantiertier wurde wieder in den Zylinder geführt und schien die Luke von innen zuzuschrauben. In der Zwischenzeit patrouillierten die anderen Türme langsam hin und her, und von Zeit zu Zeit war Geschrei und Gekreisch von Stellen außerhalb meines Blickfeldes zu hören. Der neu eingetroffene Lupaner stieg in den reparierten Turm und schloss die Haube.

Aus der Ferne sahen die Lupaner uns sehr ähnlich, obwohl sie etwas schlanker und größer waren. Lupan ist etwas kleiner als unsere Welt, also hätte ich auch erwartet, dass sie kleiner waren. Seitdem habe ich erfahren, dass kleinere Welten weniger Kraft haben, Objekte nach unten zu ziehen, und dieses Weniger an Kraft lässt die Lupaner größer werden.

Obwohl sie keine unmittelbare Verwendung für den Zylinder hatten, brachen sie nicht sofort auf. Jeder Kampfturm hatte einen zylinderförmigen Käfig hinten an seiner Haube befestigt, in dem Platz für ein halbes Dutzend Erwachsene war. Die Käfige waren voll, und zuerst hielt ich die Insassen darin für Kriegsgefangene. Wie sehr kann eine Person sich irren? Wir sahen, wie einer der Türme hinter einen Kameraden trat, mit einem Tentakel den Deckel des Käfigs hob und mit einem anderen hineingriff. Dies ließ alle Leute in den Käfigen vor Entsetzen schreien und kreischen, denn offenbar hatten sie schon früher erlebt, was nun geschah. Ein strampelnder Mann wurde herausgezogen, und mit meinem Fernrohr erkannte ich in ihm Herzog Lestor. Er trug immer noch Kettenpanzer und Mantel, und ich sah das Wappen auf seiner Brust. Zwei Tage zuvor war er ein Mann von großer Autorität und Bedeutung gewesen, mit der Macht über Leben und Tod. Als Edelmann aus Alberin war er ein riesiges Lösegeld wert, aber den Lupanern lag nichts an unserer Art Reichtum.

Der Herzog wurde vor die Haube des Kampfturms gehievt, die Tentakel mehrfach um ihn geschlungen, um seine Arme festzuklemmen. Das Visier des Turms war nach unten gekippt, so dass der Lupaner zu sehen war, der den Turm steuerte. Er streckte die Arme aus und nahm den Kopf des Herzogs zwischen die Hände. Was auch geschah, es war offensichtlich für den Herzog schmerzhaft, denn dieser schrie beinah ununterbrochen. Es dauerte fünf, sechs Minuten, bis der Herzog verstummte, und fast die ganze Zeit sah ich Flüssigkeit aus seinem Leib tropfen. Zuerst nahm ich an, er habe die Kontrolle über seine Blase verloren, doch ich irrte mich. Sein Körper fiel buchstäblich auseinander, die Haut wurde wie nasses Papier, das Fleisch zu Gelee. Als der Tentakel den Leichnam schließlich beiseitewarf, zerbrach er in der Luft in Stücke, bevor er auf den Boden fiel. Von einem weiteren Tumult aus Geschrei und Gekreisch begleitet, wurde die nächste Mahlzeit ausgewählt.

Die Lupaner labten sich über zwei Stunden an Lebenskraft, bis ihre Käfige leer waren. Ich konnte noch mit ansehen, wie ein Vasall leergesogen wurde, aber als ein Mädchen aus einem Käfig gehoben wurde, musste ich mein Gesicht abwenden.

»Beim Essen sind sie verwundbar«, sagte ich zu Wallas. »Von hier aus könnte man zumindest einen mit einem gut gezielten Armbrustbolzen töten.«

»Das wäre Selbstmord«, erwiderte er. »Die anderen halten immer Wache.«

»Das stimmt wohl«, murmelte ich widerstrebend, da ich definitiv in der richtigen Stimmung war, zu töten.

Die Türme fingen plötzlich an zu tuten, dann bildeten sie eine Reihe und schritten davon. Wallas und ich blieben einfach still liegen, zu schockiert und von Übelkeit gelähmt, um uns zu bewegen. Das war auch gut so, denn einer der Türme kam zurückgeeilt und hielt nach Überlebenden Ausschau, die vielleicht aus den Ruinen gekrochen sein mochten. Nachdem er sich vergewissert hatte, dass tatsächlich alle tot waren, ging er wieder.

Ich holte die anderen nach. In Pelmores Fall musste der Gang verbreitert werden, bevor er ihn passieren konnte. Wallas wurde trotz seiner Proteste zuerst in die Grube geschickt, aber er war eine Katze und würde daher kaum Aufmerksamkeit erregen. Irgendwo im Süden stieg Rauch auf, und Miral stand tief am Himmel. Ich schätzte, dass das Morgengrauen vielleicht noch drei Stunden entfernt war, aber eine Mondwelt stand hoch am Himmel und verstärkte Mirals Licht.

Sehr vorsichtig verließen wir die Ruinen und schauten auf den Zylinder. Über der Luke war ein matter grüner Schimmer erkennbar.

»Eine Art Wach-Auton«, sagte Lavenci sofort.

Wallas kehrte zurück und meldete, es gebe keine offensichtlichen Fallen oder Autonen, in die wir uns verstricken könnten.

»Riellen, sorgen Sie dafür, dass alle in der Nähe des Ganges bleiben, und schaffen Sie sie wieder in die Taverne, wenn sich etwas Ungewöhnliches nähert«, sagte ich, während ich mich umsah und mich orientierte. Dabei wünschte ich mir die ganze Zeit, ich könnte in ein Bett kriechen und zwölf Stunden schlafen, anstatt in den Trümmern eines Dorfes herumzukriechen.

Hier und da brannten Feuer und verstärkten das Licht vom Himmel. Abgesehen vom steinernen Pier war die gesamte Hafengegend vollkommen zerstört worden. Ich schaute ins Wasser und versuchte zu schätzen, wo unsere Barke wohl vertäut gewesen war. Nachdem ich ein wenig herumgelaufen war, erblickte ich den Mechanismus des Blasebalgs, der immer noch aus dem Wasser ragte. Die Barke war wieder gesunken, sobald Halland und die anderen zu pumpen aufgehört hatten, und war so den Lupanern wieder entgangen.

Ich kroch die Steintreppe hinunter, ließ mich ins Wasser gleiten und watete das versunkene Deck der Barke entlang. Mit den Händen am Hebel der Blasebalgpumpe wartete ich noch ein paar Minuten, um ganz sicherzugehen, dass alles ruhig und still war, dann fing ich an zu pumpen. Das Geräusch kam mir laut vor wie eine Trompetenfanfare direkt neben meinem Ohr, und alle paar Augenblicke hielt ich inne, um zu lauschen, ob sich das Scheppern und Klirren lupanischer Kampftürme näherte. Dann erst machte ich mit dem Pumpen weiter. Nach einer halben Stunde hatte sich ein Stück Stoff, das ich um den Schaft der Pumpe gewickelt hatte, vielleicht einen halben Fingerbreit aus dem Wasser gehoben. Die Barke war in der Tat unbeschädigt und konnte wieder flottgemacht werden! Miral war längst untergegangen, als ich schließlich zum Zylinder zurückkehre. In ein paar Stunden konnten wir die Barke gehoben haben, und diesmal würde ich bis Alberin keine Rast erlauben.

Es dämmerte am östlichen Horizont, als ich wieder zu den anderen zurückging. Auf dem Rückweg passierte ich die zwölf Leichen, die von den Lupanern leergesogen worden waren. Sie waren buchstäblich zerfallen, ihr Fleisch wie nasser Teig, die Knochen bröckelig. Herzog Lestors Rumpf wurde nur noch von seinem Kettenpanzer zusammengehalten. Alle sahen aus, als seien sie bereits seit Wochen tot, rochen aber nicht nach Verwesung. Etwas war ihren Körpern entzogen worden, etwas von sowohl physikalischer als auch ätherischer Natur. Ich konnte mich nicht überwinden, Proben zu nehmen, aber als guter Inspektor sammelte ich Eindrücke und machte mir mit einem Kohlestift Notizen.

Bei meiner Rückkehr in die Grube kauerten die anderen gaffend beisammen und zeigten aufgeregt auf den Zylinder.

»Ist ein Lupaner zurückgekehrt?«, zischte ich.

»Nein, aber Azorian ist beim Zylinder«, erwiderte Wallas.

»Was?«, rief ich, als Erleichterung mit Verzweiflung rang. »Warum holt ihn denn niemand zurück?«

»Keiner von uns fühlt sich besonders tapfer, Herr Inspektor«, erwiderte Riellen.

Ich sah, dass Azorian zum Zylinder herabgestiegen war und mit ausgestreckten Händen vor der rückwärtigen Luke stand. Ohne ein weiteres Wort eilte ich ihm hinterher. Der Wach-Auton war gewiss in der Lage, jeden potenziellen Eindringling zu töten, der den Zylinder zu betreten versuchte. Aber noch bevor ich ihn erreichte, sah ich den Schimmer des Autonen verblassen. Azorian deklamierte etwas, als ich mich neben ihn stellte, und zu meinem Erstaunen schraubte sich die Luke wieder auf. Während wir warteten, nahm ich eine von Azorians Händen und hielt sie in die Höhe. Die Fingerspitzen waren mit winzigen Saugnäpfen bedeckt. Neben uns wurde langsam die Luke aufgeschraubt, bis sie sich vom Rumpf löste und drei Tentakel sie von innen auf den Boden legten. Azorian bedeutete mir, mit ihm einzutreten, als er durch die Luke kletterte.

Ich näherte mich nur langsam, da ich mich erinnerte, was ich beim Öffnen der Luke des ersten Leerenschiffs gesehen hatte. Das Gewinde der Luke war etwa sechs Fingerbreit tief, was der Dicke des Rumpfs entsprach. Irgendwie hatte ich geglaubt, er müsse dicker sein, wenn man bedachte, dass er zwischen den Welten unterwegs gewesen war und dort großen Belastungen standhalten musste. Plötzlich kam mir der Gedanke, dass ich der erste Bewohner meiner Welt sein würde, der ein Leerenschiff betrat, und das machte mich beinah eifrig. Ich hievte mich hoch und kletterte durch die Luke.

Drinnen war es stickig und roch fast widerlich. Ich hörte Azorian sprechen. Vermutlich war es ein geringfügiger Zauber, denn Licht flackerte auf. Ich kroch einen schmalen Schacht zwischen mit Stoffbeuteln beladenen Gestellen entlang und landete dann in einem freien Raum. Azorian war bereits weiter vorn. Er winkte mich zu sich, aber ich war zu sehr mit dem beschäftigt, was sich bei der Luke befand, um anderen Dingen groß Beachtung zu schenken. Ein Hantiertier war dort. Es erschien mir wie ein landlebender Oktopus und schien das Gewicht eines kleinen Pferdes zu haben. Bewegungen im Schatten neben ihm enthüllten, dass es sogar zwei waren. Sie betrachteten mich ungerührt und ohne feindselige Regung, während Azorian außerhalb meines Blickfeldes geschäftig war.

Dann machte Azorian mit mir einen raschen Rundgang durch das Leerenschiff und erklärte mir pantomimisch die Funktionen verschiedener Mechanismen. Für mich war es eine aufwühlende Erfahrung, da mir rasch aufging, dass es keinen Boden gab. Tatsächlich fehlte mir jedes Gefühl für oben und unten, was meine Desorientierung noch verstärkte. Hinten im Zylinder lagerten Gestelle mit porösen Beuteln. Jeder Beutel enthielt einige Kristalle sowie einen mit Flüssigkeit gefüllten Krug. Azorian legte mir die Hände an den Kopf und erklärte mir, dass eine Vermischung von Flüssigkeit und Kristallen atembare Luft erzeugte. In regelmäßigen Abständen hatten die Leerenfahrer verbrauchte Luft in das Nichts jenseits des Rumpfes geblasen, während die Kristalle neue atembare Luft erzeugten. Azorian erklärte außerdem, er habe die Beutel während der gewaltigen Belastung des Startens und Landens als Dämpfung benutzt.

Wir krochen durch den gerundeten Rumpf, bis wir zwei Sitze erreichten, die von Streben gehalten wurden. Auf einer Leiste vor jedem Sitz befanden sich leuchtende Kugeln, Hebel, Schlüssel, Amulette und andere Dinge, die ich nicht einmal ansatzweise beschreiben konnte. Kleine, halbtransparente Autonen standen mit verschränkten Armen über einigen Amuletten und ließen uns nicht aus den Augen. In der Mitte der Armatur des vorderen Sitzes befanden sich vier Glastafeln auf verschnörkelten Rahmen. Die Tafeln waren leer.

»Blut«, sagte Azorian auf Alberinisch und zeigte dabei auf eine getrocknete grüne Substanz, die über den hinteren Sitz verschmiert war. »Morde.«

Das Innere hatte die Herrlichkeit der kaiserlichen Kabine an Bord einer Luxusgaleere. Es gab mehrere Gestelle mit Schriftrollen und Karten, zwei Truhen mit Gewändern und Stiefeln, mehrere Truhen mit Gegenständen und Vorrichtungen, deren Zweck ich nur vermuten konnte, sowie ein Gestell mit zwei Schilden, die mit wappenartigen Darstellungen bemalt waren. Hinzu kamen zwei lange Hebel mit Griffen. Die Wände waren mit Szenen aus der lupanischen Geschichte bemalt und zeigten Städte, Tempel, bedeutend aussehende Lupaner, komplizierte Vorrichtungen aus Glanz und Glitzer und sogar ein Leerenschiff. Mit Nägeln war ein Wandteppich mit Kampfszenen am Rumpf angebracht, und ich erkannte unter den verschiedenen Kriegsmaschinen zwei kämpfende Dreibeine. Interessanterweise schienen sie mit ihren Tentakeln zu ringen, anstatt Hitzewaffen zu benutzen.

Ich kletterte die Streben entlang und auf den Sitz des vorderen Leerenfahrers. Was ich für zwei Querstreben gehalten hatte, war tatsächlich nicht mit dem Sitz verbunden, sondern hatte Manschetten und Griffe für die Arme der Lupaner. Sie bestanden aus einem violetten, durchscheinenden Material, das ich nicht kannte. Azorian kletterte neben mich, und ich bedeutete ihm, er möge die Hände an meine Schläfen legen.

»Das ist der Sitz des Steuermanns«, erklärte er in meinen Gedanken. »Der Zauberer, der hier sitzt, erzeugt ätherische Schwingen, die sich bis nach draußen erstrecken.«

»Aber warum?«, dachte ich zurück. »Zwischen den Mondwelten gibt es keine Luft.«

»Steckt zwei Eier in einen Weinkrug und lasst ihn von einem hohen Turm fallen. Was kommt dabei heraus?«

»Ein zerschmetterter Weinkrug und zwei geplatzte Eier.«

»Dasselbe würde mit einem Leerenschiff passieren, wenn es keine Flügel hätte. Zwischen den Welten sind Flügel nutzlos, aber alle vier Mondwelten sind von Luft umhüllt. Also sind Schwingen von großem Nutzen, um ein Leerenschiff weich zu landen.«

Azorian nahm die Hände von meinem Kopf und betätigte einen Hebel neben der aktiven Sichttafel in der Leiste vor mir. Zu meiner Überraschung bewegte sich das Bild auf der Leiste, und ich konnte in Mirals Licht Lavenci sehen.

»Magie!«, rief ich.

»Spiegel«, erklärte Azorian auf Alberinisch. »Spielzeug.«

Ich schaute mich noch etwas länger um. Es sah mehr nach einem Schmuckstück aus als nach dem Innenraum eines Schiffes, das zwischen den Welten fliegen konnte. Alles wirkte so fortschrittlich und exotisch, doch immer, wenn ich innehielt und eine Vorrichtung bestaunte, zeigte Azorian mir, dass es sich um einen klugen, aber simplen Trick handelte, den auch unsere Handwerker oder Künstler meistern konnten. Hier gab es viel zu lernen, aber an jemanden wie mich war es vergeudet. Ich legte mir wieder Azorians Hände an den Kopf.

»Dieses, äh, Leerenschiff ist wunderbar«, dachte ich langsam und bedächtig. »Könnt Ihr es fliegen? Ich würde es gern zu meinem Herrn in Alberin bringen, er könnte viel daraus lernen.«

»Das Leerenschiff ist wie ein Armbrustbolzen«, dachte Azorian zur Antwort. »Es bedarf einer viel größeren Maschine, um es abzuschießen.«

»Ich verstehe«, sagte ich, da ich die Analogie sofort begriff. »Schade, wir hätten eine Menge lernen können und das Gelernte dann nutzen, um uns besser gegen die dreibeinigen Türme zu wehren.«

»Wenn es Euch nichts ausmacht, es langsam fortzubewegen, lässt es sich bewerkstelligen.«

»Erklärt das bitte«, bat ich laut und in Gedanken, da mir bewusst war, dass vielleicht das Schicksal unserer Welt von dem abhing, was er mir zu sagen versuchte. »Wie meint Ihr das?«

»Ihr wollt das Leerenschiff transportieren, richtig?«

»Ja.«

»Wohin?«

»Flussabwärts nach Alberin.«

»Es ist leicht genug, um zu schwimmen, und die Händeltiere sind stark genug, es zum Fluss zu ziehen. Soll ich ihnen den Befehl geben, es zu tun?«

»Ja, ja!«, rief ich, und mir wurde vor Hoffnung beinah schwindlig. »Tut es gleich. Bitte.«

Wir kletterten vom Sitz des Steuermanns, und Azorian löste die beiden Schilde sowie die Hebeldinger mit Griffen aus ihren Halterungen. Er ließ sich auf ein Knie sinken und hielt mir einen der Hebel auf den Handflächen hin.

»Ich, äh, habe so etwas nicht«, erwiderte ich verwirrt. »Vielen Dank.«

Azorian legte mir wieder die Fingerspitzen an die Schläfen.

»Das sind die Waffen der ermordeten Leerenfahrer«, erklärte er in meinem Kopf. »Ihr und ich müssen sie benutzen und ihre Ehre rächen.«

»Waffen?«, fragte ich zweifelnd.

»Man nennt sie Schwerter. Ich zeige Euch später, wie man sie benutzt.«

Plötzlich wurde mir klar, was sie darstellen sollten und lachte laut.

»Die werden auf dieser Welt nicht funktionieren«, dachte ich.

»Aus welchem Grund?«

»Azorian, immer wieder hat ein Schmiedelehrling den Einfall, eine Waffe anzufertigen, die nur aus Klinge besteht«, erklärte ich. »Das Problem ist, sobald sie durch die Luft geschwungen wird, sammelt das Metall rohes ätherisches Potenzial, und das verbrennt die Hand des Benutzers, als sei sie vom Blitz getroffen worden. Es ist eine wunderbare Idee, aber nicht praktikabel.«

»Aber das hier sind Glasklingen«, erwiderte Azorian. »Sie bestehen aus Millionen von Glasfasern, die miteinander versponnen sind. Sie sammeln keinen Äther, wenn sie geschwungen werden.«

»Glas? Ist das stark genug?«

»Stärker als Stahl. Wollt Ihr eines? Sie stammen aus sehr angesehenen Handwerkshäusern.«

»Ja... vielleicht nehme ich doch eins.« Plötzlich ging mir der Wert des Geschenks auf.

»Gut. Wenn wir einmal Muße haben, zeige ich Euch die Grundlagen des Schwertkampfes. Jetzt müssen wir die Hantiertiere einspannen.«

»Also seid Ihr ganz bestimmt keiner von den schurkischen Zauberern?«, fragte ich, um ganz sicherzugehen.

»Ich bin kein Schurke«, erwiderte er mit Bestimmtheit.

»Wie kommt es, dass Ihr im ersten Zylinder wart?«

»Später. Das ist eine lange Geschichte. Es bleibt noch ein letztes Wunder in Augenschein zu nehmen.«

Er nahm die Hände von meinem Kopf und zeigte mir zwei große, konkave Spiegel, die ganz weit vorn im Bug des Leerenschiffs in Rahmen befestigt waren. Beide schienen in Blöcke aus violettem Glas gemeißelt zu sein, und beide Blöcke waren an den Rändern mit Griffen versehen.

»Das sind Waffenkristalle«, sagte Azorian, indem er wieder meinen Kopf berührte. »Sie sind der Kern des Zaubers, der die Hitzewaffe erzeugt.«

Azorian war tüchtig und effizient, und obwohl ich nicht bezweifelte, dass er ein einfacher Handwerker war, hatte ich doch den Verdacht, er könne zumindest schon einmal die lupanische Auszeichnung zum Handwerker des Jahres gewonnen haben. Er lockte die beiden Händeltiere aus der Luke und ließ eines von ihnen die Luke wieder zuschrauben. Dann führte er mich über den Rumpf und zeigte mir Dinge, die mir am ersten Zylinder entgangen waren. Es gab etwas in der Form eines halben Eis, das ich für eine Verformung gehalten hatte, das aber tatsächlich den Außenteil der Sehvorrichtung darstellte. Hinten war eine Glastafel, dahinter ein Spiegel und unter dem Spiegel ein Rohr zur Sehtafel. Die Vorrichtung wurde während des heißesten Teils der Reise, den durch unsere Luft, nach hinten gedreht, damit die Glastafel nicht beschädigt wurde. An mehreren anderen Stellen des Rumpfes waren Vertiefungen mit Halteösen, so dass Ketten angebracht werden konnten, um das Leerenschiff bei seinem Bau im Brennofen bewegen und natürlich, um es später in das zu laden, was Azorian die berggroße ätherische Armbrust auf Lupan nannte.

Mit Seilen, die ich von der gesunkenen Barke barg, band Azorian die Hantiertiere an das Leerenschiff und ließ sie es dann in Richtung Fluss ziehen. Das Leerenschiff war für seine Größe sehr leicht und wog wahrscheinlich nicht mehr als eine leere Barke. Die Hantiertiere waren so stark wie ein

Gespann von hundert Ochsen, und so löste sich das Leerenschiff langsam aus der Erde und den Ruinen. Zwei Stunden später war es aus der Grube heraus, die es bei seiner Landung gebohrt hatte. Nach einer weiteren Stunde schwamm es bereits wie ein riesiger Weinkrug im Wasser.

Schade war nur, dass das Leerenschiff einen sehr schlechten Flusskahn abgab. Es drehte sich im Wasser, sobald es auch nur mit dem Gewicht einer einzigen Person belastet wurde. Azorian schlug vor, als Ausleger auf beiden Seiten Baumstämme zu befestigen, aber ich hatte eine bessere Lösung. Die Lupaner hatten bei ihrer Ankunft im Hafen mehr übersehen als nur unsere gesunkene Barke. Auch ein Spind mit sechs Holzfälleräxten war noch intakt. Damit konnten wir zwei lange Ruder für die Barke fertigen. Während ein Händeltier die Ruder bediente, konnte die Barke das Leerenschiff den Fluss entlangschleppen, statt sich nur von der Strömung treiben zu lassen, wie wir es bei unserer Flucht aus Gatrov getan hatten.

Ein Hantiertier wurde zur Hebung der Barke an die Blasebalgpumpe gesetzt, und wir schauten alle fasziniert zu.

»Wofür wir einen halben Tag gebraucht hätten, schafft dieses Tier in höchstens einer halben Stunde«, sagte ich. »Das Bauen der Ruder wird sehr viel länger dauern.«

»In ein paar Tagen treiben wir auf dem Fluss nach Alberin, Herr Inspektor«, sagte Riellen. »Warum Ruder anfertigen?«

»Wir könnten heute Abend bei Sonnenuntergang dort sein, wenn wir richtige hätten«, stellte ich fest. »In dem Hof hinter uns lagern Baumstämme. Wenn ich sechs starke, ausdauernde, disziplinierte Männer hätte, wären die Ruder bereits fertig, wenn die Barke wieder schwimmt.«

»Im Wald verstecken sich Leute, Herr Inspektor. Ich habe sie in der Ferne gesehen, als sie beobachtet haben, wie die Hantiertiere das Leerenschiff zum Fluss schleppten.«

»Tatsächlich?«, sagte ich und strich mir den Bart. »Wahrscheinlich reicht jeder, der Befehle befolgen und in einer

Gruppe arbeiten kann. Milizen, Marinesoldaten... Riellen, laufen Sie zum Wald und bringen Sie mir ein halbes Dutzend Uniformierte.«

»Zu Befehl!«

Riellen eilte davon. Ich suchte die Landschaft in regelmäßigen Abständen mit meinem Fernrohr ab, doch alles blieb ruhig. Von den lupanischen Kampftürmen war nichts zu sehen. Im Süden stiegen Rauchwolken in die unbewegte Luft empor, und ich hoffte, dass die Lupaner dort mindestens noch drei oder vier Stunden beschäftigt sein würden. Irgendwann mussten sie wegen der Hantiertiere in unserem Zylinder zurückkommen, aber anhand der aktivierten Luftkristalle schätzte Azorian, dass man ihnen Luft bis Sonnenuntergang gelassen hatte. Wenn Fortuna uns auch nur ein wenig gesonnen war, würden die Dreibeine nicht viel früher zurückkehren, und bis dahin waren wir lange weg.

Das Hantiertier an der Pumpe arbeitete unermüdlich, während Azorian im Sattel saß und die Finger auf den Kopf des Tieres gelegt hatte. Die Seiten der Barke hoben sich aus dem Wasser, und eine Viertelstunde später wusste ich, dass es reichen würde, um uns zu tragen. Ich wandte mich wieder dem Wald zu, in der Hoffnung, dass Riellen nicht zu lange brauchte. Zu meiner Überraschung sah ich, dass sie bereits zurückkehrte. Sechs Männer waren bei ihr, aber... Ich setzte das Fernrohr ab, blinzelte, wischte die Linse an meiner Jacke ab und richtete es dann wieder auf die sich nähernden Gestalten. Dann setzte ich mich auf einen Schutthaufen, vergrub das Gesicht in den Händen und gab mir große Mühe, nicht in blinde Hysterie zu verfallen.

»Inspektor, seid Ihr bekümmert?«

Ich ließ die Hände sinken. Es war Lavenci, die sich vorbeugte und mich mit auf die Knie gestützten Händen sorgenvoll betrachtete. Ihre Haare rahmten ihr Gesicht wie zwei Wasserfälle aus Milch ein, und ihre Augen waren wie zwei Kohlen. Sie konnte sehr liebreizend aussehen, wenn sie wollte.

»Es ist nichts von Bedeutung«, seufzte ich und erhob mich. »Aber vielen Dank für Eure Anteilnahme.«

Riellen kam mit ihren Rekruten angelaufen, keuchend, aber triumphierend.

»Herr Inspektor!«, bellte sie und blieb vor mir stehen, um zu salutieren. »Sechs Männer in Uniform, wie befohlen.«

Ich verschränkte die Arme und begutachtete kopfschüttelnd die Männer aus dem Wald.

»Wachtmeister Riellen, ich räume ein, es sind Männer, sie sind zu sechst und sie tragen eine Uniform. Aber das sind Moriskentänzer.«

Den sechs Männern, die weiße Hüte, Jacken und Hosen, reichlich Glöckchen und Bänder sowie schwere schwarze Holzschuhe trugen, war sofort klar, dass sie durch irgendeine grundlegende Prüfung gefallen waren. Ihre eifrigen Mienen verdüsterten sich so rasch, dass ich erwog, den Versuch zu unternehmen, die Energie für eine Entschuldigung bei ihnen aufzubringen.

»Aber Inspektor, wir wollen helfen«, sagte der Mann mit den meisten Glöckchen und Bändern, der offenbar der Anführer war.

»Aye, und Routine lernen wir sehr schnell, Inspektor«, sagte einer, der aussah als wäre er noch größer und stärker als Pelmore.

»Und wir arbeiten gut im Team zusammen«, sagte ein anderer, aus dessen Rucksack eine Fiedel schaute.

»Und wir haben unsere eigenen Stöcke«, sagte der Anführer.

»Wunderbar, ich bin sicher, mehr werden wir gegen die lupanische Hitzewaffe nicht brauchen«, erwiderte ich.

»Aber Fräulein... äh, oder vielmehr Wachtmeister Riellen sagte, Ihr würdet uns gegen die oligarchischen Unterdrücker des lupanischen Establishments führen«, sagte der Anführer.

»Ich glaube, sie hat gesagt, wir würden uns gegen die

repressiven, oligarchischen Lakaien des lupanischen Establishments wehren«, sagte der große Mann.

»Hat sie nicht gesagt...«, begann ein Mann, der kaum größer war als Riellen.

»Aufhören!«, schrie ich. »Ich wollte *Milizen* mit grundlegenden Kenntnissen in der militärischen Zimmermannskunst, nicht leichte Unterhaltung beim Frühstück – nicht, dass wir viel zu essen hätten.«

»Aber, Inspektor, ich bin Zimmermann«, sagte der große Mann.

»Und ich auch«, sagte der kleine.

»Und ich bin Radmacher«, sagte der Mann mit der Fiedel.

»Und die anderen lernen schnell und arbeiten als Team«, sagte der Anführer. »Wir wollen wirklich etwas tun gegen die, äh, restpressiven...«

»Repressiven, oligarchischen Lakaien des lupanischen Establishments«, sagte der große Mann hilfreich.

Die Moriskentänzer machten sich daran, die Ruder zu zimmern, und danach erlebte ich etwas sehr Seltenes: nicht weniger als zehn Minuten ungestörte Einsamkeit. Die Person, die sie beendete, war Azorian, der sich mir mit seiner Hebelwaffe näherte, dem Schwert.

»Lernen«, sagte er, und zog es auseinander.

Was er danach in der Hand hielt, war eine einzelne Klinge mit einer Länge von etwa einem Schritt und einem Griff an einem Ende. Ich holte die Waffe hervor, die er mir gegeben hatte, und die in meinen Augen mit der anderen identisch war. Die Klinge hatte eine seltsame, durchscheinend violette Farbe und war scharf genug, um ein darübergezogenes Haar zu schneiden.

Aus Metall wäre das Ganze auf unserer Welt praktisch nutzlos gewesen. Im Prinzip war es die ultimative Waffe für den Kampf Mann gegen Mann, aber nur bis zum ersten

Schwung. Wenn man einen langen Metallstreifen durch das starke ätherische Feld unserer Welt schwingt, bauen sich rasch Energien auf und entladen sich wie ein kleiner Blitz in die eigene Hand. Aus diesem Grund benutzten wir im Nahkampf nur Äxte, im Wesentlichen kurze Klingen an langen Holzschäften. Azorian demonstrierte in rascher Folge mehrere Hiebe, Paraden und Stiche. Seine Hand blieb völlig unversehrt. Dieses seltsame gehärtete Glas leitete offenbar wirklich keine Energien.

Zaghaft versuchte ich mich selbst an einigen Hieben und Paraden. Kein Ätherblitz fuhr mir in die Hand. In der nächsten Stunde war ich der einzige Schüler im ersten Schwertkampfunterricht, der je auf Verral erteilt wurde.

Die Moriskentänzer hatten nach etwa zwei Stunden zwei grobe, aber funktionstüchtige Ruder fertig. Wir brachten sie mittschiffs an der Barke an, vor dem zweiten Händeltier, und brachen dann so schnell auf, wie alle an Bord genommen werden konnten. Ein Hantiertier arbeitete mit zwei Tentakeln an der Pumpe, das andere ruderte. Das Hantiertier an den Rudern war so stark, dass Barke und Leerenschiff schneller durch das Wasser glitten, als ein trabendes Pferd zu Lande vorankam.

»Ich kann kaum glauben, wie stark diese Wesen sind«, sagte ich staunend, während ich sie aus dem Bug beobachtete. Azorian legte mir wieder die Hände an den Kopf.

»Die Hantiertiere werden benutzt, um die dreibeinigen Türme anzutreiben«, erklärte er. »Sie bewegen die Kolben, Kurbeln und Hebel an den Beinen, damit die Türme laufen können.«

Vor meinen Augen war plötzlich ein weiteres Geheimnis der Lupaner gelüftet worden. Zu diesem Zeitpunkt hatte ich keine Ahnung, was mir das nützen würde, aber als gewissenhafter Inspektor der Wanderpolizei notierte ich die Tatsache in meinem Tagebuch.

Wenn er nicht mit mir arbeitete oder sich gedanklich unterhielt, saß Azorian da und hielt Lavencis Hände zwischen den seinen. Bei unserem Aufbruch war ihre Haut verheilt, und die schlimmsten Knochenbrüche in ihrer Hand waren nicht mehr zu sehen. Das Beste war jedoch, dass sie ihre Finger wieder ein wenig benutzen konnte.

Lesen Sie weiter in:
Sean McMullen
DIE LEGENDE DER SHADOWMOON

DANKSAGUNG

Mein Dank geht an Catherine Smyth-McMullen, Zoya Krawczenko, Paul Collins, Faye Ringel und Jack Dann für ihre Beiträge und Ratschläge und ganz besonders an June Young für die gründlichste Überprüfung auf Widerspruchsfreiheit, die ich je erlebt habe.

Mein ganz besonderer Dank geht an H. G. Wells dafür, dass er *Krieg der Welten* geschrieben hat.

James Barclay: Der Rabe

Die beiden grandiosen neuen Fantasy-Reihen, für alle Leser von David Gemmell und Michael A. Stackpole.

Die Chroniken des Raben

Zauberbann
978-3-453-53002-7

Drachenschwur
978-3-453-53014-0

Schattenpfad
978-3-453-53055-3

Himmelsriss
978-3-453-53061-4

Nachtkind
978-3-453-52133-9

Elfenmagier
978-3-453-52139-1

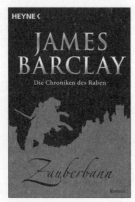

978-3-453-53002-7

Die Legenden des Raben

Schicksalswege
978-3-453-53238-0

Elfenjagd
978-3-453-53246-5

Schattenherz
978-3-453-52214-5

Zauberkrieg
978-3-453-52215-2

Drachenlord
978-3-453-52212-1

Heldensturz
978-3-453-52213-8

HEYNE